U0730394

在阅读中展开，人生的可能

CONTENT

肯特文化

宁以安
作品

花 Flower

& 与

雾 Fog

北京联合出版公司
Beijing United Publishing Co.,Ltd.

图书在版编目（CIP）数据

花与雾 / 宁以安著． —— 北京 ： 北京联合出版公司，
2017.6

ISBN 978-7-5596-0560-3

Ⅰ．①花… Ⅱ．①宁… Ⅲ．①长篇小说－中国－当代
Ⅳ．① I247.5

中国版本图书馆 CIP 数据核字（2017）第 122889 号

花与雾

作　　者：宁以安　　　　　选题策划：盛世肯特
出版统筹：柯利明　林苑中　　特约监制：伊　然
责任编辑：管　文　　　　　　特约编辑：孙　开
装帧设计：梧　白　　　　　　版式制作：翟程程
营销推广：姜　涛　刘　源　　责任印制：张军伟　付媛媛

北京联合出版公司出版
（北京市西城区德外大街 83 号楼 9 层　100088）
北京兴湘印务有限公司　　新华书店经销
字数 189 千字　880 毫米 × 1230 毫米　1/32　9 印张
2017 年 8 月第 1 版　　2017 年 8 月第 1 次印刷
ISBN 978-7-5596-0560-3
定价：39.80 元

未经许可，不得以任何方式复制或抄袭本书部分或全部内容
版权所有，侵权必究
本书若有质量问题，请与本公司图书销售中心联系调换。电话：010-69737280

时光的河流里，

她是他永生不死的少女。

序言
记忆、遗忘和历史书写

杨庆祥

米兰·昆德拉在《生命中不能承受之轻》中的开篇就引用了尼采永恒轮回的观点，他是这么开始的：

尼采常常与哲学家们纠缠一个神秘的"众劫回归"观：想想我们经历过的事情吧，想想它们重演如昨，甚至重演本身无休无止地重演下去！这癫狂的幻念意味着什么？

从反面说"永劫回归"的幻念表明，曾经一次性消失了的生活，像影子一样没有分量，也就永远消失不复回归了。无论它是否恐怖，是否美丽，是否崇高，它的恐怖、崇高以及美丽都预先已经死去，没有任何意义。它像14世纪非洲部落之间的某次战争，某次未能改变世界命运的战争，哪怕有10万黑人在残酷的磨难中灭绝，我们也无须对此过分在意。

但真的不在意吗？昆德拉接着说：

然而，如果 14 世纪的两个非洲部落的战争一次又一次重演，战争本身会有所改变吗？会的，它将变成一个永远隆起的硬块，再也无法归复自己原有的虚空。

如果法国大革命永无休止地重演，法国历史学家们就不会对罗伯斯庇尔感到那么自豪了。正因为他们涉及的那些事不复回归，于是革命那血的年代只不过变成了文字、理论和研讨而已，变得比鸿毛还轻，吓不了谁。这个在历史上只出现一次的罗伯斯庇尔与那个永劫回归的罗伯斯庇尔绝不相同，后者还会砍下法兰西万颗头颅。

青年作家宁以安遭遇到了与昆德拉同样的困惑，这一困惑构成了她创作这部长篇小说的内在秘密。因此，"秘密"对这部小说来说，构成了多重意义，它首先是故事意义上的，小说男主角宋天泽一直在寻求恋人楚忆城死亡的秘密，而另外一位女主角美琪则一直保存着这个秘密，并直接导致了她最后的精神迷乱。其次，秘密又是情节意义上的，是这部小说发生和持续推进的动力，正是在对秘密的追踪和发现的过程中，小说的情节才得以展开，一种侦探类型小说的因素也因此得以呈现。最后，秘密作为一种主题意义上的隐喻，它超越了修辞学的含义，而指向了普遍的人性的黑洞。秘密究竟是什么？仅仅是楚忆城最后惨遭日军的毒手吗？这个情节固然将小说推向了一个令人毛骨悚然的高潮，但是，这绝非作者最后要表达的东西，她最终把我们引向的，是一个更普遍却被我们忽视的问题，那就是，正是因为人类的善忘，才使得罪恶反复上演，而罪恶的反复上演，又不停地迫使着我们遗忘。这或许就是秘密的最高寓意。

从整体上来看，这是一部关于记忆和遗忘的小说。记忆作为现代小说的重要主题在普鲁斯特和乔伊斯那里得到了最极致的演绎。通过对无意识和潜意识的发掘，记忆不仅仅是一种心理学层面的心理机制，它更是现代人形塑自我的凭据，具有本体论的意义。小说中宋天泽对于楚忆城的记忆构成了其人生的核心。凄美纯真的爱情，历史的颠沛流离，个人内心的隐秘纹路，都在记忆中被反复酝酿。在某种意义上，宋天泽是一个已经死亡的人，他的生命在得知楚忆城死亡消息的时候，就已经终止了，而剩下的漫长的人生，不过是记忆的反复回放，并在这回放之中，咀嚼人生的悲凉。最有意味的是，记忆具有某种私密性、个人性和不可通约性。对于更多的人来说，楚忆城的死亡可能只是庞大的历史死亡中的微不足道的一部分，那么，为什么我们要记住，而不是遗忘？

这是生理和心理上的双重矛盾，也是道德和生活之间的冲突。宋天泽更像是一个执拗的堂吉诃德，即使在目睹了沧海桑田的变化之后，他依然坚信自己的记忆是有价值的，他用一生来呵护这种价值，但很显然，在大历史的叙述中，他必将被删除并进入永久的忘川。对于这个问题的处理涉及历史叙述的复杂层面，这里就不赘述了。但是就这部长篇小说来说，对这一矛盾的处理颇具匠心，安排了一个叫苏昔的女孩登场，她以采访的形式帮助宋天泽完成了记忆的公开化和语言化。对这部小说来说，这是最重要的时刻，苏昔——她身上明显有作者的自我投射——用行动和文字去记录一个极其私密的历史记忆，并最终通过自我实践，让这一记忆落实到了具体的历史刻度之中。最重要的是，在小说的最后，苏昔的生命与楚忆城的生命之间产生了某种神秘的呼应，生命被传递了，而在生命传递的过程中，记忆、历史——最终是人类不灭的同情、理解和爱意得到了传递。由此，这部小说在故事、历史和人物的层面都得到了很好的完成。就故事来说，这部小说构思巧妙，故事张弛适度；就历史来说，以对爱情的记忆和书写进入抗战史，是近年来的普遍趋势；就人物的层面来说，宋天泽、楚忆城、苏昔这些人物虽然有脸谱化的倾向，但也都活灵活现，他们在小说中基本上完成了自我。

那作为作家的宁以安完成自我了吗？很显然，这部书是她的心愿之作，她用这种形式完成了对自我一个阶段的总结和扬弃。作为极富才华的 80 后青年作家，宁以安以其一贯的敏感、细腻，不断地发现和创造着属于她自己的故事和作品，并在此过程中不断地完善自我。

突然想起来大概是 2010 年的一个夏日傍晚，她对站在讲台上的我说：杨老师，我还是选择跟您读研究生吧。我说：你确定？她说：确定。于是她成为了我的第一个研究生。

愿她的努力和勤奋得到应有的肯定和回报。

是为序！

2017 年 2 月 16 日于北京

（杨庆祥，著名评论家，"茅盾文学奖"评委）

目·录
contents

引子

2007 年，北京 798 艺术区，一场画展的开幕式。

在一处装修颇有些先锋意味的展厅里，墙壁上挂着新晋画家吕桥的作品。现场觥筹交错，男艺术家或光头或留着长发，女艺术家和女粉丝穿着低胸小礼服，在人群里像鱼一样穿梭往来，手中端着高脚玻璃杯，里面的红酒映着迷离的灯光摇漾如琥珀。艺术家们在忙着互相寒暄，交流着对某幅画作的观感，众声喧哗，极端热闹。

穿朴素灰色毛线衫的老头子宋天泽是这里面极不合时宜的一个人，简直就像是异类。晚辈吕桥出于对他的尊敬，也怕他一个人在家中寂寞，特地去接了他来参加自己的画展。然而在这些流光溢彩的小礼服、高跟鞋之间，天泽是很无措的，像孩童般有些慌乱。他就像是穿越时空而来的怪物，"啪"的一下就穿越到这儿来了，极端突兀。

展览的最后，是一个小型的媒体见面会，画展的主人吕桥走上演讲台，记者们都簇拥上来，争着问他一些有关先锋艺术的问题。

宋天泽颓然地在旁边的观众席上坐下去。到老来，血压高，站一会儿就会头晕，眼前发黑，胸口憋闷，那口气总像是要上不来。

他就是在那个恍神的瞬间看到她的。

他等了她那么久，找了她那么久。

她挤在人群里，扎着马尾，穿着牛仔裤和帆布鞋，手里拿着笔记本、相机、录音笔，有一些仓皇的样子。

在一群时尚人士中间，在各色的眼影、唇红、粉底、香水、黑丝、高跟鞋的夹攻中，她亦是恍如异类的存在，身材颀长，有流利的线条，穿简单的白衬衣和蓝牛仔裤，极清爽清凉，像蓝天、白云和流水。脸上未施脂粉，眼眸像两潭清澈而安静的泉水。长长的睫毛微颤着，如蝴蝶的触角，令人不忍心去惊动。眼睛下面靠着鼻梁微微有几粒小雀斑，脸颊上还有些未褪去的婴儿肥，嘴唇便是少女天然的玫红色。

这副样貌他闭上眼睛在脑海里描摹过一万遍。时光似乎于刹那间回转。

他觉得自己的心脏抽紧起来，血流迟滞，那种极钝重的、类似于痉挛的疼痛开始牵扯着他，身体简直虚弱得要承受不住。

他捂住胸口，颤巍巍地站起来，扶着椅子的把手，一步一步地向她走过去，腿脚僵硬发麻，脚步陷进羊毛地毯里，被吞没般的暄软无力，仅仅几步的路程走起来倒似有几万里的漫长。

熙熙攘攘的人群，喧哗的人声，耀目的灯光，高调、张扬、夸张的笑闹声，似乎都被蓦然地抽空了。整个世界变成了一个真空，而这真空里只有他跟她。

他走至她面前。嘴部肌肉僵硬，口唇干涩，舌头仿佛有千斤重，如同梦中被魇住般不能发声。

良久，他润了润干涩的口唇，发出一个极平淡无奇的音节。

他说："姑娘。"

眉眼间依稀相似，但这终归不是她，他找了半个多世纪的人。

暗哑暗淡，像一枚生锈的铁珠扑到灰尘里，吐出来的那一刻就湮没了声息。

然而她竟听到了他的声音，隔着一两个人的距离，转过头来寻找声音的来源，继而她的目光落在宋天泽身上，她有些狐疑地打量着他，充满疑虑。是呢，以她尚青涩浅薄的人生阅历，她想不出来一个满头白发的老人在这种场合跟她搭话的理由。

宋天泽想得出来她眼中映现出来的自己的样了，烟灰色毛线衫，布满褶皱的米色棉布裤子，高大的身材整个伛偻下来，像一副皱了的皮囊。

她瞳孔清澈如水，反能照人如镜鉴。他本相尽现，无可遁身。

他浑浊的眼睛因微茫的一点希望，而散发出光芒，他斟酌着词句，问："你认不认识一个叫楚忆城的人？"也许是因为紧张，他的舌头有点打结，简单的一句话像是用去了全身的力气。女孩子看他一眼，有些诧异地摇摇头。她甚至不太清楚这个名字到底是哪几个汉字。

眼前的老人，满布皱纹的脸上，那充满希冀的神情一下子黯淡了下来，低着头喃喃地说："她如果还在的话，应该和你祖母差不多年纪了。"

他沉默了一会儿，接着说："我现在正在写一本回忆录，想请你做一些文字整理统筹方面的工作。先预付给你三万块稿酬，可以吗？"

女孩子低下头去考虑，未扎住的几缕发丝掠过两颊，微风里扰扰地拂动着，痒痒的感觉。老人开出来的价码很诱人。而她正是等钱用的时候。这个茫茫无尽的物质海洋，她淹溺其中，不得超脱。走在西单的大街上，那些新款的服饰和化妆品永远有着最魅惑人心的色彩。

他看出了她的疑虑，匆忙补充道："不会耽误你上班，你用下班或者是周末的时间过来都可以的。"他急起来，口齿便有些磕磕绊绊的，不是那么清晰。

他唯恐她一口回绝了他。仿佛那便断了他的整个生路。

她抬起头来，像是下了极大的决心似的，抬手把滑下来的发丝抿到耳后去，清清爽爽的一张素脸面对着他，唇红齿白，滚出来圆润清晰的一个音节回答他。

她说："好。"

极坦诚，极直接。

一点讨价还价都没有，起码的一点架势都没有拿。

完全的无心机，不设防。事情就这样定下来了，超出预想地轻而易举。

天泽反而是用过了力的。

他像拿出全部的心力来对付一个劲敌，而她不过还是了然无心机。他心里心疼起她来，想，"傻孩子，倘若这是一个骗局呢？"

2007 年，苏昔 22 岁。大学刚毕业出来工作，在一家报社里做记者。

她每天五点半下班，从报社大厦出来，搭半小时的地铁，再转公交，到东城。没有什么意外的话，到宋天泽那儿正好七点钟，正是太阳落下去的时刻。

她第一次去他那里，她记得极清楚，是夏至那一天，一年里白昼最长的日子。

她从地铁站出来，拿着宋天泽写给她的地址，去找公交站牌的时候，确实费了点劲儿。天泽住在东城区雍和宫附近的一条小胡同里，并不是那么好找。

她到的时候，天还是煌煌地明亮。她穿过人烟阜盛的街道，街道是青砖路，落满了细碎的槐花花瓣，街道旁边小咖啡馆的玻璃门里渐次亮起灯盏，走进去穿白色长裙子的文艺女青年。

夏至那天，是苏昔第一次到宋天泽的小院里来，发丝上尚沾着散发清香的白色花瓣，膝头摆了一台很轻便的笔记本电脑，正抬头看着他。她在等待一个与她毫不相干的故事的开头，因此神情里有一种她想掩饰却没掩饰住的，百无聊赖的散淡、无所用心。

他看看她近视镜片背后极无辜纯然的一双眼睛，笑一笑，有些怆然，说："我们就从这里说起吧。"

苏昔抬头看了宋天泽一眼，手指敲击键盘，记下他所说故事的轮廓和片段。旁边小茶几上一支录音笔也张开了耳朵。

他嗓音沙哑，有时会表达得磕磕绊绊，又经常会走神，岔入自己记忆的某一条迷走岔道里，沉溺到对一些细枝末节的事情的描述中去。但苏昔想，她还是可以从他断断续续的讲述中，慢慢拼凑出他整个人生的样貌。

苏昔问他："你当时为什么单单会找我呢？"

宋天泽说："等我讲完这个故事，你大概就会明白。你长得有些像一位故人。我总觉得你们之间有某种联系。"

苏昔不置可否地笑笑，她想，那位故人应该就是那个叫楚忆城的姑娘。

第一章 弦歌

既见君子，云胡不喜。

——《诗经·郑风·风雨》

1

1936 年秋天，燕京大学。

未名湖涟漪微起的湖面上，映着旁边白塔的影子。湖边林木掩映的假山石凳间，是三三两两或捧读或畅谈的年轻学生。秋草间的鹅卵石小径上，是两个背着手聊天的穿中山装的男学生，他们一边漫步，一边激烈地争论着什么。

"嗨，清治、耿宣，别忘了晚上的集会，七点半，穆楼见！"

清亮而掷地有声的男声打破了湖边静谧的气氛。

同时一辆踩得飞快的自行车打破了未名湖边的安静画面，飞驰的自行车轮带起林荫道上刚落下的银杏树叶，像一只只翩翩起舞的蝴蝶。

湖边的女生们抬起头，看到自行车上的男生，他的头发被大风吹得全都掠向后面，露出一个高高的脑门，笑得露出白色的牙齿。她们低头小声议论着，这是新闻系大二的宋天泽，学生会主席，学校里的风云人物。

两个穿中山装的男生转身向宋天泽招手："忘不了。你骑车慢点，小心磕掉门牙。"

可飞快的自行车早已在湖岸的转弯处绝尘而去，留下一个背影和高高举起向他们挥舞再见的手。

2

这是一个司空见惯的秋日下午，宋天泽刚上完上午的两节新闻写作课，匆匆到食堂扒了两口饭，就又赶去戏剧社进行午间排练。下午还有学校新闻社的稿子要写，他现在是新闻社的骨干记者，他立志做一名战地记者。他上学期上过埃德加·斯诺的课程，让他颇为震撼，在迷途中为他指明了方向。

在他最意气风发的 18 岁，宋天泽的校园生活像往常一样被安排得满满当当的。

晚上 7 点半的燕京大学。校园里一片夏夜的静谧。灯火通明的穆楼礼堂里，却是　派群情振奋的场景，一众学子正谈论着现今国际和国内的局势。

站在前面的台上发表着慷慨激昂演说的正是宋天泽。

"九一八之后，日军占领东三省。覆巢之下岂有完卵，步步紧逼之下，华北危急，北平局势也是相当紧张。各位同窗，我们现在每天的校园生活，看起来像平静的水面，其实下面都是汹涌的暗流。作为现时代的青年，我们要时刻保持警觉，时刻关注自己该承担的义务！"

下面有男生提出异议："作为一个学生，你肩不能扛枪，你的义务如何去实现？现在说这些也只能是空谈吧。"一副尖锐而不留余地的语气。

台下嘈杂的说话声一时都安静下来，满礼堂的人都不知道宋天泽该如何回答这刁钻的问题。

"一介书生，现在虽不能握枪，但我可以用演说、用戏剧、用报纸，唤起人们的觉醒。唤醒一个就是胜利。就像我现在所做的一样。"天泽坚定地看着台下提问题的男生，说这番话时，宋天泽的眼睛是明亮的。

台下响起雷鸣般的掌声。这时候两个手挽手在台下看着他的女孩子，眼睛也都同时亮起来了。穿月白旗袍的女孩使劲儿地鼓掌，感叹道："反击得真是帅极了！"穿藏蓝旗袍的女生拍拍她的脸，说："姑娘醒醒。看你一副花痴的样子。"不过她自己的眼神也一刻没有从台上的宋天泽身上移开过。

想想你18岁的时候，身体里似乎总是蕴蓄着饱满的、充沛的精力，像源源不绝的泉水，只要停滞下来就会难受得要命，而运动时那种酣畅淋漓的状态，恣肆地奔跑、飞跃、流汗，简直令人沉溺。

宋天泽刚在篮球场上和一众兄弟打了两小时的篮球。打完球，他离开球场，走过林荫道、小花园、湖水和白塔，遇到相熟的同学、老师，举手打着招呼，微笑着露出整齐的白色牙齿。他怀念那个时候的自己，身上有汗味和如露水青草般的清新味道。

他走进男生寝室楼的大门，一步两个台阶，跨上陈旧的水泥楼梯，年纪久远的楼梯在他一双大脚有力结实的踩踏下发出细微的"嘎吱"声，当然那是他当时压根儿都不会注意到的事情。他气喘吁吁地跑到自己寝室所在的三楼，满头都是淋漓的汗水，他甩甩头，很潇洒地甩去头发上的汗滴。一边在光线昏暗的寝室走廊里大踏步走过，一边伸出手臂飞速地把身上湿透的运动上衣脱下来，手臂在空中抢一个圈，球衣绕成了一团缠在手臂上。

宋天泽伸手推开宿舍公共活动室的门，说"推"其实并不准确，这个字太文绉绉，而我们18岁的少年宋天泽，矫健如一头豹子的宋天泽，他是带着汗味和青草般清新的味道，像一阵旋风似的刮进门去的。

那时候远处钟楼上的钟正敲响下午三点，钟声穿过九月的空气，极悠远地传过来，敲击他的耳膜。九月清澈而略具质感的琥珀状空气，荡开微微的一圈涟漪。一片叶子正在优美地坠落。时间在那个节点上似乎停顿了一下。

3

这像是电影里的慢镜头，每一个细节都被无限地拉伸和放大。

那个推门在宋天泽的记忆里，在他无数次不厌其烦的回忆打磨之下，带了种阿里巴巴芝麻开门的奇妙色彩，嗯，这种奇妙的色彩，像是紫砂壶表面被一双手经年累月地摩挲而产生的那种微光。

门开的那一瞬间，他的眼睛有瞬间的盲；你从室外来到室内时，总需要一段时间来适应光线的落差。然后在他渐渐恢复正常视觉的过程中，映现出一个少女的身影。

他该用一个词，Magic Hour，魔术时刻，她就是那样，在从黑暗到光亮的极细微的渐次变化中，在他的眼睛里一点一点地清晰显现出来的，先是一个模糊的轮廓，然后是一点一点清晰起来的整个人。

她使他盲了的眼睛复明。

窗前椅子上坐着的少女，以手支着下巴，正在欣赏窗外秋天的景色，背影纤长而流丽。她侧脸的轮廓如投影般映射到他的眼睛里，额、鼻、唇、微翘的下巴，一条曲线流畅地下来，在他的视网膜上烙下深印。

听到推开门的声响，她被惊动，像从沉思中被惊醒的小鹿，回过头来看他。窗户里透进傍晚时柔和的天光，给她镶了一层毛茸茸的金边，周身笼了一圈宁静的光晕。

整个世界都安静下来了。

天泽整个人就愣住了，像被施了魔法般地定在那里。

他想起来自己整个人现在还赤裸着上身，以这样的形象呈现在她面前，无处遁身。宋天泽尴尬至极，生命中那些重要时刻的来临，总是格外仓促，猛然降临，一点准备的时间都不给你，令你狼狈不堪、丑态百出。

这样的场合，他该穿着整齐郑重的学生制服或者潇洒的风衣，以优美的、绅士的姿势降临。很多年以后回想起这件事情来的时候，你也许会因为这微小的、戏剧性的意外而哑然失笑——安排周密的、完美而又一本正经的人生会多乏味。

但对 18 岁的当事人宋天泽而言，这一次的出糗是多么重大的灾祸，无可逆转，他就是以这样一种形象出现在她面前的啊！

这时候响起了推门声。隔壁寝室的萧清治这时刚从外面进来，清治是宋天泽的师兄，两个人的理想抱负比较一致，很能说得上话来，是学校里最要好的哥们。

清治手里端着一篮刚洗好的水果，看到天泽回来，拍一下他的肩："嘿，天泽，这么早就打完球啦？"

宋天泽像是做了一个绵长的白日梦，这才醒过神来，忙乱地把攥在手里的球衣兜头套上，一面连声跟她说着对不起，一个大男生，脸红得跟什么似的。

女孩饶有兴味地看着天泽窘迫的样子，觉得这个情景与面前这个人都好玩得很。

萧清治忙着缓和气氛，把手中的水果放下，跟天泽招手说："快过来，我给你介绍。这是我妹妹的同学楚忆城，今年考到这儿的中国文学系，刚开学一个月，你以后可要多照顾着点小师妹。"

天泽的球衣汗水淋漓地贴在背上，走上前去，略微弯一弯腰，向她伸出手去，说："你好。"

楚忆城从座位上站起身来，忍着笑，伸出手来跟天泽相握。她穿着及膝的黑色裙了和淡蓝色的校服上衣，喇叭形的衣袖下露出一段俏丽的白皙手腕。

她眼睛笑笑地看着他，说："我早就见过你啦。宋天泽师兄。"

天泽有点错愕："见过我？什么时候的事，我怎么不记得了。"

她笑得小鼻子皱起来，颊上有微微的、尚未褪去的婴儿肥："刚开学时，我去听过你的演讲。宋师兄关于当今青年的理想和义务的那番话，说得真好！"这个女孩子正是那天穆楼演讲时人群里穿白旗袍的女生。

天泽有点不好意思地挠挠头，有点走神，她的眼睛里有天空的影子。他以后看到清晨蓝澈的、纯净的天空，便总会想到她的眼睛。

楚忆城其实并不见得有十二分的美貌，她并没有倾国倾城到那种令人惊艳的程度，1936年的北平城里有一千个像楚忆城一样的少女。但是谁让宋天泽恰恰就在那个下午遇见了楚忆城呢。

那简直就是命定的劫数，生命里，来来去去的人，有的人像风，过去了也就过去了，不会留下任何痕迹。然而有时候一个人走到你面前，你就会清楚，他会与你的命运有盘桓不已的纠缠，直见性命，直抵你生命的内核，一点都错不了。

这种时候，你会有预感。

一会儿，另一个女孩子也推开活动室的门进来，还没进门就先听到她的声音从走廊里远远地传过来："原来你们都在这儿啊。"

这是演讲那天跟忆城在一起的穿藏蓝旗袍的女生，她走过来挽住楚忆城的胳膊，靠在她身边，矜持地微笑着，向天泽做自我介绍道："我叫萧美琪，是清治的妹妹，忆城的同班同学。我们两个也是最好的朋友。"

楚忆城也笑笑地挽住美琪的手臂，侧头跟美琪亲密地偎在一起："我们从在贝满女中读中学时就在一起了，嗯，怎么说呢，我们俩共用一个影子。"

楚忆城是苏州人，7岁时父亲到北平任职，全家随之迁到北平来。后来父亲调任南方，忆城就一个人留在北平念大学。而美琪家世代在北平经商，母亲早逝，父亲近年来因生意的关系，带着续弦的夫人长期住在国外，只兄妹二人留在北平念书，于是美琪家的小公馆也成了忆城周末经常的去处，两个人感情上也如同半个姐妹。

清治这时就打趣道："忆城是我们家的三小姐。"

宋天泽回自己的寝室换了件衬衣，回来几个人在活动室围坐在桌边，吃清治刚买的海棠果和冬枣，忆城和美琪向他们询问着大学生活的种种。

天泽看见忆城膝盖上一直摊开着一本书，就问："你读的是什么书呢？"

忆城把书递给他，说："是一个叫巴金的人写的《家》。"

美琪问："应该是两三年前开明书店出的吧？"

忆城点点头。

天泽接过书来，翻看着，问："这写的是个什么故事？"

忆城说："讲的是大家庭里的几个年轻人，他们如何去追求自己生活的自由。"

清治插一句："戏剧社不是一直想排演一个进步戏剧吗？这听起来是个不错的素材。"

天泽点点头，问忆城："能把书借给我看看吗？"

忆城说："当然可以。我非常喜欢这个故事，如果宋师兄能把它搬上舞台，那就太好了！"

那一日天气高朗开阔，天空中白色的云被阳光镶了一层带光芒的金边。白杨树的叶子在高高的树梢上唰啦啦地响，这是北方一个爽朗的秋日。未知人生忧惧的年轻人，笑容灿烂得如同白杨树的枝叶间倾泻而下的九月阳光。

就有那么恰巧，原本是毫无关联的两个人，各自在自己的人生轨迹上过着各自的生活，然而就在这一天，就在这个时刻，没有早一步也没有晚一步，生命的齿轮恰好就合上了。

天泽只用了两天时间就把书看完了，跟忆城约了在未名湖边还书给她。夜里一场秋雨后，天气也慢慢凉起来了。

远远地，他看着她小跑着过来，鼻尖被冻得红红的，像小犬，眼睛里是那种带着水的晶亮，哈着气，一边跺着脚一边搓手。

天泽迫不及待地跟忆城分享自己的感受："《家》写得真好！虽然书中说的是五四时期青年的突围，现在已经是 30 年代。但同样是国家动荡之时，那些青年的心情，跟我们现在都是一样的。"

忆城回应着："我当时也是拿起这本书来就放不下了。晚上舍监查完宿舍，我偷偷在被窝里打了手电筒，熬了一个通宵看完了。看到鸣凤投水的时候，我就止不住掉眼泪。"

"现在真想马上就把它改编成剧本，搬上舞台，唤醒身边的年轻人！忆城，我们一起来做吧。"

"这真是激动人心的事！我们文学课的老师，这段时间也正说到这本书呢。"

"真想去听听你们文学系的老师是怎么分析和解读的。"

"那我把课表告诉你。有时间一起去听。"

天泽把书递给忆城，两个人双手交接时，他触到了楚忆城的手，凉沁沁的少女指尖。那轻微的一触于天泽便像是电光石火。

忆城低着头，两颊都红了，只说："那改天见。"也不敢抬头看他，就转身小跑着走了。

极细微的一个动作、眼神，都能搅起内心的惊涛骇浪，携着排山倒海的阵势，席卷大地，满目狼藉。狂喜和眼泪都有那么多。

日后，日渐衰老的宋天泽常常会想，那样的爱情，年少时的爱情，得有一颗强壮的心脏，需要充沛的心力、体力、激情来支撑，心力弱的又岂能承受得住。

而他又不得不承认，爱同这世间的一切事物一样，亦遵循着生老病死的规律。在以后漫长的时日里，惊涛骇浪慢慢地平静下来。那种爱成了渗透进他血液与细胞里的一种存在，笃定，迟缓。也如他一样，有了苍老而饱经风霜的面目。

第二天下午，忆城在穆楼的教室上课。

宋天泽从后门溜了进去，挑最后一排的座位坐下。讲台上穿青色长衫的教授正神采飞扬地讲到《家》里觉慧的反抗精神。他用书挡住脸，从黑压压的一片后脑勺里寻找楚忆城的身影。

楚忆城穿着阴丹士林旗袍，外边搭了一件乳白色的针织网格罩衫，白和蓝搭配起来，清清爽爽的样子。她在前面第二排坐着，仰着头，一眨不眨地盯着讲台上的教授，眼睛微微散发着光芒。

宋天泽趴在后排的桌子上，从一个倾斜的角度看她，心里就要笑出来，忆城都认真虔敬得有点呆，然而可爱。

她旁边的座位空着，并没有人坐。下课的间隙，天泽抓起书包，起身到前排，坐到忆城的身边。

忆城整个人被吓了一跳，然而抬起头，看到是他，便又笑起来，说："是你呀。"

"实在抱歉，新闻社开会讨论出报纸的事，来晚了。"天泽冲她歉意地笑笑，转头瞟到她桌上的听课笔记，于是问她："前面的笔记落下了不少，你记的笔记借我看一下吧？"

楚忆城把笔记本推到他面前，恰好看到他书包里散落出来的一摞报纸，抬头问他："我可以看吗？"

天泽说："当然可以，这是我们新闻系的实习报纸。"

忆城摊开报纸来翻看，报头上"燕京新闻"几个黑体大字映入眼帘。报纸上除了校园生活的新闻，还有一些关于现今局势的文章，头版最长的一篇社论，正署着宋天泽的名字。

天泽做着笔记，心却在楚忆城那里，听着她翻报纸的"唰啦唰啦"的声音，听着她全神贯注读文章时，极细极细的呼吸声。他左边的胳膊正挨着楚忆城的肩膀，正在发育中的少女的身体，散发着桃子般的新鲜气息。他简直动都不敢动弹一下。感觉连呼吸都是声息太巨大的动作。

"天泽，你对时局的看法真犀利呢。以后我跟美琪可以帮你们派发报纸呀。"

天泽答应着，手里的钢笔唰唰地抄了几页纸的笔记，脑子里却是一大片空白，这对他来说真是反常的事情。楚忆城整个人身上有一种亮烈和活泼，而他，只是在爱情里面笨拙如幼童的少年。

于是之后每周的出刊日，湖边经常可以看见两个四处散发报纸的女生，一边把报纸塞给匆匆走过的老师学生，一边宣传着："今天有埃德加·斯诺的文章！"或者喊："走过路过不要错过，新闻系才子王牌金笔宋天泽犀利长文！"

清治、耿宣正好路过，就跟她们开玩笑："你们俩现在可是全校有名的'报纸西施'了。"耿宣又加一句："还是天泽面子大，让两个大小姐心甘情愿地顶着大日头给他做宣传。"

接下来他们迅速成立了"核心成员四人组"。萧美琪经常拉着楚忆城到男生楼这边，找萧清治和宋天泽，商量怎么把《家》这个故事更好地搬上舞台。几个人先敲定了大致的思路，由天泽和忆城两个人执笔写剧本。

他们四个人经常同进同出，周末时坐车进城，买好各类小玩意和吃食，去吉祥戏院听戏，听京戏《霸王别姬》《红鬃烈马》。戏台上，生和旦上场，呀呀地开始唱，飞红胭脂下一张脸，戏里的悲欢，也总能让人动真感情。

四个人一边看戏，一边揣摩讨论着话剧中角色的性格。

清治笑道："我觉得大泽倒很适合演觉慧这个热血青年。"

天泽脱口接一句："那忆城挺适合演鸣凤。"话一出口才觉得不好意思，又接一句："美琪的性格倒适合演梅表姐。"

美琪看着天泽，眼神黯然，忽又亮了一下，把头发拢到耳后去："真期待咱们的演出。"

整个秋天，他们都在为这件事情操持着。

燕大旁边废弃的园子，几个人也时常过去。以前是皇家园林的圆明园，在几十年前异国人的掠夺中毁于战火。满目疮痍的废墟之地，现在成了他们的一个秘密基地。

他们租了湖边农舍里农人采莲子和菱角的小船，在福海上泛舟，在船上讨论商量剧本、排戏。

小船驶入残荷深处，天泽和清治一边划着桨，一边对着台词。

清治扮觉新，天泽扮觉慧。

清治拉住天泽的衣襟，念出台词："不，三弟，你别走，你还是回家吧。我，我可以把你藏起来。"

天泽拂开他的手，决然地说："大哥，我不肯躲躲藏藏，我也不能抛下我的朋友们不管。"

清治的脸上露出不舍："你出去干什么呢？"

天泽说："我也许读书，也许做别的。好，我走了。"

清治看着天泽的背影，依旧挽留着："不，你别走，三弟。"

清治念完自己的台词就笑起来，说："天泽这时候真像是觉慧附体了。"忆城眼睛里满是激动的神色："三弟向往自由的坚决，大哥顾全家庭的无奈，你们两个真是演绎了！"

天泽捏捏忆城红扑扑的脸，又冲美琪点点头："你的鸣凤，和美琪的梅表姐，也演得神似啊。"

"演得好是好。可忆城是我的，你们谁也别跟我抢。"美琪一边说着，一边把忆城从天泽身边拽到自己身边来。

忆城看着天泽和美琪，也不说话，就嘻嘻地笑着。

美琪时刻护着忆城，为她操心，而且不想别人抢走她。

清治插一句："可忆城以后终归要嫁人的。"

美琪手里玩着忆城的麻花辫子，说："你该嫁给我哥哥，这样我们俩就可以天天在一起了。"

忆城白了她一眼："瞧你这如意算盘打的。"

两个男生看着她们两个互相斗嘴，就只是笑。

1936 年冬。

天气极其寒冷，立冬过后，湖水就结了冰。

这天下午没课，四个人约了去东安市场那边的大光明影院看电影，好莱坞的新片子《魂断蓝桥》正在热映。

电影散场，忆城和美琪叽叽喳喳地发表着自己对电影的想法。走到门外，没想到一场电影的工夫，天上竟飘起了零星的雪花。

前门大街上，电车叮铃铃地驶过。人群里奔走的报童举着报纸大声地喊着："号外！号外！争取中华民族生存，张学良发动对蒋介石兵谏！"

天泽拉住报童，买了一份报纸，沉默地看完，然后递给清治。四个人顶着风雪走在大街上，雪越来越大，街上的行人裹着厚重的棉袍和围巾匆匆地走过。那天北平的报纸，铺天盖地的都是"西安事变"的消息。

灰黑色的古城墙上黏着厚重的积雪，天空是那种凝重的、有着金属色调的冷铁灰色，树叶落尽的枝丫指向漠然的天空。

山雨欲来风满楼。这似乎是这座古城大动荡前最后的平静。

1936年最后一天，他们紧锣密鼓排演的话剧《家》在穆楼礼堂公演。

台上穿长衫的清治扮演的是大哥觉新，穿黑色学生制服的天泽扮的是三弟觉慧，耿宣扮演二哥觉民，美琪扮演梅表姐，茉莉扮演瑞珏。

月夜湖水的背景下。

穿着丫头装、梳着一条大辫子的忆城，一双明慧的大眼睛里蓄着无限的情感，凄惘而企慕地看着天泽："三少爷！"

天泽的声音温和而急切："鸣凤，你想明白了？"

忆城一腔深情地说："不，我还是不，您知道我多、多爱您，可是……"后面跟着微微的一声叹息。

天泽宽解又怜爱地笑着看她："鸣凤，你这个小小的人儿，你的小心里哪装得下这么多忧愁？别再想了，我们中间并没有什么障碍的。"

……

他们自己和台下的观众，都被带入到这场戏里了。

及至戏剧演出到鸣凤投湖，瑞珏难产而死，台下很多学子的脸上，挂满了激愤的泪水。待戏剧社一众人出来鞠躬谢幕时，台下的观众集体起立为他们鼓掌，掌声经久不息。

演出结束，收拾完已是深夜。清治和美琪回了城内的家过元旦。

天泽送忆城回女生寝室。

两个人在路上走着，楚忆城抱住自己的肩膀，说："心里似乎总有一种很紧张的感觉，有点莫名其妙的。"天泽把双手提着的戏服和道具全都倒到右手中去，揽过楚忆城的肩膀来，用力地抱一抱她，说："有我在你身边呢。"

转过年来，清治离开学校，在家里的安排下去警署任职。之前因为排演话剧而热热闹闹的四人小组就有些寥落下来。

1937 年北平的春天经常起大风，狂风从西北呼啸而来，携着弥漫的尘沙，颇有"黑云压城城欲摧"之势。空气里都是黄色颗粒状的粉尘，人走在昏天黑地的沙土里，就如同走在烟幕中。

七月七日夜，卢沟桥畔宛平城里响起枪炮声，打破了夜晚的静寂。卢沟桥事变的炮火，让整座古城切实感受到了时局的动荡，炮声也波及到这所校园里年轻的学子们。

七月正是学校紧张的期末复习阶段，美琪、忆城和同宿舍的茉莉、海棠四个女生上完晚自习，从贝公楼抱着书走回来。夜色里，一个修长的身影站在女生楼下的柳荫下，正来回踱着步，有些心绪不宁的样子。茉莉说："看起来像宋天泽。"

影子转过身来，果真是。

海棠把忆城往前推一下，说："找你的。"

茉莉说："你怎么知道不是找美琪的？"

美琪也没说什么，看不清楚她脸上的表情。

一会儿走近些，天泽招手，眼睛看一圈，算是跟大家打招呼，然后定在忆城身上，说："楚忆城。"

忆城左右看看几个女伴，有些不好意思地朝天泽走去。海棠冲她挤挤眼睛，三个女生转身上楼。

天泽一脸凝重，走上前来紧紧抱住忆城，过了好一会儿，说："忆城，我参加二十九军了，在学兵团。"

楚忆城怔了怔，从他怀里抬起头来，看着他，说："天泽，我支持你去。"

沉默了好一会儿，又说："但我放心不下你。你以前又从来没拿过枪。"

第二章　柔软

今夕何夕，见此良人。
今夕何夕，见此粲者。
——《诗经·唐风·绸缪》

1

时间来到 1937 年 7 月 17 日，宋天泽参军的第 10 天。

那个时间点在宋天泽的生命中不断回放，每一个细节都在回忆的打磨中无比清晰，每一秒钟都被拉伸成无尽的长度。

19 岁的少年宋天泽进入我们的视野，他迈着修长如麋鹿般的双腿，走出南苑营地，走过灰扑扑的街道，进入街边一座二层的红色砖石建筑。

那是一个小旅馆。

他踏上楼梯上楼，老旧的木质楼梯在军靴的踩踏下发出吱呀的声响。幽长的走廊冷清而寥落，外面黄昏正在降临。

他从口袋中掏出一张浸了手心汗水、有些发皱的纸片，再低头确认一下纸片上抄下来的门牌号码，然后举起手敲了敲某一扇房门。

楚忆城此时正在房间里，数着红木座钟的秒针等着宋天泽，心如钟摆般摇荡不定。她刚才听到外面走廊上响起空旷的脚步声，是军靴踩踏在地板上的清脆声音，脚步声响过 48 下，笃笃的敲门声便响了起来。

忆城从椅子上跳起来，跑到门前，手放到门把手上就要开门，然而却又停顿住，回过手来，理了理头发，又把旗袍上因久坐而弄出的褶皱抚平，清了下嗓子，隔着门扬声问道："是谁？"

天泽答："我。"

门打开，一张少女的脸闪现在天泽面前，眼睛里漾着的笑影如两尾游动的小鱼。她穿一件米色的乔其纱小碎花旗袍，裸脚穿着一双圆口带襻的黑色小皮鞋，头发扎成两个辫子搭在两侧肩膀上。天泽心里想，分离的这段时间，她的辫子又长了好些。她穿了旗袍，身材便越发修长，倒好似她又抽条长了一截个子，他觉得自己的眼睛都被她盛得满满的了。

天泽看着她，张张口说："忆城。"

少女柔声应着。她正仰头看着他的脸，像要好好确证一下面前这个穿军装制服的男人真的是她的天泽。

一身军装的天泽高大俊朗，周身有一股逼人的英气，在南苑军营训练的这段时间，他脸上的棱角更加分明起来，肤色被华北平原的日光镀上了一层好看的古铜色，似乎伸手碰一下便要发出叮叮的金属声。

天泽入伍后理了新发型，往日分头的学生发式削成了短短的平头，儒雅里平添了些莽悍男子气。忆城第一眼看见天泽，总感觉他跟往日有些不一样似的，像是另一个叫宋天泽的人跑到她面前来了。她微微踮起脚尖，伸出手去小心地摩挲着他的头发。天泽短短的粗硬发丝，扎在她的掌心里，痒痒的。

天泽看着忆城认真端详他的眼神，觉得有点好笑，就伸出手指来刮一刮她的鼻子，说："没搞错，是我呢。"

楚忆城长长地舒一口气，扑到他怀里去。天泽站在那里，伸出双臂来搂住她，手轻柔地搭在她的肩背上。

忆城仰头看着他，说："我很想你，就偷偷地跑来看你了。"

2

天泽回手关好身后的门，进了旅馆的房间。

房间中的陈设很简单，并排着放了两张乳白色铁架单人床，铺着暗红色的地毯，靠墙的床头小几上，亮着台灯，摊放着一本蓝色封皮的书，大概是忆城在等他的时候歪在床头打发时间看的。

忆城把桌上放的一只带大环的江南蓝印花布提兜打开，提兜里面满满当当的，都是她带来的吃的、用的东西，用油纸包着的点心，裹了好几层报纸的半只全聚德烤鸭，还有怀柔果农用担子挑着进城过来卖的刚摘下来的核桃、柿子、石榴。她一边往外拿，一边跟他说："喏，都是你平日爱吃的。"

她小心地把裹着点心的油纸剥开，说："稻香村的点心，我给你挑了鲜花藤萝饼、绿豆糕和萨其马，幸亏没压碎。"

核桃剥了青皮，核里包的果仁还嫩嫩的带着清香。忆城拈了一块递给天泽，他核桃衣也不剥就直接扔到嘴里去。她拍一下天泽的手："苦着呢。"

天泽也不管，牵住忆城的手，让她坐在床沿上，说："先别忙这些。"他从旁边拉过一张椅子来，在她面前坐下。

天泽仔细端详着面前自己日夜思慕的少女。忆城的身材有着颀长流利的线条，窄窄的流线型的肩。肌肤有着细腻白皙的质地，眼眸像两潭清澈的泉水，是安静的，但又时时闪烁着俏皮的微光。长长的睫毛微颤着，如蝴蝶的触角，令人不忍心去惊动。

脸颊上还有两朵尚未褪去的婴儿肥，她开怀大笑的时候，鼻头便会皱起来。不管她之前的表情多么正经严肃，这便暴露了她是一个永远长不大的女孩子。小巧的鼻子下面，她的嘴唇饱满莹润如盛放的花朵，便是少女天然的玫红色，也许是因为这一天路途上的奔波和焦虑，有点微微发干，起了一些白色的皮屑。

天泽又看呆了，他是看她一百次，总也看不够的。他真想好好地吻吻她。

忆城也正一眨不眨地看着他，清澈透明的眼睛里，便映现出一个小小的天泽来，在凸面的瞳仁里面，有一个夸张的大脑袋和细小的身体。

忆城觉察到他的把戏，便也再凑近一点，歪着头，从天泽的瞳仁里看那个大脑袋的小小忆城。

他们互看了好一会儿，觉得这个场景滑稽得很，便抵着额头笑起来。

天泽想，他是多么爱眼前这个人啊，这种爱充盈在他心里。但他像每一个初初跌入情网的笨手笨脚的少年一样，不知道用什么样的方式来表达才好。

他只眼神呆呆地盯着忆城看，忆城有点不好意思起来，拿手在他眼前晃晃，开口问他："平时训练都做些什么？"

天泽回过神来，说："步兵操练、阵中勤务令、格斗之类的。"

忆城又问："训练是不是挺累的？"

天泽说："还好，就是想你有些难熬。"

忆城低头，咬了一下嘴唇。他所说的，都是她心里想说的。

天泽站起身来，走到窗前去，看着外面灰蒙蒙的天，眉头紧锁起来，沉默了良久，说："'七七事变'之后，日本人越发肆无忌惮了，现在国难当头，我就是舍了命也要跟他们拼到底的。"

忆城好像想起了什么，起身从架子上挂的自己的随身书包里拿出一份报纸来，递给宋天泽，说："你们的报纸，给你拿了一份来。"

天泽接过来摊开，一边看一边点评着："我不在的这段时间，这帮家伙倒写了不少好文章。"一会儿翻到后面一篇署名"埃德加·斯诺"的文章，天泽有点怅然起来，说："现在好怀念斯诺教授的课堂。"

忆城说："我前天在贝公楼上课，经过新闻系办公室时还看到他了呢，正跟学生聊天。"

天泽叹口气："真希望可以快点打完仗，回去跟你一起听课上自习。"

忆城默默地走到他身后去，从背后环抱住他，头倚在天泽的肩背上。

天泽握住忆城绞缠在他身前的手，说："真不知道什么时候有安宁之日。"

忆城说："你记住，不管什么时候，我都是跟你一条心的。"声音低低的，但天泽听得出她话语里面的笃定。

两个人静默地拥抱着，彼此心中都觉得安定。

过了好一会儿，忆城说："你饿了吧？我去弄东西给你吃。"

她拢了下两鬓的头发，转身去桌子上拿了竹编外壳的暖瓶，拔下瓶塞，倒了两杯热水，放在小茶几上。又去洗了手，把带来的烤鸭一点一点撕成小块，加上酱料和葱丝，用小薄饼包好，递给天泽。

天泽接过来，一口一口地吃着。天泽捡一块瘦一点的鸭脯肉，送到忆城嘴边。她摇摇头，推开他的手，说："腻得很。"只坐在他面前，饶有兴味地看着他一口一口地吃，像一头元气淋漓生猛的小动物。

忆城看他看得真入迷，又把手中端的水杯递给他，说："看你吃东西就像我自己在吃一样。"

一边说着，自己就笑起来。

3

忆城去卫生间洗刷。天泽吃完东西，将垃圾扔进垃圾箱，正在收拾着，抬头看见忆城走出来，整个人就呆在那里。

忆城已经换了睡裙，柔滑的丝绸面料如流水般勾勒出她身体的曲线。睡裙的米色底子上面一朵朵开满刺绣的红色蔷薇，袖口、领口处是精巧的褶皱和花边，衬着她光滑的肌肤和脖颈处美丽的锁骨。

发辫散开来，带着一些轻微的弧度，轻柔地披散在肩膀上，别有一番令天泽目眩神迷的风韵。

那一刻的楚忆城如一个盛装的新娘。

天泽以前从未见过忆城穿睡衣。一个女孩子穿睡衣的时刻，想必是私密的，必不肯轻易示人。她此刻却是要把这私密的时刻与他分享。

天泽脸红心热，年轻的心脏怦怦地跳动起来，在胸腔里擂着激烈的鼓点。

天泽有些慌乱地把目光掉转开去，却又无法为这目光找到一个合宜的落点。他尚是个腼腆的大男孩，有点不敢看面前的忆城，怕多一点的注视便是对这圣洁的轻浮。而且他心知自己已然被她周身的光芒灼到，身体深处一些蒙昧的细小东西正在被唤醒。

天泽去卫生间洗了手，走回来，看忆城正倚在床头看那本带来的《浮生六记》。自己便依旧在对面椅子上坐下来，问她："看到哪儿了？"

忆城说："我是无事乱翻书，向来是随手翻到了哪一页，便从哪一页一路看下去。"她说着话，抬头冲他俏皮地笑一下，向他伸出手来，牵住他的手指说："坐到这儿来。"

于是天泽就起身坐到忆城身侧的床沿上去。他低头看她的书翻开的那一页，眼睛盯着书页上的某一行字，"每当风生竹院，月上蕉窗，对景怀人，梦魂颠倒。"天泽两只手攥着拳头，放在膝盖上，手心里汪汪地沁出汗水来。他悄悄抬眼看一下忆城，她正看得专注，似沉浸在里面，轻柔的呼吸间，神情很沉静。

天泽便又低下头去，看她目光所注目的那一行，写的是沈复与芸娘久别重逢的情形："握手未通片语，而两人魂魄恍恍然化烟成雾，觉耳中惺然一响，不知更有此身矣。"他此时此刻似乎也是"不知更有此身"，只是心中震颤。他能感觉到忆城散下来的发丝，扰扰地拂在他的脸颊上。那些小字在他眼前全都跳起舞来。

忆城温软的身体就倚靠在他身侧，真令他迷醉。

天泽犹疑了好一会儿，终于张开右臂来揽住她的肩膀。忆城心里想，天泽这只大熊有时候真是好笨。然而她心里是极甜蜜的，唇角不自知地就微微弯起来。

天泽小心翼翼地抱着怀中的忆城，仿若抱着一件珍贵又精巧的瓷器。似乎只是这样抱着，静默着，也是好的。

忆城真希望这样的静默时光能千年万年地延续下去。她倚在天泽肩膀上，柔嫩的脸颊摩挲着他的脸颊，凑在他的耳朵边悄声问他："你有多想我？"

天泽感觉到忆城轻柔的呼吸拂着他的脸，心中都是充溢的柔情。他说："比你想我要多得多。"

天泽沉默了一会儿，又问忆城："我这不是在做梦吧？"忆城说："这一切都是真的。"一边说着，心里便有些心疼他。她仰起头来，看到他下巴上氲着一层淡青色的胡楂儿，脖颈上的喉结上下蠕动着。

他说："楚忆城，我爱你。"他全名全姓地这样叫她，语气里满是郑重的味道。

天泽的唇在黑暗中，依凭着熟悉的气息吻上忆城的唇，舌尖试探着探入她的领地。她亦回应着他，唇齿纠缠，柔软而湿润，是漫长而缱绻的一个吻。

还有什么比亲吻自己最爱的人更幸福的事情呢？天泽感觉自己的身体轻飘得完全没有了重量，灵魂飞升出来，牵着忆城的手，在云端深处漫步轻舞。日光透过云层笼罩下来，光芒普照世间，令人有轻微的晕眩感。

少年紧锁的眉头在这一刻的欢悦中，暂时展开了。

忆城于接吻这件事情还是生疏的，只知道乖乖地张开嘴巴任天泽亲，并不明了这里面的种种技巧。

过了好一会儿，忆城微睁开眼睛，偷偷看接吻中的天泽。他闭着眼睛，睫毛微颤，正深深地沉迷在这个长长的吻里面。一个沉溺于至爱事物里、沉醉不知归途的大男孩，脸上的神情安宁而纯净。

　　隔着自己的睡衣和天泽的军装衬衫，楚忆城感觉到天泽的心脏有力而急促地跳动着，身体热得像一块烫手的金属。

　　过了好久，他们才从这唇齿纠缠的沉溺中醒过来，两个人额头抵着额头，互相对看着对方红扑扑的脸，相视笑起来。

　　天泽的嘴唇四周，是一个个红红的细密的牙齿印子。忆城凑上去借着灯光仔细察看，有些诧异，问他："这是怎么回事？"

　　天泽自己用手指摸了一下，有一点细微的刺疼，起身照了镜子看了，也笑起来，说："也许被小猫咬的吧？"

　　忆城反应过来，握拳捶他一下。天泽便摆出一副严肃的神情来，说："刚才亲你时，你只知道张着嘴巴，我无从下口，只觉得被你的牙齿硌得疼。原来你的牙齿印子早就印在上面了。"

　　忆城拿被角捂了脸，躺回到枕头上，咯咯地笑起来，欢乐得不行的样子，说："你从此打上楚氏印记，永世不得翻身。"一边为自己不会接吻又假装老练，却被天泽揭穿这件事觉得非常害羞。

　　天泽说"好啊"，一边就呵一呵手，俯下身要去挠她痒。

　　忆城被挠得滚来滚去，笑得上气不接下气，头发蓬蓬的，晶晶亮的眼睛里面都是顽皮的神气，口里向他求着饶，说："下次你在我嘴唇上印牙齿印子好吧？"

　　天泽说："好，那现在就还回来吧。"便俯下身又要去亲她，他下巴上细细的胡楂儿扎得忆城痒痒的，她笑着躲他。

　　他的手不小心碰到她的乳房。两个人都凝固在那里，呆了一瞬。

忆城先从这愣怔中回过神来，她犹疑了一下，伸出手来，攥住天泽的手。他的手那么大，手指修长，骨节分明。

她牵引着他的手，放上自己幼嫩的乳房。少女的肌肤柔滑、光洁，如同一种献祭。

天泽的手触碰到她柔软的身体，像是被烫着了似的缩回去，喘着粗气说："你要等我回来。"

忆城眼睛盯着他，清澈的眼眸里有种一往无回、不容商量。此时她一改往日的温柔，那温柔是倔强的、执拗的。

天泽身体颤了一下，他的喉结上上下下地起落着，他想忆城一定听到了他费力吞咽唾液的声音。这让天泽觉得有点尴尬，但又顾不得这么多了。

天泽颤抖着手，褪去她肩头的睡裙吊带，忆城的身体在他手下微微地抖着，如风中落叶。忆城牵引着他的两只大手，放到自己胸衣后面的搭扣上面。他大手大脚笨拙得要命，费了好大的劲，才摸索到如何把搭扣解开。少女的身体温暖而柔软，有着自汗水发丝间自然散发出的淡淡体香。

外面天色已经完全黑下来，室内没开灯，是一片如水的微凉的黑暗。没一会儿，他们就在薄被下面裸裎相对。

忆城躺在枕头上，天泽微侧着身体，看着她。他的手，是一尾鱼，最初是被她引领着，后来便找到了自己游动的节奏，游过她身上圆润的山岭、平坦的原野，游入水草丰茂的水泽。

这一路的行程，于他完全是陌生的体验，却又让他迷醉。他的眼睛是红的，像一只小野兽，水汪汪的，一瞬不瞬地看着忆城，似乎要一直看进她的灵魂深处去。

他的鼻息喷到她的脸上，如热风，呼吸里满是年轻的男性荷尔蒙气息，浓酽得像某种醇酒，却又清新如草木，令人忍不住要赞叹这里面最原初的干净和清洁。

忆城真喜欢闻他口鼻间的气息，那一刻她跟自己说，要记住天泽呼吸中最独特的味道。她闭上眼深深地吸了口气，感觉自己要在这气息中沉醉过去。

天泽满头都是淋漓的汗水，伏在她身体上。他即将步入缀满美丽花朵的拱形门，挽起新娘的手。然而在最后一刻，他停了下来。他们还得耐心等待一些时日。他另有一段艰险的路需要走。

他说："我不能害了你。我不一定能从战场上回得来。"

忆城看着他急得满头大汗的样子，心里是简直要化掉的温柔，她抬手擦去天泽额角的汗水，伸出一只手来，一点一点抚摸着他倾落在她肩头的汗湿的头颅，慢慢地抚慰着他。她的眼睛看着黑暗中的某处，要沁出泪水来。

忆城静默了一会儿，润一润干涩的口唇，说："不管怎么样，我都是你的。我不怕。"

两个人在黑暗中相对，看着对方的眼睛，他们悬浮于这黑暗之河中，仿佛这黑暗夜色可通于往古、前世，又可通于未来。

外面不知道什么时候下起雨来。窗外风雨琳琅，雨水激烈地打在窗玻璃上，如同创世之初的宇宙洪荒。天泽从后面抱住忆城，下巴抵在她的头顶上。

两个人牵着手，沉在黑暗中，也像是过了一辈子那么久，往古、现世、未来，时间的界限都被泯灭掉了。他们共同沉于混沌，情愿两个人也就这样永无止息地过下去。

不知道过了多长时间，外面走廊上响起急促的脚步声，接着房间的门被擂得山响。

两个人自迷离的甜蜜之境中惊醒过来。天泽怔了一下，飞快起身从地上捡起四处扔落的衣服，内衣、军裤、制服衬衫、外套，一件一件迅速穿上身，蹬上靴子。

忆城也要坐起身来，天泽按住她，回过身来，拿被子紧紧地裹住忆城尚赤裸的身体，盯着她晶晶亮的眼睛，说："等我一小会儿，我去看看。"

天泽一边扣着皮带的搭扣，一边快步走到门前去，把门拉开一条细小缝隙，从门缝里看出去。外面是天泽同营的战友小六子，因为一路小跑过来，现在站在那儿还是气喘吁吁的，穿了雨衣衣服还是湿了，头发上往下滴答落着雨水。

天泽问他："怎么了？"

小六子说："现在要紧急集合。正在点名，四处找你呢。"

天泽应一声，说："稍微等我一会儿。我马上就来。"

他关了门，转身几步走回到床前，俯下身来，给忆城一件一件穿上方才褪下的衣衫，理一理她略显凌乱的头发。然后隔着被子，紧紧地抱住她。

他的胳膊健壮、有力，紧得忆城简直要窒息，觉得自己就要被压成一张薄片，嵌进他的胸膛里去了。它不同于一切浮光掠影、敷衍了事的拥抱。天泽把至深的生命之力与至深的爱意都注入了其中。她能感觉得到。

他在她耳边说："我要回营了。"

忆城哀哀地求他："我害怕。今天晚上你可不可以留下来陪我？"

她希望，自己爱情的力量，可以战胜种种律令。

天泽伸手摸摸忆城泛着薄薄一层潮红的脸颊，眼睛里都是对她的疼惜，可是终究是军令如山，无法违拗。

他说："这几天前线战事吃紧，我们也要紧急备战。我没有办法。"他脸上都是为难的神情，这让忆城心疼。她是一点都不想天泽为难的。

他又说："睡觉时好好把门关紧。"

他亲一下她的唇，转身往门口走去。

忆城喊他"天泽"，他停住脚回头看她。

忆城定定地看着他的眼睛，说："我以后就是你的妻子了。"

天泽点点头，说："等我打完这一仗回来，我们就结婚。"

他想了想，从上衣内侧口袋里掏出一件东西，走回去，递给忆城。

那是个光滑的子弹壳。弹壳是天泽利用平时训练的间隙，一点点仔细打磨好的。底端小小的金属环上穿了一根红丝线，挽了一个结。

他撩开忆城的长发，帮她戴到脖子上，说："我入伍这么仓促，都没来得及给你买订婚戒指。"

弹壳凉凉地贴着忆城心口的肌肤。她冲天泽笑一下，说："我喜欢你亲手磨的弹壳。"

他走到门口，马上要迈出去。

忆城又叫住他，说："我等你回来。"

天泽点点头，最后看她一眼，回身关好门。

忆城听着走廊里空旷的脚步声渐行渐远，他每走一步，都是她在深渊中越深地跌下去。她把脸埋进枕头里去，眼泪就汹涌地流出来，把枕头都打湿了。

5

接下来是要独自挨过的暗夜。

楚忆城整理好身上的衣服，掀开被子走下床来，反复检查了几遍，确认门后面的插销已经插好。又把床前的椅子费力地推到门后面去，抵住门。

她环视了一遍，想了想，又走到窗前，拉开窗帘，检查窗户是否已经闩好。隔着玻璃，外面都是黑漆漆的，无底的夜色。她心里就不免担忧起来：天泽现在是不是已经在这夜色中回到营地了？不知道会不会因为私自外出受罚？

轻微的寒意从窗子的缝隙中渗进来，忆城不禁环起手臂来，抱了抱自己的肩膀。

她复又拉紧窗帘，走回房间去，把房间里的台灯、壁灯、卫生间的灯全都打开来。室内充满了光，她才感觉自己没有那么害怕和孤寂。

忆城脱了拖鞋，上床拥着被子，在刚才两个人共同躺过的被窝中躺下来，那里面还带着天泽身体的余热。

她拉起被子蒙起头，闭上眼睛，却是辗转难眠，从与天泽初识，到如今，两个人经历的种种，以碎片的形式一点点涌上心头，想到温馨处，她又弯起唇角，要笑起来。

她想起天泽还未离开学校时，他们两个人经常沿着圆明园福海岸边，只是漫无目的地走。

天泽双手插在裤袋里，一边走一边跟忆城说着自己的理想。

忆城一边安静地听着，一边抬头去看天泽，他的侧脸，在黄昏幽微的光线中，被少年特有的激情光芒照亮，眼睛也熠熠发光。非常明亮，非常动人。

激扬文字，指点江山的天泽令她芳心倾倒。

傍晚时分，微凉的空气里是越来越致密的黑夜的粒子，暮色慢慢地就落下来。宿鸟归飞，昏鸦云集。抬头看一眼，枝叶横错间是藏黑色的天。

楚忆城下午出门时身上只穿了一件洋装裙子，傍晚时气温降下来，又起了风。凉风顺着她的袖口、领口嗖嗖地往里钻，掠着她的肌肤。忆城双手抱住自己的肩膀，不自觉地便打了几个喷嚏。

天泽看见，便赶紧把自己身上穿的灰色双排扣呢子大衣脱下来，给她披上。又站在她面前，俯下身去，一粒一粒耐心地给她扣好扣子。

楚忆城觉得自己被天泽裹得简直像一只粽子呀。

秋天的时候，刮的是西北风，风浩浩荡荡地过来，挟着苍凉和风沙。

天泽为了给她挡风，在她前面倒退着走路。

西风里倒退着走路的少年天泽，身上只穿了一件单薄的蓝色条纹衬衣，衬衣里面鼓鼓地都灌满了风，显出少年身形，挺拔、清朗如白桦。

他的衣角、短发都被吹得飞起来，吹向她的方向。

忆城觉得，这也许正如同某一种隐喻，不管风从哪一个方向吹来，他总是向着她的方向。这样想，让她觉得温暖和安心。

这种寒暖与共，楚忆城到死都忘不了。

弹壳在衣衫的里面，贴着忆城的心口，随着她翻身的动作，在她的肌肤上移动，像是一只有生命、有灵性的小动物。她又把它摸出来摩挲着，在微弱的光线中爱惜地看着它。弹壳是一点点打磨出来的，散发着金属的流丽光泽。

不经意间她的手碰到了凹凸不平的一点什么东西。她捧着弹壳，凑到灯光下去仔细辨认，在靠近弹壳的底部，刻着一个"忆"字，笔触细如发丝，要好仔细才能辨认得出来。

忆城把弹壳捧在手心里，捧到唇边去亲吻它。她知道，天泽打磨它的时光，必定都是无比想念她的时光。

北平的七八月间雨水充沛。夜里便有湿寒的气息从窗户缝隙间渗进来。风挟着雨水掠过树梢，有不知名的雀鸟抖落羽毛，间或发出一两声凄然的叫声，把这雨夜啼叫得愈发清寒。

忆城朦胧间便沉入恍惚的睡梦中，其间又在窗外电闪雷鸣与倾盆大雨中几次惊醒过来，醒来的刹那有好一会儿都想不起来自己身处何地。窗外大雨倾盆，一切都泯灭成了一个蛮荒世界。荒野间，只有遥遥的一两盏孤零零的灯光。

她紧紧地裹一裹身上的被子，幻想着天泽温暖的臂膊在抱着她。她一丝丝地回味这个夜晚的每一点细节，回味天泽留在她肌肤上的每一丝余温。

室内还有天泽留下的温暖气息，而人已远去，真是恍然如梦。

苏昔一边在膝头的笔记本上做着速记，一边想自己要听到的大概是一个铁血英雄的柔情故事，有着大家喜闻乐见的种种要素。她说："感觉您一直都很牵挂忆城？"

宋天泽点点头。

苏昔看着他的眼睛，他浑浊的眼睛里闪过一丝甜蜜，但随即又露出一丝不易觉察的哀痛。苏昔确定自己没看错。

她心里有一些好奇，问："她是一个什么样的人呢？"

"她纯洁、美好，内心永远充满着对生活的热情。你在她旁边，总会被感染。"天泽嘴角牵动了一下，吞住说了一半的话，转头看苏昔："你也谈过朋友了吧？虽然我现在成了老古董，但初恋的感觉跟你们都是一样的。"

讲述的过程中，天泽很喜欢开玩笑，他似乎永远在照顾着别人的情绪。苏昔能感觉到他那种想让人觉得舒服自在的努力，但这种乐观和热情并不是他的本性，她能感觉得到。

在他那种热情的背后，似乎另有一重更暗哑的底色。比如说，他在说一个笑话的时候，眼角却也总有一些忧思。

天泽倒了一杯绿茶递给苏昔，笑了笑，说："接下来再说点什么呢？"

作为一个老兵的故事，自然避不开的，是七十年前那场南苑守城之战。

第三章 少年，少年

水深激激，蒲苇冥冥。
枭骑战斗死，驽马徘徊鸣。
——《汉乐府·战城南》

1

1937 年 7 月 27 日，北平。

黄昏来临，紫红色的太阳一点点沉入天际线下面去，循着这千万年间并不曾变易的轨迹。西边的半面天空渲染开胭脂红色的霞彩，映红了黄昏时出没的蝙蝠的眼睛。

北平城结束了一日的喧腾热闹，大地上蒸腾着尚未散去的暑气。城中的人们于这渐渐浓稠起来的暮色中，似乎觉察到了一些微的异样。

随着夜幕降下来，城外在白日里尚是稀疏的枪炮声，此时却如夏日急骤的落雨般愈加密集起来了。

这一天晚上的南苑兵营中，和以往一样，宋天泽和战友们经过一日的战备训练，洗刷好，正准备休息。

几个小时以前，他们刚刚发了新步枪，这在他们年轻的心中激起一些躁动的兴奋，令他们难以入眠。这些投笔从戎的年轻人中，很多人几个月前连枪响了要卧倒都不知道，更别提真正拥有一支属于自己的枪了。

南苑兵营学兵团中，这 1700 多个年轻的学生兵，平均年龄不到 20 岁，嘴唇上方刚长出细软的绒毛，声音像小公鸡一样变得沙哑低沉。

他们年轻而膨胀的心脏里，除了值此家国危难之际热血澎湃的大志之外，也盛放着青春期的桀骜叛逆，有股老想找人干一架的冲劲和八头牛都拉不回来的执拗。

在深夜的营房里，熄灯后，一大片黑暗笼罩下来。巡夜的脚步声也渐渐远了。不知道是谁起的头，几个士兵压低了嗓音小声地交谈起来。刚开始谈的是他们手中刚刚发的枪。

大脚问临床的启明："你是不是第一次摸枪呢？"

启明马上不承认自己的没见识，说："我13岁的时候，就拿猎枪打死了一只獐子，两只兔子，五只狐狸，三只狼……"

启明话音未落，大脚猛地伸过手来，拍了拍他的肩膀，说："书生，吹得没有边沿了吧！"

大脚一边说着，整个人便笑得身体发颤。启明是清华大学生物系的学生，白白净净的，戴一副金丝框眼镜，连说句话都要先慢条斯理地想半天。

阿蛮也笑着打趣启明："你是说，你拿解剖刀解剖过三只小白鼠吧？"

聊来聊去，不知道为何，话题转来转去，大家兴奋地谈论起女人的身体来，一双双年轻的眼睛在京郊的暗夜里熠熠闪亮着。

阿蛮兴致勃勃地踢开被子爬起身来，冲着天泽说："泽哥，你有没有经历过？说来听听。"

天泽仰躺着，两只手枕在后脑勺下面，呵呵笑两声，说："这个要保密。"

阿蛮"嗨"地叹口气，甩一句："讳莫如深的，这可太不够哥们了。"

小六子也从床上骨碌一下爬起来，说："那天紧急集合的时候，我去旅馆叫他——"

天泽从床上弹起来，跳过去摁住小六子，说："你那天又晒被子了吧？"

小六子颓下来，摊摊手，说："好吧，我们都闭嘴。"

天泽嘿嘿笑两声，放了手，躺回到自己床上去。

阿蛮和大脚却都抓住了这里面的料，揪住不放。

阿蛮说："怪不得泽哥这几天神思恍惚，像把魂儿都丢掉了。"

大脚一本正经地用话剧舞台的抒情腔调说："泽哥是纯洁的、高尚的爱——不容你们亵渎。"不等说完，自己就忍不住爆笑起来。

天泽骂他一句："你演罗密欧演多了吗？"

他们打闹的时候，启明一声不吭，一直自己蒙在被窝里，打了一只小小的手电筒在看书。

阿蛮瞅一眼启明的被窝，一面军绿色的薄被子被他拱起来的高瘦脊背撑成了一顶帐篷，沿着边沿发散出一圈亮光。

阿蛮扯着唇角无声地笑了一下，又环顾着瞅大家一眼，食指竖在嘴边"嘘"了一下。大家都领会了阿蛮的意思，于是都蹑手蹑脚地往启明的床边凑过来。

阿蛮抓住被角，猛的一下掀掉了启明的被子，大脚眼疾手快，俯身从启明眼前把他正在看的杂志抢了过来。

启明反应过来，跳起身来就要去夺。大脚赶忙把杂志扔给小六子，张开两条手臂挡住启明，又回头冲着小六子喊："我抵抗住。你赶紧瞧瞧他看的是什么。"

小六子低头翻到杂志中间的一页照片，大惊小怪地惊呼起来："不得了了，启明在看裸女照片。"一边说一边把杂志擎在手里，图片朝外，四处巡回着展览给大家看。

那是一张摩登女郎穿比基尼的海报。年轻女郎穿着红色的紧身比基尼泳衣，侧躺在阳伞下的沙滩上，显露出凹凸有致的健美身材，两条光洁的长腿连着精巧的赤足，非常坦荡地暴露于阳光下，皮肤是极有光泽的健康小麦色，头发微微地烫着大波浪卷，慵懒地披散在圆润的肩膀上，脸上笑容灿烂，饱满红唇的唇角微微地挑着。

大脚看到，也伸手要去抢。

这时候，外面有人呵斥一声。

在外面巡夜的吕连长，刚刚走远，这时候又折回来了。他刚才站在窗户外面，听到这间营房里闹哄哄的简直要炸成一锅粥。他厉喝一声，举起手电筒来。

手电筒的光柱透过窗玻璃射进来，晃得人睁不开眼睛。

吕连长踢开门走进来。刚才那帮差点掀了屋顶的孩子兵，现在都人模人样地闭着眼睛装睡。

他跺一跺脚，声音中火气猛烈："刚才谁在说话？站出来！"

孩子兵们都一动不动地平躺在自己床上，两条胳膊板板正正地放在身侧。

吕连长背着手，从床铺间巡视过去，继续气急败坏地嘶吼着："还装睡呢。再不站出来，全体都出去围着操场跑步。"

大脚猛地坐起身来，举一下手，声音斩截地说："是我。"

几乎在同一时刻，天泽也坐起来了。

连长扫他们一眼，冷笑一下，说："哟，还挺讲义气呢。好，两个人一起到墙角站着去！"

天泽、大脚低着头，下床走到墙角处立正。

连长又问："刚才你们在抢什么东西？"

没有人吭声。

连长便走到各人床边去搜，掀了阿蛮、启明的被褥枕头，没找出什么东西来。

他又走到小六子的床边。小六子急了，拿脑袋使劲地压住枕头。连长拍拍他的毛刺脑袋，探手往枕头底下去，捏住杂志不小心露出的一角，一把就把它拽了出来。

大胡子连长手里拍打着杂志，红着眼睛骂："这都什么时候了，你们还顾得上看这些？你们就是一坨屎。"

没人回应，他便接着吼下去："你们的精力都没处用，使不完是吧？留着去杀那些小日本鬼子啊！"

他转头冲墙角低头站着的天泽和大脚又吼起来："站着也有点精神气，别低头耷耳的。"

二人抬起头来，啪一下做出一个军人标准的立正姿势。

他扫了一眼，两个学生娃都还赤着脚踩在水泥地面上，身上只穿着短裤和背心。他叹口气，冲着他们摆摆下巴，说："回去睡吧。"

说罢转身背着手走出营房。

嘴里甩下一句话："杂志打完仗回来就还给你们。"

连长走出去，带上门，脚步声慢慢地远了。大家都拥着被子，各自想着心事，不吱一声地睡了。宋天泽躺在营房硬邦邦的行军床上，刚发下来的步枪放在身边，全身疲累难耐，但却难以入眠。他起身披了衣服，悄悄地推开营房的门走出去。

营房左侧不远的草地上，有一点火光明明灭灭。天泽走过去，看见吕连长席地坐在那儿，正沉默地抽着烟。连长抬头看到天泽，拍一拍身侧的位置，天泽便坐下来。

天泽顺着吕连长视线的方向看过去，前方营墙铁丝网外，黑黢黢的远山如兽类般趴伏在那里。吕连长把手中的香烟盒和火柴递给天泽，说："抽烟吧？"

天泽犹疑了一下，接过烟盒来，从中抽了一根香烟，擦着火柴点燃，凑到嘴边猛吸一口，浓烈的烟草味道呛得他咳起来。

吕连长拍拍他的肩膀，爽朗地笑起来，说："还是小兵娃子呢。"

天泽一边咳一边说："连长，刚才的事情您别往心里去。"

吕连长深吸一口烟，吐出一个烟圈来，说："你们这些孩子也都不容易，都是该在学堂里念书的时候呢。不过我不拿出一点威严来，又唬不住你们。"

天泽沉默了一会儿，开口问："您想念家里的亲人吗？"

吕连长把抽完的烟头放在脚底下捻灭，说："你嫂子刚给我生了个大胖小子，小名叫虎子。我还没见着这小鬼头的面，现在就等着打完仗回去好好抱抱他。"说着说着就笑起来。

两个人又沉默地抽了一会儿烟。这静默中有一种男人间的理解与默契。

繁星坠落四野。天泽辞别吕连长回营房躺下。忆城的脸不断在他脑海中浮现，陪他度过睡前那一小段可贵的私人时光。忆城的照片和来信，都藏在枕头下面。幸亏刚才吕连长没有掀他的枕头。

他辗转反侧了好一会儿，小心翼翼地起身从枕头下面摸出捆扎成一束的信件照片来，贴在胸口处放着。浮躁的一颗心总算才安定下来。

忆城在信里会咕噜咕噜地跟他说好多话。校园池塘里的荷花开了，一朵一朵都像穿了芭蕾舞裙子跳舞的长腿女孩，她和美琪走在水边上，在荷塘边徘徊看花："真想买条小船偷偷地划进去采莲啊！我采莲的时候就会灵感大发给你写一大摞诗。"

他想得出她说这话时那种手舞足蹈的样子。天泽想到这儿，就不禁在夜色中无声地笑起来。

营房里的大多数战友都睡着了，发出此起彼伏的鼾声。临床的启明在梦里模糊地呓语，在唱一直挂在嘴边的大刀歌："大刀向鬼子们的头上砍去……"嘟嘟囔囔地唱走了调。

大脚和小六子都把枪抱在怀里。他们对这锃亮步枪的新鲜劲儿还没有过去。

2

天空蓝得清澈可爱，飘着大朵大朵的白云，天泽牵着忆城的手，在开满鲜花的草原上奔跑。他们赤脚踩在小草叶尖上，脚底痒痒的。忆城穿着白色的连身裙子，衣角和发丝在煦暖的小风中飘漾起来。她白皙的皮肤在阳光下愈加显得娇嫩，整个人又被阳光镀上了一层淡淡的金色光泽。她回过头来对天泽笑，眼睛弯起来，里面的笑影像小鱼在清澈的潭水里游，小鼻子都笑得皱皱的。

突然，巨大的爆炸声传来。

天泽转过身，忆城已经不见踪影。

他睁开眼从床上猛地坐起来。此时营房里已经乱作一团。门外都是冲天的火光，战友们正忙着穿鞋穿衣服，找自己的枪和大刀，嘴里喊着："日本鬼子攻进来了！"

那个时候的宋天泽，只是千百个不明状况的年轻人当中的一个。他在忙乱中，捞起一直放在身边的步枪和大刀。又把几枚手榴弹和几个馒头绑在了腰带上，就冲出了营房。

他们与日军之间，实力对比悬殊。但是到了那样一个境地中，谁也顾不了什么了，只有硬着头皮往前冲。宋天泽此前从来没有意识到，自己的身体里，竟然有那么多蓄势待发的能量。在那个时刻，就像被猛然戳破的气球一样爆发了出来。

拿十条年轻的生命，去换一条侵略者的命。这里面的值与不值，谁也来不及想。他们是血与肉的围墙，堵上去，保护自己的城池不受滔滔洪水的侵犯。

他的战友一个个在他身边倒下去。天泽身上的军装，都已被血水浸湿，紧紧地贴着皮肤，他已分不清这是敌人的，是战友的，还是他自己的血。贴在他身上的黏稠血液，一点点从温热黏连而变得冷湿滞重，从皮肤表面一直渗入到他体内。

以后的日子里，宋天泽相信，他的血液中必定渗入了他的战友与敌人的血，它们从毛孔渗入他的皮肤，潜入他的毛细血管，汇入大动脉，随着他的血液运行汩汩流动至全身，最终成为他身体的一部分。

这使他的性格变得暧昧不清，各种混杂的东西通通叠合。他一直相信，在他身上活着小六子和启明的一部分，也还有暴力而充满戾气的一部分，这来源于溅在他皮肤上的日本侵略者的血。

这是一场肉搏战。面对面地残酷厮杀，迫近得可令宋天泽看清楚对面日本士兵脸上的粗大毛孔、红色酒糟鼻上的坑洼，闻得到他口腔里喷出来的夙夜的气息，听得到他呼哧呼哧的喘气声。

天泽胡乱舞动着手中的大刀，横冲直撞。在最后时刻，被他劈破头颅的矮个子日本少佐冲他眨了眨眼，然后从被他劈开的创口处猛地喷出一股红红白白的黏稠血浆，带着腥热的气息，喷到天泽脸上。在天泽举着大刀愣神的瞬间，矮个子少佐扑通倒到地上去，溅起了草茎下的一片泥土。

这时候天泽还不能控制自己的呕吐感。血腥的气息钻入他的鼻腔，侵入他的肠胃，像一只只小手抓挠着他。他俯下身去，对着这具尸体翻江倒海地呕吐起来。

不远处，大脚正与一个日本士兵对搏，他手中的大刀在混战中不小心被打掉，急切之下他便死死地拦腰抱住对面那个日本兵不肯松手。日本兵急了眼，拿刀疯狂地在大脚的后背与脖颈上一阵乱砍。

大脚的背都被砍得血肉模糊，然而仍然执拗地不肯松手。

五分钟之后，天泽走过大脚身边，蹲下身去伸手试探他是否还有气息。他眼睛圆睁着瞪向天空，两只手仍然死死地卡在被打爆脑袋的日本兵身上，分都分不开。

小六子刚开始缩在战壕里，抱着崭新的步枪不停地打着哆嗦。看到大脚被乱砍，他眼睛都红了，大脚是他中学时同寝室的同学，上下铺的好兄弟，两个人是互相鼓着劲儿加入学兵团的。

他从躲藏着的战壕里冲出来，高高地举着大刀，口中嘶喊着向对面的日本士兵冲去，发誓要他们血债血偿。

然而刚跑到中间的空地，一颗炸弹扔了下来。然后小六子的身体就在天泽眼前被炸成了碎片。血肉和身体的残肢瞬时四处飞溅。

炸弹爆炸的那个时刻，天泽整个人都蒙在那里。那个瞬间他的整个世界被抽空，失去了声音，他的耳朵瞬间失聪。枪声、炮声、嘶喊声，一切的声音都被抽空，他的脑袋成了真空。

战火纷纭、血肉横飞的场面在他眼前翻腾浮现着，然而似乎都成了无意义的画面，那个时刻，他想不起来这到底发生了什么事情，想不起来自己是谁，又为什么会在这里。他的整个世界似乎变成了白茫茫一片，他是渺小而孤绝的一个黑点，在大雪落满的空茫雪野里走，空无一人，四野无声。

在这茫然的空白意识中，天泽机械地迈着步子，从躲避着的短墙后面走出来，身体失去了掩护，完全暴露在枪林弹雨之下。流弹擦着他的肩膀飞过去，在他身后的墙上激起一个个弹坑。这时候，一个人从旁边扑过来，把他扑倒在地上。

天泽这时候才从真空状态中回过神来，意识一点点地恢复过来。枪炮声重新在他耳边恢复了震耳欲聋的声响。

把他扑倒的是启明，他正扯着嗓子冲着天泽懵懂呆滞的眼睛喊："你不要命了吗！"

天泽的胳膊上都浸满了血。他的手臂木木的，没有知觉。刚开始，他以为自己的整条胳膊都给炸没了，但转头一看，幸好只是子弹擦着肩膀过去，擦破了一大块皮肉。

天泽也是昨天晚上才刚拿到属于自己的枪，射击也只短暂地练习了一两个月，举起枪来，晃晃地瞄不准目标。然而这时候他连恐惧也顾不上了。

天泽变成了一头红了眼睛的豹子。在刀尖和弹丛里穿行，满眼都是赤红色的血光。他感觉血液在他的血管里沸沸地翻滚着，像随时准备着要冲破血管的堤坝喷涌出来。那个时刻，他不是他自己。

3

从清晨到中午，日军发动了三四次冲锋，但都被学兵团击退，这些青涩的娃娃兵，拿自己年轻的身体堵上来，拿自己做了砌城墙的砖，用喷洒出的血环绕成了一道护城河。

盛夏的太阳慢慢移往血红色天空的正中。这时候，天泽和战友们接到了撤回北平的命令。

通讯线路早已被日军的炮弹炸毁，撤退命令只能在战壕中口头传递着，接力棒似的从一个人传向另一个人。

撤退在作战的间隙中开始，战场一片狼藉，一切都在失措无序中进行着。南苑至北平大红门的黄土路上，从南苑溃退下来的士兵们拥堵在一起。

头顶上空，几十架日军飞机还在嗡嗡地盘旋着，不间断地朝人群抛撒下炸弹来。机枪扫射下来，子弹如密集的落雨。一路上险阻重重，不断有士兵一声不吭地就倒下来，倒伏如麦浪。

路两边是盛夏时茂盛的玉米地。繁茂的玉米此时已长至一人多高。有日军埋伏在绿如深海的枝叶间，如游鱼般穿插着，他们蹲在单人掩体里，一个兵负责两挺机关枪，用结实的金属线扯着枪的扳机，枪和金属线都用绿色的叶子挡住，只管架了机关枪一径向着路面疯狂地扫射。

正在撤退中的年轻学生兵们，像靶子一样暴露在占据制高点的日军机枪下，战斗变成了丧心病狂的单向屠杀。正在拥堵中的士兵一个接一个地被击中，不明所以间便仰身躺下。

遍地都是被日军炸死的战友，不时还有身受重伤的战友的哀号声。天泽的眼睛红得简直要滴出血来了。

启明原本是往前冲着的，突然转个身几步迈下土路来，踏入繁茂的青纱帐，拂开叶子，举刀利落地砍掉了日军扯着机枪的金属线。又再沿着金属线，顺藤摸瓜地找到日本兵，他一共找到了三个，拿手中的大刀像剁西瓜一样往他们的脑袋上砍去。

第三次举起刀来的时候，他的大刀高高地举起来，却只是缓慢而软绵绵地落了下来。他的身体已经被旁边另一个日本士兵的机枪扫射成了蜂窝煤。

那个刀下余生的日本士兵，又心有余悸地用刺刀在启明布满密密麻麻坑洞的身体上补刺了十几下，以确认这只红了眼睛的年轻豹子已经彻底无力还击。

与天泽一起撤退的阿蛮，半个月前刚从辅仁大学入伍加入学兵团。别看他表面上一副咋咋呼呼的样子，其实这才是他第一次摸枪，端枪的姿势也完全是他自创的。

他一边往后退着，一边转头跟天泽说话："他妈的！我活着回城，就去东来顺吃涮羊肉一直吃到撑爆肚皮。"

话音尚未落下，阿蛮感觉自己的后脖颈上像是被蚊虫叮咬了一下。他愣了愣，错愕间伸手到后面摸一摸，脖子上湿淋淋的像是落满了雨水。然后他缩回手来看一眼，满手掌都是殷红黏稠的血。

飞机上扫射下来的子弹从他后脖颈的正中射进来，打穿了他的食道和气管。

刚才还生龙活虎的阿蛮，见到自己的血，就闷声不吭地一下子栽在黄土路上了。

天泽的右腿中了弹，他也是过了好一会儿，才反应过来。那股疼从小腿，经过大腿、躯干，一路传至他的大脑中枢。天泽腿一软，扑通一声往前扑倒在地面上。

从后面赶上来的吕连长经过他身边，俯身架起天泽，继续往前走。天泽的两条腿，拖曳在尘土里，他感觉自己的身体完全不听使唤，成了一个搭在别人肩膀上的累赘。

他急起来，跟吕连长说：“你把我扔在这儿，不要管我了。”

大胡子连长一边往前走，一边转过头来吼他一声：“你怎么这么多废话！”

走了大概有二十多步，身边的连长身子一挫，一下子倒在了地上。他中了旁边射过来的子弹。

天泽连带着也倒了下去，被吕连长沉重的身体压在下面，完全动弹不得，他只听到连长在他耳朵边喃喃地说：“替我去看看我儿子。”一口气端不上来，他停顿了好一会儿，又继续说下去：“我见不着虎子了。”

天泽答应一声，使劲儿地点点头。那条腿的疼痛彻骨连筋地泛上来，天泽只感觉自己太阳穴上的血管突突地急速地跳，似乎随时会崩出来。他昏死过去。

不知道过了多长时间，等天泽醒过来的时候，枪炮声已经止息。他轻轻推一下压住自己半边身子的吕连长，用酸麻的手臂支撑着坐起来。

吕连长的身体，已经完全冷却僵硬。他眼睛圆睁着，直直地瞪向天空。大胡子被脑袋上流出来的血浆浸成了一绺一绺的，已经凝固变硬，成了黑紫色。

子弹是从侧面射过来的，打爆了他的头颅。而天泽正好在他的另一侧。那颗子弹本该射中天泽的。天泽感觉一阵低沉的声音在自己的胸腔里轰鸣起来，他伸手轻轻地在吕连长的眼睛上拂过去，使他闭上了目眦尽裂的眼睛。

连长的血手里还紧紧攥着什么东西。那是带给娃娃的一个虎头护身符。斑斓的五色彩线绣成的一个小香袋，已经完全被血水浸湿了。天泽擦一把眼泪，把护身符从他手里拿过来，揣到自己胸前的口袋里。

天泽抬头扫视一眼，长长的看不到尽头的一条黄土路上，横七竖八地布满了战友的尸体，以各个不同的死状横陈在那里。路边被炸弹引着了的几丛荒草，正兀自冒着青白色的浓烟。

一大群乌鸦嘎嘎地叫着，扇着翅膀从树林那边飞过来。天色昏黄，滞重压抑得令人有呼吸艰难之感，弥漫着一种苍凉的恐怖。

这时候天已经完全黑下来。也不知道是几点钟了。

天泽试着站起身来，但那条中了子弹的伤腿已经完全没有知觉。他怀疑那条腿废了。

他从旁边找了一把步枪拄着，撑持着身体往前一瘸一拐地走去，身体的大部分重量都压在那条未受伤的左腿上。

从战争刚开始的凌晨，除了只吃了一个揣在口袋里的凉馒头外，天泽一整天未曾进食，也没喝一口水。他感觉自己的肚腹似乎要被后背紧紧地吸过去。背在身上的干粮和水，在混战中早就不知道丢到哪里去了。

不知道已经走了多少路，天泽只觉得，在自己混沌的意识中，已经过去了好长时间。他脚下软绵绵的，只是机械地拖着自己的身体往前走一步，再走一步……

突然，天泽不提防地在一块石头上绊了一下，往前摔过去，整个人脸向下趴在了那里。

天泽挣扎着，试着站起来。他侧过身去，用手臂撑着，但手臂也只是软绵绵的，完全使不上力气，无法撑持住他身体的重量。

天泽站不起来，最后只好用手爬着往前走。

身体和伤腿拖曳在黄土中，留下一道深深的痕迹。他爬着经过一具一具冒烟的、残缺不全的尸体。那时正值盛夏，士兵们的尸体已经散发出气味，以一种雾状弥漫在这条路的上空。

天泽胸前的衣服在持久的爬行中被磨烂。身体不断流出的血，沾了身下的黄土，结了一层一层的硬痂，干结了，又有一层新的硬痂结上。

宋天泽筋疲力尽，身体沉重得像一块巨重无比的铁块，他感觉自己就要拖不动它了。夜里露水深重，打湿了他的衣服和头发。

但爬到后来，过了一个极限之后，他脑子里反倒静寂下来，一片澄明。他不再感到累，只是身体机械地在重复着往前爬行这个动作。

有一个温柔的声音反复回响着，在前面召唤着他。

忆城脸红红的，眼睛亮晶晶地看着他，说："我以后就是你的妻子了。"

忆城说："我等你。"

忆城说："我一个人会害怕。"

爬行到后来，身下的路由黄土路变成了青石板路。即使是夏天，夜里的青石板也是冷得像冰。天泽闭着眼睛，像在一条结满厚厚冰层的大河上爬行。

前面河的尽头，一幢小木屋的窗户正亮着暖融融的橘黄色灯光。天泽爬到门前，他伸出手来要推门，手臂却软绵绵的非常无力，手也不听使唤，只是推不开。

这时门吱呀一声打开，天泽蒙眬的视线中，一双穿黑色搭扣圆口鞋子与白色纱袜的秀气双足迈出了门槛。

忆城从门里面走出来，在他身边的台阶上坐下来了。忆城穿着柔软的衣服，轻轻地扶起他来，把他抱在怀里，让他的头靠在自己胸前，一点一点摩挲着他平头上短短的粗硬发碴，抚摸着他冰凉粗粝的脸颊，手心柔软而温暖。她轻轻地喊着他"天泽，天泽"。

他真想跟她说好多好多事情，说说他所经历的惊心动魄的种种。但张张嘴，却干涩得很。睡意又在拽着他沉下去。

他可以像一个婴儿一样，放心地安睡了。

做完一天例行的讲述、记录之后，他们偶尔也会去附近的五道营胡同里散个步。有时候天泽也会留苏昔吃个便饭。这种时候，他们会散漫地聊聊天，天泽会问苏昔一些工作和恋爱的琐事，苏昔也会跟天泽聊一聊他院子里的那些花花草草。

天泽说："看到你就像看到了我们年轻的时候。像你这么善良的女孩子，身边肯定有不少男生追求吧？"

苏昔有些不好意思，说："有时候觉得很迷惑。想不清楚，能让自己甘愿跟他过一辈子的人，该是什么样子的。"

天泽笑起来："有时候不用想那么多。也许到了那个时间，遇到那个人了，就是了。"

苏昔点点头，问："您后来跟楚忆城在一起了吧？"

这个还没来得及褪下去的笑容在宋天泽脸上凝住，他说："萧美琪后来成了我的妻子。"

苏昔手中正在夹菜的筷子停在那里，抬起头来看着他，眼睛里都是疑惑，想要从他那里探出一个真相来。苏昔问："楚忆城呢？你们曾经那么相爱。"

苏昔不知道自己表现出来的是否是一副咄咄逼人的、谴责负心人的姿态。

他沉默了一会儿，低下头去喝碗中的银耳汤，却没拿稳手中的汤匙，汤水不小心泼溅在了桌面上。天泽眼底闪过一丝哀痛，抬起头来看着苏昔，唇角有一些犹疑，似乎在斟酌着词句："她大概很早就去世了。"

苏昔心里咯噔沉了一下，说一句："抱歉。"

那个年代，人命如蜉蝣。有太多的天灾人祸夺去人的生命，活下来反而是艰难的事情。

宋天泽想要再说些什么，但思路已然混乱。

苏昔知道他说了一下午，体力也有些撑不住了，便说："我们今天要不就先讲到这里吧。"

　　他点点头。

　　苏昔吃完饭，收拾手头的电脑、录音笔、资料告辞，走到门口，转身为他掩上门。宋天泽瘦削的身影，一动不动地陷在他坐了一下午的椅子里，陷在渐渐浓稠起来的深重的暮色里。

　　在那一瞬间，苏昔心里有些担心他是不是还有呼吸，叫了一声"宋爷爷"。他在黑暗中应了一声，苏昔听得出来，那嗓音是哑的，哽着很多东西。

第四章　倾城

宁不知倾城与倾国，佳人难再得。

——李延年《北方有佳人》

1

墙上的挂钟当当敲过了 12 下，钟声在静寂的夜色里显得格外清晰。三根指针重合于零点钟的刻度，时间进入 1937 年 7 月 29 日凌晨。

北平某警署值班室里，大学刚毕业不久的新任警官萧清治正坐在办公桌后面抽着烟，满室缭绕的烟雾把他整个人都淹没在里面了。

清治正在那儿皱着眉头想着事情，房间的门被敲响，在静寂的子夜时分显得格外突兀。外面有巡警喊"报告"。

清治把正在抽的烟摁到烟灰缸里掐灭，说："进来。"

是巡夜的警察李福，他向清治报告说："刚才我巡逻的时候，发现一个伤兵昏倒在外面几条街外一爿古玩店的门口。"末了又补充一句，说："我看这人有些面熟，像您的某个熟人，但又不敢确定。"

萧清治知道他话里有话，又没胆量明说，就截断他的话头，站起身来，说："带路吧。我过去看看。"

彼时已是深夜，又加上受战事影响，街上冷冷清清的空无一人。只有他们两个人的脚步声在空旷地响。

街道两边的店铺都紧紧关着大门。稍微有钱有势的人，都收拾行李举家南逃避难去了，到这种时候了，谁还不顾性命来做生意。

他们拐过几个街口，走到古玩店门前。这家悬着"奇珍斋"黑底金字匾额的店铺也是大门紧闭，店门边两只小号的石狮子，正姿势威武地面对着街道。狮子那怒目圆睁的面目，在那天深夜北平雾蒙蒙的夜色里，似乎也带着一些落寞。

萧清治走到门前去。那个受伤昏迷的士兵正脸朝下趴在台阶上，身后的青石板路面上，拖着一道不仔细辨认便看不出来的浅淡血痕。

萧清治蹲下身去，扳着他的肩膀想把他的身体翻转过来，去看他是否还有鼻息。

那个士兵的身体被扳动着，喉咙里发出一声轻微的呻吟来，左腿抽动了一下。

萧清治打量了一下士兵被血迹与泥土混杂着涂抹得斑斑点点的脸，一时间愣在那里。

面前的士兵，竟是宋天泽。

天泽胸前的衣服都被磨烂了，挂着泥土结成的痂。右腿血糊糊的，伤口处本来干结住了，经刚才一活动，又开始往外渗血。

萧清治转身对带路过来的李福说："今天这件事只有你知我知，你千万别声张出去。要是有第三个人知道了，你这巡警也别想干了。"

李福脸上的褶子纹路堆出满满的一个笑来，说："我的整个身家性命都押在您这儿呢。"

萧清治低头想了想，从腰带上把钥匙摘下来，递给李福，说："你马上跑回警局去把我的车开过来。"

李福答应一声，说："您就放心好了。"转身就小跑回警局去了。

等车开过来的这段时间，萧清治用平时随身带着的一条蓝色手帕，给天泽简单包扎了腿上的伤口。夏天天气炎热，伤口已经有溃烂发炎的迹象。

一会儿李福把车开过来，两个人把天泽抬上汽车后座去。

这期间天泽睁开眼来，但身体虚弱得厉害，两片眼皮似乎沉重得撑持不住。

萧清治拍拍他的肩膀，说："累了就多睡会儿。"

他说完，就拉开车门坐上前面的驾驶座，发动了车子。

天泽坐不稳，歪着身体半躺在后排座位上。腿上的伤口还在不断往外渗血，刚包上去的蓝色丝帕不一会儿便被渗得星星点点。

萧清治一面转着方向盘，一面回头看天泽，问："天泽，你还好吧？"

天泽"嗯"一声含含糊糊地应着，倒抽着气忍着痛。

萧清治说："你再坚持一下。"车开得快起来。

2

半小时候后到了家。萧清治在院子里停了车。他叫家中的用人抬了一张担架过来，拉开后面的车门，把满身血污的宋天泽从汽车后座上抬了下来。

他们走到客厅里时，美琪穿着睡衣披着一件外套，揉着眼睛从楼上走了下来，她满脸都是睡眼惺忪的倦容，嘴里有些不耐烦地抱怨着："哥，这是怎么了？大半夜吵得人都睡不好觉。"

美琪摁了墙上的电灯按钮，开了客厅的灯，凑近来看了一眼躺在担架上的人，整个人就愣在那里，脸上的神色顷刻间全变了。天泽一整张脸抹得像京剧里的花脸脸谱，亏她倒认得出来。

美琪一边跟着担架往楼上走，一边声音颤颤地连声喊"天泽"，然而天泽只是昏睡不醒。

清治转头跟美琪说:"日军肯定要搜查伤兵,得找个隐蔽点的地方安置他。"

美琪咬着嘴唇点点头,说:"祖父以前的卧室怎么样?"

在楼上左手边走廊尽头的卧室,是清治和美琪的祖父在世时住的,已经空置了好长时间。清治没接美琪的话,而是把担架直接抬到这个房间里去了。他用膝盖顶开房门进去,扑面都是翻腾的灰尘。

美琪飞跑回自己房间,拿了一套洗过的床单被褥,在大床的床垫上铺好,扶天泽躺下来。

室内呛人的灰尘气息,加上伤口开始溃烂的气息,委实有些难闻。美琪走过去打开窗户通风,外面是黑漆漆的无底的夜色。

清治跟她说:"天泽住在这儿的事千万不能传出去。"

美琪点点头,把窗户上的墨绿色天鹅绒窗帘复又拉上。

萧清治转身噔噔噔地下楼去,不一会儿院子里就传来了汽车发动的声音。清治又出去了。

美琪端了一盆温水进来,拧了湿毛巾,把天泽的头脸擦干净,又去清治卧室拿了他的一套睡衣睡裤,把天泽身上磨得破破烂烂又血迹斑斑的军装脱下来,用沾了酒精的毛巾给他手臂上子弹擦伤的伤口消了毒,简单缠了纱布,然后帮他换上干净的棉睡衣。

美琪站在床前,手中捧着天泽换下来的军装,军装因浸满了黑紫色的血,又沾了沙土,沉甸甸的,散发出浓重的腥腻气息。美琪随手把衣服放在椅子上,可是低头想了想,又把衣服拿起来,下楼去交给吴妈,交代她悄悄地把衣服烧掉。

美琪反复嘱咐了吴妈几遍,别让别人看见。心才算稍微安定了一些，举步走到楼上。

天泽因伤口感染，一直发着烧。整个人一直处于昏迷状态。乱梦纷纭中是被炮火映红的天空和四处飞散开的破碎的肢体。

天泽嘴里一直在说胡话，有时大喊"往前冲啊，杀啊"，有时又喊"忆城，快跑"。

美琪呆了一下，伸手摸了一下天泽的额头，烫得像一块火炭。脚下的脸盆里，清水已经变作了一盆泥水与血水混杂的黏稠滞浊的液体，白毛巾也红黄驳杂得辨认不出原来的颜色。美琪俯身端起水盆来，去卫生间倒掉。

又拧了一条新的湿毛巾进来，搭在天泽滚烫的额头上。

天泽一直昏迷着，牙齿咬得咯咯地响，惨白的嘴唇也都被高温烧得干起了皮。美琪拿棉棒蘸了水，给他湿润嘴唇。又找了家里备着的退烧药，倒出几片在掌心里，拿水喂天泽吃了。

忙完这些，美琪在床边椅子上坐下来，守在旁边，看着他英气逼人但此刻却无一丝血色的脸，觉得此时此刻的情景一点都不像真的。

接下来的时间，她一点都不敢轻忽，隔段时间就给天泽换额头上的湿毛巾。

美琪守了宋天泽半夜。到拂晓的时候，天泽的神智才稍微清醒了些。他缓缓地睁开眼睛，看了一圈室内，坐在床前的少女身影一点点由模糊变得清晰，在台灯橘黄色的光晕里显出柔和的轮廓来。

小巧的身形披着一件鹅黄色开衫，蓬松的头发用发带束住，慵懒地搭在肩膀的一边。微微上扬的眉梢眼角，令她神色间有一种俊逸的气息。而粉色、削薄的嘴唇紧紧地抿着，似乎总有满腔的话，可又总是欲言又止。

面前的人正是美琪。

天泽张张干涩的口唇，问她："忆城呢？"

美琪开口说："楚忆城一直在学校呢。"

天泽一听，急得整个人就要从床上弹跳起来，说："日军在燕大旁边的西苑军营投了几十颗炸弹！这个傻瓜怎么不知道进城！"

美琪说："前天我劝她跟我一起进城来。她不肯，说怕你回学校的话找不着她。"

天泽懊悔地捶着脑袋，说："我早该跟她讲不要等我的。"一边说着，一边就掀开被子要下床。但他浮肿的脚触到地板，根本连站都站不稳，晃晃的一个趔趄就要跌倒。

美琪赶忙起身去扶他，急起来，说："你不要命了！"

天泽也吼起来："忆城现在连生死都不知道，我还要命干什么？"

美琪被他一吼，倒冷静下来。

她低下头，想了想，说："我替你去找她。楚忆城是我的姐妹，她不见了，我难道不担心吗？"

天泽说："你一个女生，这个时候怎么能出门？"

美琪一边往卧室外走，一边甩给天泽一句话："难道谁还能吃了我不成？"

天泽待再要阻拦她，她已经穿了外套噔噔噔下楼去了。

天泽握紧拳头，使劲捶打着自己肿胀的腿。这种时候他一点劲儿都使不上，他恨自己恨得要命。

3

美琪走后过了大约有一刻钟，萧清治就回来了。

几个小时前，从家里开车出来后，萧清治又回到局里，像往常一样处理了一些日常事务，又有意地找了一些需要处理安排的事情，交代给当天值班的警员。

拂晓的时候，清治开车回去。凌晨时分的北平，雾蒙蒙的灰色街道上，清治一边转着方向盘，脑子一边飞快地转。

很多诊所早就关了门，医生收拾家当举家南下避难去了；还有一些医生惜命得很，听说要在日军快要攻进来的时刻半夜出诊，肯定吓得腿软，站都站不住，更别说拿手术刀做手术了；再剩下的一些，就是江湖上混饭吃，医术不济的了。

开到东安市场附近的时候，清治一拍脑袋，想起了一个人。

还有一位姓韩的医师，住得离这儿不远，正在他的辖区里。清治掉转车头，开了一段路，拐进街边一个胡同口去，又在胡同里曲曲拐拐地开了好远，在一家四合院前停下车来。

他下车来，撞响了黑漆木门上的兽首状铁环。声音在寂寥的凌晨时分显得特别清脆尖利。

在敲门后等待的那段时间里，清治心里默想，天泽，就看你的造化了。

一会儿里面响起人打开屋门走过院子的声音，脚步声传到大门后面去，问："是谁？"

萧清治隔着门，表明了自己的身份和来意，说家中有急症病人务必要韩医生出急诊跑一趟。

韩医师开了门，他是个留着一缕山羊胡须的，四五十岁的中年人，开口跟清治说："要稍微等我一下。"

韩医师回房去收拾了药物器具，提了医药箱，跟萧清治出门上了车。

到家中时，已经是早上五点多钟，天色一点点地清白起来。

萧清治把韩医师带到楼上去。

走在楼梯上时，萧清治从怀里摸出一张支票来，递给韩医师，说："原谅我没早告诉您。今天这个人是刚从前线下来的士兵。日军马上就要进城了，您可得守住口，别给说出去。"一边说着，手枪硬邦邦的枪口就顶到韩医师的后腰上去。

韩医师一只手提着药箱，一只手提着长袍的下摆，正低头往上走着，停下脚步呆了一下，然而转瞬就神色自若地笑起来，他伸出右手去，接过萧清治手中的支票，看了一眼，揣到口袋里，另一只手轻轻地拂开清治抵在他腰后面的手枪，笑看着萧清治，说："你不把我当中国人还找我干什么？"

说罢就径自噔噔地上了楼。

清治也微微一笑，收起手枪来，跟在韩医师后面上了楼。

看到萧清治和韩医师走进房间，天泽坐起身来，神色焦虑地对清治说："忆城留在燕京大学那边，美琪刚才又出去找她了。现在外面这么乱，真不知道情况怎么样了。"

清治骂一声："这两个丫头就知道惹乱子。"

清治说完就转身下楼去，叫醒了正在睡觉的吴妈。听吴妈说，美琪是跟司机张叔一起去的，心里才稍微放心了些，又打电话到局里，派了手下的两个巡警到燕京大学附近去看看。

这边韩医师给天泽检查了伤口，伤口已经发炎，溃烂得厉害，子弹射进去很深，嵌在靠近腿骨的地方，要取出来也不是一件容易的事情。

战时麻药本来就短缺，又加上走得仓促，根本没有准备，韩医师看了一眼天泽，问："没麻药，你能受得了吧？"

天泽说："我刚从鬼门关上回来，您尽管做吧。"

韩医师准备好器具，消完毒，开始给天泽取伤口里的子弹。天泽脸上布满了豆粒般的汗珠，然而始终紧咬着嘴唇忍住疼，两只手把底下的绣花床单都抓破了。

天泽经昨天一天的折腾，身体虚弱得要命。手术结束后，韩医师给他处理好伤腿，又挂了葡萄糖吊瓶，补充身体流失的养分。

萧清治把家中的事情交代好，把韩医师送回家去，奔波了一晚上，身体疲累得很，正要回自己房间去休息，客厅里的电话却叮铃铃响起来。

清治接了电话，把脱下来的警服外套又重新穿上，走出门去。北平失守，日军马上就要占领这座城市。关于如何行动，萧清治得在警署里等着，等待上级下达统一的命令。

正在听宋天泽讲述的苏昔，此后从很多人的口述资料中，拼凑出 1937 年北平沦陷、宋天泽在激战及撤退之时，楚忆城的形迹。

7 月 27 日，从美国大使馆传出消息，说日军飞机将于次日轰炸在西苑兵营的中国驻军。燕京大学正与西苑东西相望，中间隔得并不远。当时燕京大学的美籍教职员已大半离校，前往城内东交民巷的使馆界避难，留在学校里的师生们集中在贝公楼，大厅的空气中弥漫着一些激愤之气，而你若仔细辨认，又分明嗅到了一丝惶惑的气息。

楚忆城也在这些留校的师生之列，她裹着一条宽大的羊毛围巾，坐在　众或坐或站的同学们中间，肩头垂下的两条麻花辫毛毛的有些散乱，紧锁的眉头取代了平时活泼的神情，她的担心，除了对日军轰炸旁边的西苑的担心，更有对在南苑前线守城激战的宋天泽的担心。

接近傍晚的时候，送晚报的小伙子来了，大厅里散坐的人此时都纷纷站起身围过来，七嘴八舌地问着："有什么消息没？"送报的小伙子似乎从来没受到过这么多人的关注，他擦擦额头上的汗，气还有些喘不匀："我从西直门出来，北平的城门已经关了！"忆城在一片沸沸扬扬的声音中，低头去看刚拿到的报纸，报纸上醒目的位置处刊登了冀察政委会的布告，布告说已经拒绝了日方的无理要求，希望居民们沉着镇静，共同应付国难。

忆城把这个拿给周围的人看，大家的情绪稍微平复了些。

晚上 10 点多钟，看看也没什么消息了，忆城就和同伴回女生寝室楼休息，楚忆城住六人间的宿舍，留下来的女生有三个——她、茉莉、海棠，萧美琪和另外两个女孩子都已经被家人接回到了城内的家中。

一到宿舍，忆城就站到方凳上去，把一个黑色布罩笼到宿舍的灯泡上，这段时间因为实行了灯火管制。这是她们每天例行的事情，倒也习惯了。晚上三个女孩子睡在蚊帐里，熄了灯，四周一片伸手不见五指的黑暗，但是谁也没睡着。隐隐的炮声从南边传来，忆城知道那是宋天泽在南苑驻守的位置，整颗心就随着炮声悬悬地浮游在那里，总没沉到底，到了凌晨，才迷迷糊糊地打了个盹。

将近清晨6点钟，外面隆隆的炮声却迫近起来。把刚恍恍惚惚沉入梦境的忆城惊醒过来。飞机呼啸而过，轰鸣声如在耳边，像是直接擦着头顶飞过去的。炸弹扔下去，就在不远处炸响。西苑那边，腾腾地起了火光。热腾腾，煊赫赫的火光，映红了北平西郊那片天空，从紧紧掩着的棉布窗帘里透进来，把寝室里三个女孩子的脸映得明明灭灭。整栋女生寝室楼也晃得厉害，窗玻璃咯吱咯吱地响着，有一块突然掉落下去，几秒钟之后"哐当"一声在楼下的方砖地上摔得粉碎，泥土从天花板上簌簌地落下来。

这天清晨，令楚忆城内心惊悸不已的，正是日本人对燕京大学校园西侧的西苑兵营的轰炸。很多年后苏昔读到燕京大学校长司徒雷登当时的回忆录："那是我第一次见到空袭，真是一次可怕的经历。校园里人人惊恐万状，连最荒诞的谣言也信以为真。"

住楚忆城下铺的女生海棠从床上跳下来："我们得赶紧去地下室避一避！这楼指不定什么时候就被轰塌了。"三个女生急急起身，草草在睡衣外套了件衣服，什么东西都顾不得拿，就往外面跑。燕大的男生体育部，那里有一个可以暂避的地窖。

在去地窖的路上，身边都是在校园里慌乱寻找避身之所的师生，地上都是被震落的玻璃碎片，头顶上低低盘旋的飞机，似乎就是直接贴着楼顶和树梢擦过，往西边飞过去，忆城一边磕磕绊绊地跑一边想，只要士兵一个闪念抛一个炸弹下来，眼前鲜活的校园和人就会在刹那间变成齑粉。

忆城她们顺着梯子爬下去的时候，地窖里已经挨挨挤挤都是避难的师生，一张张平时课堂上熟悉的面孔，此时都挂着凝重的表情，大家都沉默地侧耳听着上面的声音。忆城在挨挤的人群里几乎找不到站的地方，这时，角落里一个中年女子伸手把她拉到身边来，说："到我这里来。"忆城回头看，原来是平时给她们上古典文学课的冯沅君教授，她眼睛里都是血丝，脸色有些灰暗，满是倦色，旗袍的最后一颗中式盘花扣在仓促中也未来得及扣上，与平日课堂上精致从容的样子判若两人。

多年后苏昔在查阅资料、回望这个历史瞬间的过程中，看到了当时在燕大任教的女教授对这个时刻的记录，"果闻飞机轧轧，自寓所屋顶掠过西飞，继以轰隆之声，墙壁似皆震动。"

地窖里的空气越来越滞浊，忆城感觉有些缺氧般地喘不过气来。她的半边身子紧挨着冯教授的胳膊，左边是同宿舍的茉莉，偶尔一两声小声的交谈扰动空气的静寂——大家都在密切关注着西苑和前线战争的情况。

这时又一声震天的炮声响起来，地窖晃得厉害，左边的茉莉压过来，忆城整个人几乎也都倾到了冯教授身上，她小声地说着抱歉，冯教授抱抱她的肩，对她笑笑，然而那个笑里都是担忧之色，说："上面西苑大概早就成了一片瓦砾场了，只是希望轰炸别波及旁边的颐和园和圆明园。"

正说着，上面有个穿学生制服的男同学从梯子上爬下来，是燕京大学情报会的成员。这是燕大学生们临时组织起来，彼此传递消息的组织，每天聚会一次。男同学脸上满是激动的神色，声音都有些颤抖："西苑被炸了。但是前线不断传来捷报，河北保定前来救援的中央军已经向北开来，而且我们还有空军助战，廊坊、丰台、通州这几个失守的地方听说都相继收复了！"末了，他又补充一句："我刚还听说日军的一个司令因为打了败仗挥刀自杀了！"

地窖里大家都激动起来，笑骂着"罪有应得"，又纷纷盛赞二十九军的英勇。海棠从人堆里站起身来，拍着手满脸笑意："咱们学校参加二十九军学兵团的几个同学，这下子都成战斗英雄了，我们应该好好准备准备为他们庆功！"

茉莉拿胳膊肘悄悄碰一下忆城，对她眨眨眼睛，悄声说："你的宋天泽师兄马上就打胜仗回来见你了。"忆城也顾不得害羞了，双手合十闭着眼睛一会儿"阿弥陀佛"，一会儿"愿主保佑"地祈祷着。

到了下午，外面炮声慢慢地平息下去，忆城她们从地窖中出来。看大家都去贝公楼大厅那边集会，于是也跟在同学们后面一起过去，后来留校的师生又转移到适楼小礼堂开会，到会的人都是满脸喜悦，有男生激动地站到桌子上去，振臂高呼"中华民国万岁"，下面的学生纷纷响应。在这个礼堂里，此刻，大家的心脏是以同一个节奏跳动的。

但好景不长，晚上 11 点左右，有情报会的同学风尘仆仆地进来，带来从城内传来的最新消息，说是宋哲元退守保定、二十九军退出北平。大家听到，刚才昂扬的热情冷却了好几度，但心里也都信疑参半。

忆城和茉莉的一腔热火被浇灭了一半，只有海棠还嘟嘟囔囔地说："这怎么可能，胜了就是胜了。"

29日上午，忆城和海棠正在洗漱，去外面买早饭的茉莉推门进来了，她把油条豆浆放在桌子上，脸耷拉着，也不说话。忆城看她脸色不对，整个人就有些急，过去摇着她肩膀，问："茉莉，怎么了？"眼睛巴巴地看着她。

茉莉低着眉，咬咬嘴唇，说："城里有人来，说昨天传的二十九军撤退的消息，应该是真的。"忆城松开手，一下子坐到床上去，这两天，楚忆城时时探听着消息，挂念着在前线作战的恋人宋天泽的安危。她的心情可以说是跌宕起伏，从先前的害怕，到等待消息的忐忑，到获知胜利消息的狂喜，再到如今把人从天堂抛到地狱的难过，这难过又混杂着激愤和担心。

2007年的一天深夜，整理回忆录的苏昔，从亲历者冯沅君的文集里读到她写的《纪事诗》："两日悲欢浑一梦，河山梦里属他人。"

她停下敲击键盘的手，心想，家国的悲欢浑如一个颇不真实的梦，而在这两天之间，横亘着多少人的一生呢？

1937年的楚忆城定了定神，换了件旗袍，简单地扎了下头发，说："不能这样干等着了，我得出门看看去。"

海棠和茉莉就急起来："学校里还安稳些，外面还不知道是什么状况，你疯了？"

忆城说："我放心不下天泽。就去圆明园那边看看，不会走远的。"

楚忆城从女生楼走出来，横穿过燕京大学校园，从西门出去，在去往颐和园中途的挂甲屯村，转向路北一条青石板路，顺着达园的西墙向圆明园走去，走过夏季翁郁的植物丛，一直走到了圆明园。

5

天泽腿上打了石膏，手臂上挂了吊瓶，只能在清治家楼上小小的房间里干等着，等得忧心如焚。

他躺在床上侧耳倾听着外面每一点细微的声响，输液管中那一滴一滴缓慢滴下来的药液，真像是一群蚂蚁列着队爬进他的血管，啮噬着他。

吴妈把早餐端上来，他也一点没吃，托盘上的面包和牛奶仍原封不动地放在床头的桌子上。

早晨的雾气散去，太阳一点点从东面升起来，新鲜的清晨日光从窗帘缝隙间洒进来，洒在房间地板上，似一池荡漾的池水。似乎这又是一个和往日没什么差别的晴朗夏日。

到了9点多钟，天泽听到外面院子里有汽车开回来的声音，然后是噔噔噔的急促的脚步声。再然后，走廊另一头美琪房间的门被用力地撞上。

天泽坐起身来，把正在挂着的吊瓶的针头不管不顾地从手背上拔下来，起身从床上下来，拄着拐杖，另一只手扶着墙壁，跌跌撞撞地挪移着穿过走廊。他的脚步陷在地毯里，便如被吞没般绵软无力。那走廊于他真是前所未见的漫长。

似跋涉过漫漫长途，他终于艰难地走至美琪房间的门前，伸手推开门。

美琪正蜷缩在自己床上，裹着被子仍然止不住地发抖，听到天泽进来，似乎再也忍受不住了，哇的一声哭出来。

天泽问美琪："忆城呢？"

美琪不说话，只是在哭。齐肩短发散乱的发丝此时都黏在脸上，发丝上粘着不知何时弄上的芒草枯叶，衣服上也都是灰尘和草屑。她的两只眼睛眼神都是不对的，定定地看着一个地方，呆滞、没有神采。

天泽站在美琪旁边，急得要命，问她："发生什么事了？"

美琪抽抽噎噎了好长时间，才开口说："楚忆城死了。"

天泽错愕间回不过神儿来。他后退几步，心里发虚，哑着声音问她："怎么可能？"他此时正颤巍巍地站在悬崖的边上，就等着萧美琪的几句话来宣判自己的生死。

美琪的泪脸蒙在被子里，浑身仍不停地发着抖，断断续续地说出几句话来："忆城被日本人害死了。在圆明园里，忆城碰到三个喝醉的日本兵。他们要强暴她，忆城不愿意被侮辱，跳进了旁边的福海。"

美琪话音刚落，天泽呆愣了一瞬，脚下一软跌坐到地板上去，他的世界顷刻间天旋地转，心脏是那种牵扯着血肉的钝痛。他拿拳头使劲捶着硬邦邦的地板，红着眼睛嘶喊着："我舍上这条命跟他们拼了！"

他用手臂支撑着站起来，跌跌撞撞地要往外走，没走几步却又啪地摔到地上。

美琪起身过去要把他扶起来，但他的身体沉重如一块巨石，怎么也扶不起来。美琪放了拉着他胳膊的手，也一下子坐到地板上，哇的一声哭出来，说："已经走了一个了。你刚从鬼门关回来，还要再去搭上一条命吗？"

忆城撒手离去，他所有的青春、志向，到现在全都是没有名目的了。什么是万念俱灰，也不过是这种感觉。

中午的时候，萧清治从局里回来，脸上都是忧愤的神色，据说日军马上要攻进城里来了。听天泽说起忆城的死讯，他的心口刀剜似的疼了一下，然而他扶住门框，勉强让自己镇定住。

在天泽的房间里，他皱着眉头沉思了一会儿，说："日军进城后势必马上要展开大搜查，搜查溃退下来的伤兵。现在天泽危险得很。"

天泽说："我不能再在家里待着了。不能因为我连累了你们。"

旁边的美琪急起来，摇着萧清治的胳膊求他："哥哥你一定得想想办法。"

萧清治沉吟了好一会儿，下了极大的决心似的，说："我帮你把户口上的军人身份改掉。"

顿了顿，又继续说："日军已在加强防卫，对出城人员盘查得很严，赌上这一次，看看能不能混出去。"

萧清治在旁边一径给天泽分析此时的种种形势和出城计划。天泽一直低着头，良久，才蹦出一句来："我不出城。"

天泽猛的一下，把萧清治腰间的手枪从套子里掏出来。清治觉察的时候，已经晚了半拍。天泽把枪握在手里，腿一瘸一拐地就要往门外冲。

清治急了，几步跨上前去，从后面扭住天泽的胳膊。天泽刚做过手术，身体还虚弱得很，体力不支根本不是清治的对手。清治趁着他被扭住愣神的瞬间，把手枪从他另一只手里夺了过来。

天泽抬起头来直直看着萧清治的眼睛，说："忆城的仇还没报。"

清治鼻孔里哼出一声，说："你以为我不想给她报仇？可就你现在这样子，连我你都打不过，你还想去找日本人拼命？"

清治的劝说里面，也不是没有私心，他因朋友之义救下天泽，但受了刺激的天泽现在就像一颗引线燃着了的炸弹，不但会炸掉他自己，迟早也会为自己惹来祸患。

美琪在旁边急了，找一些"留得青山在，不怕没柴烧"的话来劝天泽。

她抓住萧清治的肩膀，哀求道："哥，你好好劝劝这个傻子。"

萧清治骂天泽："你现在一个人瘸着腿去拼命，就是拿鸡蛋去碰石头！你从战友的死尸堆里爬回来你说你对得起谁？我知道你反正也是不想活了，我想办法送你出城，你找到部队，有炮有枪，拿自己的命多换几条日本人的命，才是正经！"

6

北平的上空已经没有了这段时间以来一直在盘旋呼啸的飞机，城外的枪炮声也逐渐由繁密转为稀疏，进而归于沉寂。

那日天空晴寂，太阳像一个凌空滚动的火球，滚动中时不时掉落一簇簇细小的火焰。四处城门紧闭，灰砖城墙上，一面面新插上的国旗在几乎静止的空气中凝滞。前门大街此时已不复之前的热闹繁华，往日熙攘的人潮此时全不见踪迹，只余留两侧街道边各家老字号店铺的黑匾额和招幌，冷眼看着街上列队经过的一排排持枪日本士兵和一辆接一辆示威的日军坦克车。

此时身穿巡警制服的宋天泽，随萧清治经过日光炽烈的前门大街，到达南城门。他想起昨天两个人的争吵，暴怒的天泽揪住清治的领子："好，我走，我去杀敌，我去报仇。那你呢？继续待在这里，给日本人做狗腿子，做汉奸？"

清治冷静地看着他："警署这个职位也许是我做更多事情的很好的掩护。天泽，我跟你的路不一样。"

那时候天泽看不清楚清治的表情，莫名地想到了他们表演话剧时，他所面对的大哥觉新。

街面如烧热的铁锅，热气一点点地熔了鞋底，从脚底一路地逼上来，也是要把人烤化的阵势。天泽脚底软塌塌的，鼻腔里充斥着一股挥之不去的烧焦味。他感觉自己一路走着，就一路要溶化在北平的街道上了，化成一摊黏稠的液体，渗入石板的缝隙。

站岗的日军正在挨个盘查出城人员，防止有溃退的中国士兵混杂在人群中出城。他们挨个摸着每个人的额头，检查他们额头上有没有长期带军帽留下的凹槽，检视一个个摊开的手掌上有没有长期握枪留下的老茧。

萧清治让天泽乔装成出城办事的警员，混在一队巡警中出去。

长长的一列队伍往前移动着。前面检查到一个农夫装扮的年轻人，日本士兵的手在他的额头上停住，也许是觉出了什么异样，然后开始盘问他。后面的所有的人，都捏了一把冷汗。年轻人答得有些磕磕绊绊，检查的军官用目光示意了一下。几个士兵把他从队列里拖出来，拉到城墙边，一声枪响，年轻人的身体就顺着城墙溜下去了，黑色的城砖上，一大团殷红的血顺着砖缝流了下来。

终于轮到了天泽，日军在搜身时，天泽直直地瞅着那个正在低头检查的日军士兵，拳头攥得死紧。此刻他就像一座满溢着炽热岩浆的火山，心焚在火里。他想使上自己全身的力气，用自己的拳头把这些日本兵的脑袋揍得粉碎。

站在他旁边的警员李福，此时悄悄地按住了他的手，那一按也是意味深长，是劝他以大局为重的意思。天泽把攥紧的拳头沿着裤缝展开，紧咬的牙齿却几乎把嘴唇都咬破了。

幸亏日军对巡警只是简单的搜身，宋天泽侥幸躲过搜查。他忍得心若火焚，出城后，他拿拳头擂着北平城老旧灰黑的城墙，放声痛哭，像要把心都呕出来了。

那场痛哭，他生命中也只有一次。

然后他用血肉模糊的手背擦一把眼泪，转身头也不回地就往南走了。

以后的几年时间里，宋天泽找寻原来军队散落的旧部，辗转到达西南。

直至抗战胜利，八年中，他在战火纷飞间辗转流离。战场上，枪炮无眼，他总是一心求死，在最前面端着枪往前冲。但求死反而不得死，这简直是老天爷跟他开的一个玩笑。

他独自偷生，隐忍苟活，感觉自己的心在风霜中老了一重又一重。

夜雨闻铃，全都是断肠之声，他对楚忆城的想念始终未曾消歇。

第五章　琥珀

男人一生最大的惊奇，是年华老去。

——列夫·托尔斯泰

1

2007 年，89 岁的宋天泽身体还算硬朗，但患有轻微的帕金森症。

宋天泽独居在一个小小的四合院里，是繁华都市里，悠长胡同尽头的院落。院子里铺着水磨青砖，背阴的角落里生了一层薄薄的淡绿色苔藓，走路的时候得格外留心脚底打滑。檐前的水缸里养着莲花和鲤鱼，清圆的叶子底下偶尔会露出若隐若现的红色鱼脊。靠着院墙亦有两株桂花树，到了秋天都是漫天漫地的桂花香。

隔着一道围墙，外面是喧喧嚷嚷的红尘。随着这几年文化热的兴起，这片老胡同重新成了京城地标式的景观，新开了好多家酒吧和很受年轻人喜欢的潮流小店。夜晚时街灯闪烁，行人扰攘。

偶尔会有捧着数码相机的旅行者闯进天泽的院落中来。

斑驳的红漆大门、门上的黄铜兽首门环、门两侧的石狮子，都常常让人把这儿误认为成某处可供参观的景点。闯入的旅行者们打量着这个院落，睁着惊奇的眼睛，以为自己已然身处另一个异次元空间。

宋天泽刚刚跟一个误闯进来的英国小伙子费力地解释清楚，说了这么多话嘴里干涩得很，转过身去泡茶的时候，他想，实在该写块"私宅请勿打扰"的牌子挂在外面。可人上了年纪，总是懒怠行动，这个念头转了好多次，却都一次次地耽搁下来。

日光照进这个院落里来，便会莫名地变得陈旧而苍白，空气的流动都是迟缓的，光线里看得到浮动的细小尘埃。而那个穿灰色毛线衫、身躯伛偻的老头子，简直像是迟缓空气中被冻结起来的琥珀。

檐下竹制躺椅上眯着眼睛的宋天泽总有这样的感觉，他分明是被时间遗忘的苍老余孽。

时代从来都是轰轰烈烈地向前，他也就以这样被遗忘的姿态活过了 1948，1967，1995，也活过了千禧年。

他头发都白了，是那种无杂色的雪白，脸像一张被揉皱了的粗糙桑皮纸，落满了褐色的老人斑。手里端着茶杯，就会止不住地抖起来，泼溅得衣服上都是茶水；渐渐地也握不住笔了，毛笔蜿蜒着在宣纸上画出来的，是一条条交错爬行的蚯蚓。

他有些失忆，很多事情慢慢地都已记不清楚。热闹的场合便越发不想去。

他开始眼花、耳背、健忘，看到熟人记不起名字来——但其实他的熟人也没有几个了，比他年轻 10 岁、20 岁的人都陆陆续续地走了。但是，他不想走，简直都有点像要无赖，痴迷留恋于人世。

这样朽残的生命里，总还有值得留恋的东西。

你知道，到了宋天泽这种年纪，总会觉得时日格外漫长。

他早晨六点钟起床，给院子里的花花草草浇了水，兰花、蔷薇、栀子、桂花、木槿、紫荆、石榴，若说百花为女子，天泽想，他这个老头子也算得上是妻妾成群了。

给莲花下戏水的鲤鱼撒了鱼食。伏在窗前的案上写了两幅毛笔字。打电话请外面小理发店里的师傅过来，给他修剪了一下头发。

戴上黑边框老花镜，小心翼翼地翻看一个洋铁饼干盒子里存着的一大盒子泛黄的信件和照片。

天泽做起这些事情来，很缓慢。因为他在做每一件事情的时候，又像根本不是在做这一件事情似的，而像是在做某一件很久远的事。在这期间，他似乎总是在惘惘地走神，神思走得极远、极渺茫，就很难拉回来。

而当宋天泽把这些事情都做完的时候，太阳还挂在半空，丝毫没有向西移动的迹象。他想起自己童年时，一些隆重的节日里，急切地盼望夜晚来临，一点点盼着太阳落山的日子。

往往是，他觉得自己已经玩了好长时间了，然而抬头仰望的时候，太阳还是千年万世地、亘古地在那里，那些隆重的、璀璨的、繁盛夜晚的来临简直是遥遥无期的，是令人无望到简直要心灰的等待。

身为孩童的宋天泽那时候就总是在幻想，自己是后羿转世，可上天入地，以千钧之力拉动太阳向西移动。那时候的宋天泽，有着无穷的野心和魄力，他相信，只要给他一根绳索，他便可以拉动整个太阳，拉动整个宇宙。

而这些年过去，岁月留给他的唯一训诫是，太阳和宇宙都是与他无关的事，他拉动不了太阳或者宇宙，而只能被日光的绳索牵扯着，一日复一日地生活。

天泽抬起头看一眼墙上的钟表，是下午 3 点钟。

他这几年总是很容易就觉得衰疲，活动得稍微久一点，便感觉到整个人都被耗尽般的那种疲惫、无力。他站起身来，去书桌旁的榻上和衣躺下来，微眯着眼睛养神。

在暄暖的阳光下，天泽蒙蒙眬眬地睡了过去，梦到许多人与事。

这些年不管他辗转去过多少地方，梦里的场景总是他最初置身的地域，北平、燕大、圆明园、南苑……生命里最初的、根源性的东西，会沉淀到潜意识里去，伴随你一生，这令人感觉奇妙，又有些宿劫难逃的意味。他整个人像被钉在那里，一点都动不了。

夜晚迷蒙的雾气中，一个白衣黑裙、枯槁憔悴的少女，从石舫上跃入面前深黑的湖水，湖水被荡开一个涟漪，随后归于沉寂，空留周边荷花泱泱。他走在湖中通往湖心岛的长桥上，脚下水面上每一朵扬起的荷花，都变成了她的脸，他伸手想要去触摸，这一切却又迅疾湮灭在混沌的夜雾中……

将醒未醒的时刻，他听到哪儿传来的人声，也许来自楼上楼下某一个异次元时空，经过夏末溽热空气的传播，发生了奇异的裂变，微微地发着颤。他眯着眼，沉静地听着，心里只是觉得熨帖、可亲。

"嘿，是你呀。"16岁的少女跟他说。

天空底下，清朗的音节打着拍子，在他心里奏成了乐章。整个世界都亮了。你看，她不说"你好"，她在说"是你呀"，就像他们已经认识了很久那样。

他与她在一起时，光芒、微尘，天空上云朵的形状，风流动的细节，他都记得极清楚。

2

那时候他们经常抄近路去圆明园散步。园子西边的围墙有一个颓坏的缺口，他们从缺口处进去，天泽先跳过墙去，身手矫健如一只小豹子。

他回头朝忆城伸出手，要扶她下来。楚忆城被他的指尖碰着，手腕像触电般缩回去，犹疑着顿了好一会儿，才下了极大的决心，把手伸给天泽。

天泽一双大手握住她的手腕，抬头看她。

楚忆城站在半人高的短墙上，低头瞧着他，笑得极俏皮又傻气，问他："嘿，天泽，你说我敢不敢往下跳？"

天泽一个"别"字还没来得及出口，她已经跳了下来。恰好绊到一块石头上，整个人站立不稳，身体向前跌过去。

天泽匆忙过去扶她，于是忆城整个人就跌落到他怀里，发丝擦着他的唇角过去，充满了植物的清新的香。

隔着一层衣物，他感觉到她极柔软的、温热的少女身体。天泽有一瞬间僵在那里。楚忆城拿手在他眼前晃了晃："嘿，天泽傻了呀？"

他回过神来，脸依旧是红。

一段时间相处下来，两个人已慢慢熟络。楚忆城整个人在他面前就变得活泼俏皮起来。两个人并排着在梅树下的鹅卵石小道上走，她在旁边像小鹿一样跳来跳去的，小皮鞋的鞋跟敲在石子儿路面上发出哒哒的声响。

天泽脚步稳稳地走在忆城身边，不时地抬头去瞧忆城的脸。他的眼睛要粘在她身上了。

他想：忆城可真是一个理想主义者，永远有着些看起来不切实际的想法。她的眼睛像孩童般清澈，因此只看得见花朵与月色。

路两边是狭长的石阶，顺着路一直向前绵延下去。楚忆城跳上去，踩在石阶上，左右脚交替，一路往前走，两只手臂张开着，晃晃地维持着身体平衡。

傍晚时起了风，掠过荒瑟的枝叶、林梢。20 年前烧黑的石壁散乱在荒草间。这个园子里，有着郁结的冤屈。

楚忆城走在风里，飒飒地洒下泪来。倒也说不清是为什么。像是百感交集，又像是只为这荒凉的故园里苍凉的风声。

这多灾多难、满目疮痍的国家，以一个园子的缩影呈现在她面前，是的，她爱这个国家，但没有用那种极端激烈的表达方式，而是烙到骨子里、根子里去的，是一种柔软的、坚韧的，从生到死的存在。

天泽走在她身边，于她的心意是了然的，因此并不见怪，也并不去用言语劝慰她，只是在旁边扶住她，不让她跌下来。她是极单薄的一个人，在风里飘，像一张纸片，随时就可能随风而去。

他与她，是同此景，同此哀，在这旷古苍凉的背景下，两个人是更亲近的，有了相依的那种味道。

天泽的手本是扶住她的胳膊的，他像下了极大的决心似的，去握住她的手。他感觉到她轻轻颤了一下，那种颤动极细微，如幼蝶第一次扇动翅膀。她的手安静地、乖巧地，在他的掌心里了，然而却冰冷，没有一丝温度。

这牵手，是极端庄，极郑重，有承诺和托付的意味，是想到生生世世上头去的。

两个人都低着头，没有说话，楚忆城感觉到天泽的掌心一点点地沁出汗来，潮湿的，像带着青草味的新鲜露水。

忆城心里带着那种带了小忐忑的甜蜜，像装了一根弦在那儿，任何风吹草动，都会一点点地奏出乐声来的，然而又觉得很安心，很妥帖，仿佛一辈子都已绑定那样。

人年轻的时候，总是很容易就去想一辈子、生生世世那样的事情。

良久，楚忆城开口说话了。此情此景宛如梦境，她也是梦娃娃宛如梦呓的语气了。

"小时候，我就老想顺着一条路走，看看尽头处是什么。"

"好。那我们就一直走下去。"他的女神，成了他的小小女孩呀，小小的，乖乖的，又神奇，他都不知道要怎样去纵容她才好。

18岁的天泽，在心里祈求这条路永远没有尽头，他就可以永生永世地和忆城牵手走下去。一直走，走到世界尽头。

走到后来，鹅卵石铺出来的小路走断了。两个人便顺着荒草间踩出来的一条小径继续往前走。荒草间隐没着断壁残垣。一个接一个的连绵土丘，覆着霜降后枯黄的、离披的草。

他们是往西边走，往日落的方向去。浅灰色的疏淡天空，太阳是橙色的温吞的一轮，像一枚轮廓极清晰的剪纸，平平地贴在天上，挂在日渐疏条的枝叶林梢。光芒收敛，落下去，落到极苍茫的断壁残垣后面去，暮霭就漫了上来。

他们这样走起来，就有了一种赴死般的壮烈。心中略微有些惶恐，唯恐这条路哪一刻就走完了，唯恐什么时候，就真的走到了太阳落处。他们像是把海枯石烂，世界尽头都走尽了。

他们未到太阳落处的渊，倒是看见了极广阔的水域。是福海。

这时节，福海里秋水浩荡，满湖都是枯败的残荷，靠近水岸边的芦苇飘出白色的絮，石舫是迷津渡口的姿势。

天泽跳下湖岸去。湖水落下去，露出来的湖底淤泥，看着觉得很坚实，然而踩上去，方知不是那么回事儿，天泽半只脚都陷进去，整个人沉沉地就往下坠。

楚忆城在上面就慌起来，俯身冲他喊："天泽快上来啊！"

那种语气里的焦灼、担心，是对一个陷入到爱情里的少年多高的奖赏。天泽那时候就觉得，就为了楚忆城的这种着急，他为她死了都是心甘情愿的。

天泽回头向岸上的楚忆城摆摆手，喊道："放心吧！"

他回转身，弯腰挽起裤脚来，依旧踩着水岸的淤泥向前走。楚忆城站在岸边突起的石头上，遥遥地看着天泽深一脚浅一脚地往前走，在滩涂上留下一行蜿蜒的脚印，是一个一个的小窝，汪汪地蓄起水来。一会儿，他整个人就湮没到浩浩荡荡的芦苇荡里去了。

秋天飒飒的风吹过来，只见白色的芦花倒伏过去，如白色的连绵的浪。

而天泽是不见了的，如今这浩瀚的、盛大的世界，这个暮色降临的荒弃园子里就剩下她自己。倾耳细听，只有西风掠过湖水林梢的那一种茫然。那种孤身一人的冷落可怕。

她慌起来，双臂环起来，抱紧自己，大声地喊："天泽，你在哪儿？"声音里透着惶恐无助。而在这一个园子里，她发出的声息，唯恐惊动了太多那些沉寂的、冤屈的灵。

这极短的一段时间，她就把各种滋味都在心里尝了个遍。她想，天泽是消失了啊，狠心地抛下她孤身一人。

或者是，天底下根本就没有宋天泽这个人，宋天泽不过是她臆想出来的一个影子呢。是她坐在这个园子里，发了一会儿痴，就想到了宋天泽这个人，想到了和宋天泽的一段故事。宋天泽是她梦境里的人物，而现在她就要醒过来了。这多么令人悲伤。

现在她醒过来了，你看，宋天泽就没了。整个人陷到了淤泥里去，被泥吞得没顶，再也出不来了。

她想得自己好难受。

再抬抬眼，宋天泽竟从芦苇荡里冒出头来了。苍茫暮色里是一个黑色的脑袋，然后整个身形都清晰起来。

天泽一步一步地向她走过来，走到她面前，看她的眼睛红红的，就伸手揉揉她的头发，问她："想什么呢？"

忆城皱着眉头，似乎在费力地思索，她一本正经地说："我在想你会不会是一个虚构的人物。"天泽呵呵地笑起来，露出白色的牙齿，说："你的小脑袋里都装着些什么呢？"

他突然单膝点地，向她俯下身躯，右手里捧着的一捧芦花，满脸郑重地递到她手里去，说："骑士远征归来。请女王验明正身。"

忆城接过芦花，伸出一只手来，赐他平身。又说："你让妾身等得好焦心啊。"

正说着，就绷不住咯咯笑起来。

"天泽。"

"嗯？"

"我一直都在做一个梦呢。"

"说给我听。"

她跟他讲述这样的情景：莽莽苍苍的青色原野上，有一个人一蓑烟雨，风姿飒飒，就那样向她走过来了。这是她念读《诗经》《楚辞》时，无数次幻想过的一个场景。

楚忆城笑笑说："那时候，什么别的话都不用说。我只要跟他说，'既见君子，云胡不喜。'他心里自然就会明了了。"

楚忆城说这话的时候，微仰着下巴，眼睛弯成了月牙形状，闪着纯澈的光。她还是对爱情充满着憧憬的少女呢。

"整个世界的阴险动乱，你是不知道的。你像个没长大的孩子，总活在自己的世界里。"天泽这样说她，像是给她下定义。

她心里惊动，隔了攒动的千人万人，他是懂她的。楚忆城感觉自己在他面前，就是剔明剔亮的一个人呢。这一种遇见，让人想落泪。

这种"懂得"的恩义，太隆重，简直让人不知道如何回报才好。

他们走到后来，找不到出去的路。漫天清凌凌的都是星子，那是一个浩瀚的、清明的秋夜。她一路仰头看星星，仰得脖颈生疼。

天泽怕她觉得困，要讲鬼故事吓她。

"嘿，园子外，早上有个卖早点的老婆婆，卖馒头油条豆浆的。你在那儿买过早点没？"

"当然买过呀。"

"上学期期末考前，我熬夜背书，背得又饿又困，痛苦死啦。到早晨三四点钟的时候，出去转转醒醒脑子，顺路看看可以买点什么填填肚子。走出东门来的时候，你猜怎么着，夜色还黑漆漆的，远远地看到那边亮着一盏灯，是卖吃食的小推车上吊的油灯——卖早点的老婆婆天还没亮就已经在那儿了。"

"婆婆是鬼！"楚忆城捂住嘴尖叫起来。

天泽并没有被楚忆城的叫声打断，仍旧一边往前走，一边用他原来的徐缓语调讲下去："我这时候就感到饿啦，香味远远地飘过来，我摸摸肚皮想，是买两个包子还是一碗卤煮火烧呢。突然——"

天泽顿一顿，看一眼楚忆城。楚忆城瞪着两只眼睛，一瞬不瞬地看着他，整个人慢慢地向他身边靠过来。

他笑一下，继续讲："就听见传来了笑闹声。然后就从这园子的东门里，出来了几个少女，还是宫装打扮，头上还顶着发髻，穿着高高的千层花盆底鞋。我就想啊，这是谁拍电影拍到圆明园来了呢？还加班到现在，这勤快劲儿跟我有一拼了。"

她给他说"魅"的故事。愁怨悲戚无法化解者，凝结为魅，千年不化。

天泽笑笑，捏着她的鼻子，说："又是你在杜撰了吧？"

楚忆城撇撇唇角，全不理他，说："你爱信不信。"

天泽说："嘿，你看你后边的是什么？"

楚忆城尖叫起来，抓住他的胳膊，指甲掐进他的肉里去。

他看着她，依旧只是笑，表情里充满了宽厚、纵容。忍受着她指甲掐进去所引起的痛楚，兀自想，爱情的感觉，就是这样的吧。痛得彻骨连心。这疼痛又是有质感的，连着血肉的，实实在在的钝重。

那一天是天泽第一次与楚忆城拥抱，隔着一层衣物，感觉到柔软的少女的身体。他心里安静，只是觉得有一种什么东西落地的那种妥帖、安心。

后来，他们在深夜的园子里走迷了路。漆黑荒野里，只看到远远地亮着一两盏孤灯。到凌晨3点钟才找到大门出去。楚忆城伏在他的背上，整个人昏昏地睡过去。

楚忆城并不是那种极娇气的女生。可夜里温度低，受了风寒。回去便病倒了，整个人晕乎乎地躺在床上直说胡话，第二天依旧挣扎着出来见他。

她两颊被烧得绯红，眼睛却愈发的晶亮，要跳一下给他看，说："我没事呀。"可整个人却是晃晃的马上要晕倒的样子。

楚忆城是寒性体质，受了寒气，第二天就开始发烧。天泽用自行车载她，去中药铺子抓中药，头发花白的老医生给楚忆城把了脉，说："你这一股子寒气，可是娘胎里就带下来的，平时是不是手脚都冰凉？月事又不准？"

忆城坐在他对面，听到他一点点都说到点子上去。

老医生给开的是调理身体的方子，说坚持吃几个月下去，对改良整个身体都是有好处的。

学校的寝室里没法煎药，天泽就托了药店的伙计帮忙煎，每天煎好了药，他骑着自行车飞驰着给她送到寝室楼前去。

白瓷碗里黑糊糊的一碗黏稠的药，端到楚忆城面前去，楚忆城端起来，捏着鼻子送到嘴边去试了好几次，还是依旧又放下来。

他凑在她面前，眼睛巴巴地瞅着她，看她那一副可怜又怯弱的样子，就恨不得她身上所有的坏事都让他来担着才好。宋天泽端起来咕嘟一口喝下去，真是透到脑髓的苦涩，然而他呼口气，依旧做出一副淡定的样子。

楚忆城站在他旁边，被他的举动吓了一跳，拍一下他的肩膀，说："这药还可以随便当糖水喝的？"

然而她心里是感动的，从他手里端过碗来，当着他的面，壮烈如舍身赴死的壮士，仰仰头喝下去，眉眼都皱到了一块儿。以后楚忆城就真的不怕吃药了。因为是有天泽在那里，跟她共着甘苦的。

3

天泽恍了半天，抬起青筋暴露的手，去擦拭眼角，然而两只眼睛都是一片干涩，什么都没有。他解嘲似的笑笑，略微尴尬，自己跟自己。

天泽没动身，依旧躺在榻上。在黄昏的那种静寂里，他的听觉像是一柄刀，被擦拭得格外敏锐，可以听到好多声音，有来自迢递幽远的时间深处的，也有来自遥远的空间的。

他听到围墙外街角的咖啡馆里反反复复播放着小野丽莎的曲子《何日君再来》，20世纪40年代金嗓子周璇唱满大街小巷的歌曲，在流逝的时光里被不断地翻唱，如今在这个日本女歌手口里，带了一点不那么顺畅的、异域的声腔，似曾相识，却又带了一些奇异的陌生。

这种熟识与陌生之间的微妙感受，天泽不是太会表达。时光总会改变太多东西，在你察觉不到的流逝里，有着翻天覆地的力量。

恍兮惚兮的老歌旋律里，金属勺子轻击在骨瓷咖啡杯上，男人讲了一个并不是那么高明的笑话，少女轻笑，一次最新的邂逅又在上演，每日黄昏里这是循环上演的戏码，演员和场景会换，但剧情几十年始终如一。饮食男女，太阳底下总无新事。

然后他听到苏昔的声音，一点都错不了，这是独属于苏昔的。苏昔推开厚重的红漆大门，门上的黄铜兽环在门上碰出些啪啪的声响，敲碎一点点变得致密起来的黄昏暮色。然后是她的脚步踩在院子里青砖地面上的声音，她从来不穿高跟鞋，只穿帆布鞋或运动鞋，脚步踩在地面上，蕴蓄着那种弹跳的力，饱满而充沛。

　　青春总是骗不了人的东西。

　　天泽笑笑，想，"她还是个小丫头呢。"他翻一下身，要从榻上坐起来。身体却像是一架生锈的老式机器，动一下，骨头和关节都会咔咔地响。他还未来得及披上外套，找出黑色边框的老花镜戴上，苏昔就蹦蹦跳跳地进到他的屋子里来了。

　　天泽站起身来，笑着说："过来啦？"

　　苏昔应一声，说："嗯，今天堵车又堵得厉害。"

　　天泽拍拍苏昔的肩膀，说："你先坐会儿歇歇，我去泡茶给你喝。"

　　苏昔点点头，把挎包放在桌子上。

　　天泽走到门口时，又回头问她："是要普洱还是绿茶？"

　　苏昔冲他笑笑："什么都行。我没那么挑的。"

　　天泽拄着拐杖去了后面的厨房。

　　在天泽去泡茶的这段时间里，苏昔抱着手臂重新打量起天泽的书房来。

　　旧书和字画是这个书房的主角。红木书架上的书籍高高地快全到了天花板上去了，散发出故纸所特有的微微发霉的味道。

　　窗前放了一张宽大的红木条案，上面杂乱地放置着天泽的种种物品，摊开的大幅宣纸、砚台、镇纸，青花瓷笔筒里插满的毛笔森森如剑戟。

苏昔走到书架前，从旧书中随意抽出一本来翻看，是深灰色封面的线装本古籍《古诗源》，她有意无意地翻开书页来读了几句。然后捧着书走到天泽之前坐的藤椅上坐下来，却不留意差点坐到什么东西上，苏昔俯下身来查看，原来是一个旧旧的红色皮质封面笔记本，刚才被蓝印花的椅套遮住了，怪不得她没看到。

苏昔拿起笔记本来，坐到藤椅上去，摇了几下，借着黄昏时由窗棂间射进来的光线，随手翻开了这个本子。本子的纸页已经泛黄，触手很温润，里面是清秀的蓝色墨水字迹。

笔记本的后半部分大概是一封信，苏昔看到某段文字的开头是"亲爱的天泽"。

这时候苏昔听到什么东西摔到地上的尖利声音，伴随而来的是一声呵斥："你在看什么？"

苏昔骇然地抬起头来，天泽正怒气冲冲地站在门口，手中托着茶具的托盘摔到了地上，细瓷的茶壶和茶杯在大理石地板上摔得粉碎，滚烫的茶水溅得到处都是。

苏昔站起身来，又惊又愣地站在那里，嗫嚅着说："我看到椅子上有个本子，就拿起来随手翻了翻……"

天泽气得直哆嗦，唇角不能自控地抽搐着，怒气冲冲地吼："这是你能随便看的吗？"

说着，就要几步跨过去，从苏昔手中往回夺，却没留意面前洒了茶水之后变得湿滑的地面。天泽的拖鞋踩在上面，脚下一滑，整个人就要一个趔趄仰回去。

苏昔赶忙上前去扶住他，手中的笔记本却失手掉落在了地上。

苏昔扶着天泽站定，两个人都愣在那里。

天泽先反应过来，俯身从一堆青花瓷碎片、茶叶与水渍中捡起笔记本来，用衣袖小心翼翼地擦干纸页上沾染的黄色茶渍，把它抱在怀里如同怀抱一个婴儿。

苏昔呆立在旁边看着他，天泽蹲在一堆碎瓷片、茶叶、水渍里，低着头，瘦削的肩膀剧烈地耸动着。

他是在哭。

第六章 港都夜雨

少年听雨歌楼上，红烛昏罗帐。

壮年听雨客舟中，江阔云低，断雁叫西风。

——蒋捷《虞美人·听雨》

1

八年烽火，抗战胜利，北平光复。

彼时宋天泽身在西南，拾起战前在大学里的文艺旧业，在报社做新闻记者。1946 年，报社在香港设立分部，征调人员过去，天泽被调去香港的分部，工作和居住都在九龙。

在宋天泽的眼中，香港于他，是彼地，一个正在生长中的钢筋和水泥的世界。他生活其中，但是却可与这座城市爽然分离。

他与这座城市，是萍水相逢，即使他再在这儿住个四五十年，也只是温吞的一点情分，焐不暖的。这种状态正是他希求的，这让他觉得安全。

血肉相连，牵筋动骨，像他与北平，与楚忆城，以他已然脆薄的生命，他受不了这样一番折腾。

1950 年春正月。

宋天泽在纺织厂对过的小酒馆中，和几个朋友胡侃海聊完，灌了一肚子酒，整个人醉醺醺的，推开店门走出来。

短暂的一阵黑暗过后，扑面日光兜头兜脸地向他罩过来，如明亮然而温度冷冽的金属，晃得他睁不开眼。天泽脚步暄软，身体有些微晃，闹市间的一切仿佛都跟他隔得遥遥的远。他是站在云端上，隔着毛玻璃看这一切的。

而似乎只有在这种时候，他心中尖锐的痛楚可以钝化。揣在怀里的那一枚多角铁蒺藜，酒精暂融了边边角角，心脏也暂且麻木。

这些年他也就是这样过来的。亏得酒精糟着，他才没有腐烂得那么快。

他听到一个声音远远地在喊他的名字。"天泽"两个字穿过暄软的云朵飘过来。他趔趄着脚步，张开蒙眬的醉眼，有意无意地扫了一眼马路对面，酒乍然间便全都醒了，那个已经模糊的香港闹市在他眼中重新清晰起来。

急促的汽车喇叭声，电车驶过的铃铃声，港腔粤语的潮……一切都在他耳边重新恢复了声响。

街道对面的纺织厂正值下班时间，熙熙攘攘的人流从大门口涌出来。一个女人穿一身洗白的长裤衬衫，在芜杂的人流里走出来。

是萧美琪。

天泽看到她的那一刻，几乎怀疑她是鬼魅。

她定定地站在那里，正看着他。方才她刚从工厂大门中走出来，和往常一样去搭电车，似有什么预感般，抬起头来看了一眼街道对面。只这一眼，她整个人就愣怔在那里，如被石化的罗德之妻。嘴里下意识地就喊出了他的名字。尽管这中间时间已经过去 13 年，尽管已然物是人非，但她认得他。她确信，即使哪一天他化为灰烬，她也能认出他来。

两个人在亚热带亮烈的日光里，隔着一街的人流车流，就像是他们之间这几年的时间洪流。时代从来都是轰轰烈烈地向前，永无止息。翻涌的潮水退去，沙滩上只剩他们这两个苍老的身躯。

美琪从愣怔中回过神来，抬起手将一将两鬓的头发，匆匆地要穿过马路过来，走得急，只眼睛往前看着天泽，倒没留意到侧面驶过来的汽车，差点被一辆卡车撞到。庞然一只卡车在她身侧"嘎"的一声停住，离她的身体也只有半寸，司机摇开车窗玻璃，伸出脑袋来大声嚷："拜托，大姐你能不能长长眼睛啊！"

天泽也被吓出一身冷汗来，紧走几步迎上去，问："你还好吧？"美琪两只手绞在身前，攥着坤包的把手，抬头看他一眼，抿抿发白的嘴唇，点点头，说："我没事。"

等心神静定下来，天泽开口说："真巧。没想到你也到香港来了。"

美琪一双眼睛都不知道要往哪里放的样子，咧嘴笑一下，说："家里就剩我一个了，反正到哪里也都是一样的。"

美琪算来也已经有 30 岁出头，整个人憔悴得厉害。头发干燥枯黄，用一条橡皮筋草草地束在脑后。她凄凄冲他笑时，眼角便堆起密密的细纹，像博古架上一只细瓷瓶一道一道地裂了缝。天泽心下想，她的境况看来也是不甚好的。

两个人在熙熙攘攘的人流车流中面对面站着，又说了几句闲话。然而感觉找不到一个话头把谈话继续下去，那沉默的间隙便有些微的尴尬。天泽去推了自行车，说："到我那儿坐坐吧。"

美琪点点头，两个人一前一后地沿着街道走。她走在他后面，低着头，看到天泽西裤左腿的裤脚开了线，线头一穗一穗地散开了，随着他的脚步拂拂地动，很无告的样子，心中便起了一点类似于母性的怜惜，柔软起来。走一段路，天泽便停一下，等着她赶上来，两个人肩并着肩走。

天泽住的地方，在油麻地的庙街，虽说在附近，但七拐八弯地也得走好一会儿。两个人在亚热带午后的阳光下慢慢就出了一身汗。一层薄薄的细汗沁出来，在尚未换下的毛衣里面蒸腾起一股蓬蓬的水汽，黏着肌肤，产生了一种轻微的不适感。

一路无言，当走过街边某一幢灰色小楼时，天泽转身对美琪说："我工作的报社就在这儿。"又抬起握自行车把手的右手，指指二楼的某个窗户，说："看到从左边数第二个窗户了吗？我的桌子正对着这个窗户，每天没事时就发呆看路人。"说着自己就笑起来。

美琪抬头看看那扇灰蒙蒙的窗，想找一句俏皮的话来回应他，问出来却是："你都看到了些什么呢？"刚问出来，马上就觉得傻气，分明地显出自己不懂情调似的。

然而天泽颇严肃地沉思默想了一会儿，说："就像看一部很长的电影。每天的情节都不太一样，又永远都放不完。"

他们又走了十多分钟，拐进路旁一条僻静的小巷。天泽租住的地方在巷尾。美琪跟着他，走过路面坑洼的幽长巷子，头顶竹竿上挑出来住户的各色衣服，洗旧的背心、女人的内衣、孩子的尿布……像一面面五颜六色的各国国旗在风里招摇。逼仄纵横的电线把灰蒙蒙的天空隔成一格一格的，七零八落。空气里是挥之不去的、黏腻的鱼腥味，混杂着不远处的天后庙里传来的香灰的气息，如影随形地缠着她。

美琪随他进了一幢外墙斑驳的老楼。她眼前一下子暗了下来，隔了好一会儿，才适应了建筑物中光线的落差，看见楼道里零乱地堆着各家的杂物。有一家住户开着门，只挂着半截门帘来通风，桌子上吃了几色菜等都看得清清楚楚。

天泽的住处在三楼，他搬起自行车，一级级台阶地挪着步子上去。房间是天泽跟一个同事霍启德合租的。天泽跟启德二人也是极要好的朋友，启德比天泽大几岁，很有些大哥范儿，对天泽也颇为照应。启德在香港这边工作，家眷都留在广州，这段时间回家去探亲，因此只有天泽一个人在。

到了三楼，天泽在走廊中靠边锁了自行车，往裤子口袋中掏出钥匙来开了门。房间背阴，一天里大概没有多少时间能够晒到太阳，扑面一股冷湿的潮霉味道。窄小的一间屋子，两侧相对着放了两张单人床，被子有些潦草地堆叠着，又扔着换下来待洗的衬衫，足以显示单身男人的不修边幅。靠窗的是一张书桌，书和稿纸摊开在上面，零乱地放着钢笔、墨水瓶等各项杂物。

天泽略微显出尴尬地挠挠头，说："这儿乱，你别介意。"

他一面请美琪坐，一面便去找茶叶泡茶。从书桌抽屉里找出几包袋装乌龙茶来，然而翻来翻去没有找到多余的茶杯，最后只好拿自己平时喝水的杯子，去走廊里的公用水房涮了，回来泡上茶，满满的、浓酽酽的一杯，端给美琪。

美琪接过来。她坐在床沿上，姿势端端的，两只手捧着杯子，看着泡开的茶叶沸沸地翻腾着。热气一蓬一蓬地上来，水汽蒸到她脸上，蒸得她眼睛发热。

天泽问她："现在在纺织厂工作？"

美琪依旧低着头，说："嗯，做会计。"

天泽顿了顿，又问："就你一个人在香港吗？清治现在怎么样？"

美琪低头抿一口茶，没有回答，后面就拖着长长的一段沉默，被降临的黄昏粒子充塞满了。

天泽知道自己问错了话，就打个岔过去，站起身来，舒舒腰，走去阳台上，拿喷壶给几株盆养的植物浇水，一面说："这些花花草草的天天跟我做着伴。"

　　故人重遇，也不是不高兴，但是那开心的底子，却似窗外黄昏时苍郁郁的天，横斜着电线，七零八落的。

　　美琪沉默着，一口一口地把杯中茶水喝尽，几片茶叶不小心喝到嘴里去，苦得很。她起身来，去门后边拿了暖瓶，自顾自地倒水沏第二遍茶，水倒满了也未察觉，从杯口泱泱地漫出来，泼洒了好些在桌面上，又一路流到桌缘，滴滴答答地落下来，水泥地板也湿了一大片。

　　她手忙脚乱地要去补救，但桌上放的几本书早就被浸湿了，拎起来看一下，书页黏连在一块儿，墨印字迹洇开来，糊成一片，模糊得辨认不清。

　　天泽赶忙去找了抹布过来擦。美琪手脚还是慌慌的，问他："书是不是挺重要的？我记下名字来，改天去书店买两本新的给你。"

　　天泽说："你不要这么见外。"一边拎起两本书来，拿到阳台上摊开晾。

　　收拾好，他拉过椅子来，在她对面坐下，跟她说："没事。"美琪点点头。良久，她开了腔。两个人有一句没一句地说些别后这十年的境况。美琪说到这几年家中接连发生变故，身在国外的父亲和继母相继离世。清治的真实身份是潜伏在敌人内部的共产党，借着伪警察局长身份的掩护做了不少事情，1944年被日本人发现后遭暗杀。家散人亡，美琪成了举目无靠的孤女，在北平艰难度日，最后决定来香港投靠一个远房亲戚。来这儿后，几经辗转，总算立下脚来，找了一份纺织厂的工作，勉强可以养活自己。

天泽听她断断续续地说着，心下甚是怆然。关于清治的身份，他当时其实早已有所怀疑，他不相信满身正气的清治在北平沦陷后会真的甘心去做一个日伪的小官员。就像他们在燕大时一起演出的话剧《家》里，清治有着像大哥觉新一样的不得已，并最终选择走了一条更为曲折艰难的救国路。

想起 1936 年他们四个人初识，一起演讲办报、排演话剧，满心壮志的大学岁月，与现今只隔了十多年而已，但已然是物是人非。现在是胜利了，但是留给他们的创痛，会延续多少个八年呢？

美琪问："你这些年一直自己一个人？"

天泽笑一下："嗯。我是只身走江湖全无挂碍。"

美琪又问："现在工作累吗？"

天泽答："现在香港经济景况不太好，平时也得多写些稿子才能糊口。"

美琪应着，说："我单位离这儿不远，以后有什么事情也可以互相照应。"

天泽起身找火柴，点了一支烟吸起来。

谈话间，两个人刻意避开的一个话题是楚忆城，怕去揭那块伤疤，但越是刻意去避开，便越发心照不宣地、突兀地梗在那儿。绕来绕去地说了许多话，但总感觉一切都是个不相干。天泽的心不在这上面。

美琪早已注意到他心思的游离，然而也并未主动道破。只顾找了些香港生活、人情风物的有关无关的话，自顾自漫漫地说，云里雾里的，自己也不知道说到哪里去了。

天泽低着头沉默地抽烟，脚底下积了一大片烟蒂、烟灰。最后他忍不住，撇开一切话都不理，直直地开口问她："你后来又听到过忆城的消息吗？"

美琪呆了呆，眼神闪闪烁烁地，从他脸上掠过去，栖落在房间衣橱上镶的穿衣镜上，开口说："八月初，你走了之后，我去查过警察局的档案。"

她的身体颤了一下，语气停顿了一瞬，复又接续上："福海发现了一具女尸，从身上衣服的花色来看，应该就是忆城。"

天泽坐在那儿，眼睛直直地瞅着地面。美琪说出来的那些字一个一个都是千钧的锤子，敲击着他的耳膜。内心的沉痛，经过这十多年，以为已经痊愈，此刻重又撕开，依然是一片血肉淋漓。

她看着天泽的脸色一点点变得发青，整只右手死死抓住旁边桌子的边角，骨节处绷得发白，他的蛮力那么大，中指食指的指甲都掐进木头里去了。指甲掐裂了，从指缝里一点点渗出血来。然而他也并不觉得疼。

美琪抬眼看了一下窗外，说："没想到现在天黑得这么早。我得回去了。"

天泽缓过神来，也并不抬头，只说："好。"

美琪起身穿了外套。两个人开门一起走出来。天泽在门前楼梯口站住，说："慢走。"

美琪应一声，说："你快回吧。"然而走出去两步，又回转过身来，想起什么来了的样子，问天泽："你的电话号码是多少？"

天泽说："家里现在没电话。"

美琪说："那我把我厂子里的电话留给你。"说着往小坤包里面拿出一张空白票据来，用圆珠笔在反面写了号码，又检查了一遍，确认没写错后，递给天泽，说："有什么事给我打电话。"

天泽点点头。她转身下楼梯，走到二楼楼梯拐角的时候回头看了一眼，天泽还站在那里，两手抄在西裤口袋里。她脸红心热，低了头，脚下紧走两步，却踏空了台阶，崴了脚，整个人差点往前跌下去。幸亏及时扶住楼梯栏杆。她再回头看时，天泽已经进屋了。

2

十年间枯寂如槁木死灰，然而现在美琪眼睛里的光芒重又热烈地燃烧起来。两颗黑暗的煤核，在她眼睛里簇簇地燃烧着。

回去的路上，美琪坐在电车二层的座位上，似乎是虚脱了般倚着椅背，透过车窗玻璃看两侧街边灯火璀璨，一掠而过。她抬起手来摸一摸自己的脸颊，那烧还没退下来，依旧是热热地发着烫。她的思路一径从这件事跳到那件事上去，乱扰扰的没个头绪。她伸出手来按一按跳动的心脏，心想，自己远走到遥遥的异地，怎么又这么恰巧地遇到了天泽。

转念又想，这大概便是天意，天意是违拗不了的。

回到住处后，美琪什么也顾不得做，放下挎包，便从床底下拖出许久未开的行李箱来，那里面压着些以前的衣服。她跪在地板上，翻了好一会儿，才从箱底翻出一件花色鲜亮的旗袍。她直起身，脱了身上灰扑扑的长裤衬衫，便把旗袍兜头罩下去，也顾不得衣服放久之后的褶子和冲鼻的樟脑味。

几年没穿，旗袍已经不合身了，拉链拉上后，尚空余着一大块。她瞅一眼墙上的镜子，自己是细瘦伶仃一个人在一只五彩布袋里晃，没个依凭似的。整张脸也苍苍的没有血色。她抿着嘴唇咬一下，两片唇方始泛出一点红润的颜色来。

她冲镜子里的自己笑一笑，对自己说，管不了那么多了。

晚上睡下后，美琪辗转反侧的，头脑和眼皮都发沉，但无论如何都睡不着。到了两三点钟，才迷迷糊糊睡过去。又做了一夜的梦，有好梦也有噩梦，她就在梦里哭一会儿笑一会儿的。

第二天起床后头就有些昏昏的疼。昨天遇见天泽的事想起来有些恍如隔世，连带着也像一个梦似的。她喝了几口粥，便去上班，又把旗袍包起来带着，顺路捎到纺织厂旁边的裁缝铺子里去改。

上班时，美琪便有些走神，手头打着算盘、整理着票据，想到什么事情上去，不自觉地唇角就弯起来了。神态心情倒还是像多年前那个少女。一边又骂着自己，虚长了十三年，竟然一点都没长进。

到了下午时分，她就更加心神不定起来，侧着耳朵听传达室的电话铃声。她总怕天泽打电话找她，却因为自己意外的疏忽而错过了。

当时美琪厂里的副厂长，姓徐，是个头发浓密、身体敦实的男人，整天一副笑嘻嘻的样子，似乎跟谁都好说话。大家背地里都叫他"笑面虎"。他也是几年前从北平到香港来的，一直挺照顾美琪。

到了春天里，岭南的杜鹃花开得满城。

美琪还是不大适应香港潮闷的气候，这段正赶上换季，又犯了过敏的老毛病。徐厂长午间正溜达到会计室，看美琪桌子上撸鼻涕擤得一大堆纸巾，鼻头被揉得通红，两只眼睛大概是因为低烧的缘故，泛泛地闪着一点水光。平日里枯涩的美琪，此时倒有了些楚楚可怜的动人意思。

他心里咯噔一下，就那么动了一下。转身出去，一会儿再转回来，便把一盒阿司匹林扔到她桌子上。

下午时"笑面虎"又过来巡视，看到美琪心神不定的样子，跟她打趣，说："小萧等谁电话呢，等得这么心焦？"

她没说话，低下头去，脸上臊得红了一大片。

坐在办公桌对面的宝蜜也笑起来，笑声尖尖的，像铁丝划在玻璃纸上，说："从周一返工回来，美琪的魂儿就不知道丢哪儿去咯。对吧，美琪？"

美琪抬头对宝蜜干笑一下，也不理他们的话茬，低下头去，兀自想自己的心事。

从那天街上偶遇，她给天泽留了号码，这半个多月的时间里，她每天都竖着耳朵等传达室喊她的名字，叫她接电话。找她的电话倒确实有过两通，她几乎是颤抖着跑过去的，手紧紧地攥着听筒，手心都要攥出汗来——但听筒里响起的声音却都不是他的，无非是工厂财务上的一些联络。她整个人打着颤地，顷刻间从顶峰跌向谷底。

她想，不会是天泽出什么事了吧？又转念想，会不会天泽把写号码的纸条不小心丢了？

她按住性子又等了三天，依旧没有天泽的消息。自己熬不住，一边骂自己轻贱，一边却管不住下了班自己的脚步就要往他住处的方向去，又不好没个说法就白白地跑去。

终于熬到礼拜六，休半天班，她去菜市场买了黄豆、猪脚回家。

灶上细火煲着汤。她细细地洗了头发。等头发晾干的间隙，对着镜子拿小镊子修眉，把芜杂凌乱的一根根拔去，修成细细的两条，用眉笔描出眉峰眉尾来，翠眉远山如黛，又换上自裁缝铺子中取回的改好的衣服。

旗袍上的扣子本来全都扣到颈子底下去的，她对着镜子左看右看觉得呆板得很，临出门前又把最顶上一颗扣子解开，这样反反复复了好几回。手颤颤地无来由发慌。

收拾好，看看时间差不多，煲好的黄豆猪脚汤用保温桶装好，提在手中，便出去搭电车去天泽的住处。

走过巷口的时候，天色有些黑下来。美琪心里就不免急躁，心想天泽可千万别吃过晚饭了。

然而走上楼来，门却锁着，天泽还没回来，或者回来过又已经出去了。她在门前踱来踱去地等他。约摸半小时过去了，她想，天泽大概是要吃了晚饭再回家的。

她就从包里取了手帕，垫在他门前楼梯的台阶上，拉一拉旗袍下摆，坐下来。她托着腮发着呆想了一会儿事情。昨天晚上未睡好，一整天打了鸡血似的做这做那，这时候疲累才泛上来，于是伏在膝盖上小憩。

美琪没戴手表，也不知道时间。又过了一个多小时的样子，听到楼下脚步声一步一步噔噔地上来，她想，是天泽了。也并不起身，依旧伏在膝盖上手臂环成的弯里，闭着眼睛就当自己睡着了。她想等着他上来叫醒她。

然而脚步声近了，到她面前，却并不停下，而是绕过她身边过去，继续走到楼上去。

她睁开眼扭头看一下，却不是宋天泽，是楼上的男住客，穿白背心，肥大的碎花短裤，一双塑料人字拖拖拖踏踏地吊在脚上。

那个男人也正好回头看她，两个人的视线撞到了一块儿。男人眼神里露出些奇怪的神色，中间又似乎掺杂着一些猥亵的成分。

"人字拖"大概是想不通一个年轻女人大晚上的为何坐在这儿，又看她穿的衣服花色鲜艳，旗袍的叉开得老高，脸上刻意修饰过，便把她当作"下三路"的不良女人了。

他自觉不自觉的，唇角便抽搐般斜着，往上吊起来，露出一个惯常的轻薄的笑。

美琪像被烫着般，霍的一下站起身来，手抓住拐角处的栏杆，眼神狠狠地瞪着那个男人。

"人字拖"看她反应激烈，大概是觉得莫名其妙，也是多一事不如少一事的意思，收起了脸上的笑，吹着口哨，紧走两步匆匆地上楼去了。

美琪听他脚步声远了，整理一下旗袍下摆，重新坐下来。

她等到将近凌晨一点钟，把能想的事情来来回回地都想了个遍，天泽也还没回来。她左猜右想天泽到底去哪儿了，但到底也没个头绪。她站起身来，头脑又一阵短暂的眩晕，几乎要直直地栽到前面去，两条腿麻得没有知觉。她扶着楼梯扶手，一级一级地挪下楼梯去。楼下的庙街上，热闹的小食摊此时也都已经撤了。偶尔见浓妆妖艳的女子站在街边，那神色里也有了些倦怠的意思。天后庙的香灰气息又扑到鼻腔里来，在夜色里倒多了一点沉静的气息。她在夜色里慢慢地走回家去。

那件旗袍回去后她就用剪刀剪碎，从此不穿了。

汤面上结了一层油皮——到底是没等到人喝。

隔了一周，她又过来。门虚掩着，她敲敲门，没人应声。她就推开门走进来。

这次天泽倒在家，正伏在书桌上写稿子。背对着门，头发有些乱糟糟的，应该是起床后没顾得上洗漱就在桌前坐下了。

听到声响，他回头看她一眼，说："你过来了？"

"是呢。"她答一声，站在房间正中，站也不是，坐也不是，无法安置自己的窘迫。

自初次遇见后，这段时间里，她没得到他一点消息，整个人浮浮沉沉的，希望燃起来，幻灭，复又重燃，自己与自己作战，像是经历了一场生死劫难。然而天泽不过是个没事人。

她用力过甚，又哪里抵得过他的云淡风轻。

天泽转过头去，继续沉迷在他的爬格子事业中，嘴里说着："你坐。等我写完这篇稿子。"

她嘴里应着，找不到什么话来说，也不好跟他提那天过来空等了他半个晚上的事。眼睛在天泽 20 多平米的小房间里空茫地扫，落在床上他乱扔在那儿的几件衣服上，倒像是茫茫海水中，抓住了些什么可凭借的东西。

她几步过去，七手八脚地把衣服收拾起来，团作一堆，又从床下找出一只大的搪瓷脸盆来，满满地堆了一脸盆，然后直起腰费力端起满盆衣服，要拿去公用水房给他洗。

天泽察觉，站起身来推让着，说："怎么能劳烦你？"他觉得不好意思。

然而美琪手里端着盆，低着头，闪开他往门外挤，说："你跟我还这么生分？"分明是受了委屈的样子。

两个人再争抢便显得滑稽。天泽也不好再多说什么，只好让开身来，由她端去洗。

顺着长长的走廊，公用水房里水龙头哗啦啦的水声传过来。这水声里一点点的似乎都是雀跃欢快。

过了一两刻钟，天泽写作的间隙抬起头，看见阳台上美琪正在踮着脚，往晾衣绳上挂洗好的衣服。那时节空气里还有些微的凉意，然而她把袖子高高地挽到手肘上面去，两只手泡得泛白。

晾衣的绳子挂得高，美琪身量矮，得用劲儿仰着头，踮着脚尖才够得到。

天泽看着这些，心中就不由得有点触动，又带着一点酸楚，想这十年漂泊，现在倒总有点过日子的样子。

以后萧美琪隔几天便来天泽的住处看他。她一天不看见他，就觉得心思不安宁，好似心中有几只小兔子在抓挠。

她格外鲜明地感觉到自己的心脏重又鲜活起来，有时候它会扑扑地跳，有时候又会下坠般沉下去。她有时候简直害怕自己的心脏承受不了这样的跌宕。

时间不知不觉间也就过去了几个月。暮春的时候，天泽去东南亚出差，给了美琪一把他住处的钥匙，拜托她帮忙，隔天过来给阳台上养的花草浇水。

他不在的时候，美琪每天下班，都先到他这边来。拿钥匙开了门，闻到他房间里的气息，她浮浮泛泛的一颗心才可以踏实地落定下来。

她把喷壶里灌满水，耐心地浇那几盆红掌、晚香玉、羊齿，倒像是帮天泽照料孩子。浇花间隙，抬头看他房中的东西。床、书桌、架子、墙上的一幅画，笼在夕阳西下的柔软光线中，一切都显得无比静谧，又都跟她贴心贴肺的亲。

美琪心中就觉得温柔起来。这一切本来都是最普通不过的物品，但是因为沾了宋天泽的气息，就有了说不尽的神奇色彩。

她看他房间零乱，便决定大扫除一番，想到他出差回来进门的那一刻，看到整洁如新的房间时脸上惊喜的表情，美琪心里就满是兴奋。她边边角角都毫无遗漏地打扫到，在长竹竿上绑了扫帚，扫干净大化板上的蛛网，扑落家具上积久沾的灰。

天泽的书架上，随意放置着他在上面写专栏的几家报纸，几个笔名轮换着用，她一期一期地都找来看，看他对种种社会事件嬉笑怒骂地发表着自己的观点，就觉得像是在面对面地听他说话。

清扫桌子底下的灰尘时，她发现最里面，靠着墙根有一张小小的什么东西，她跪下身，把扫帚伸进去，费力够出来。是天泽的一张黑白照片，不知道怎么，不小心从桌子缝隙间掉下去的。

照片大概是天泽来香港之前拍的，穿军装制服，头发比现在短，眉宇间还有些虎虎的少年气，眼睛很明亮。军装衬衫的袖子挽上去，露出胳膊来。一只手抓住枪身，一只手扣住扳机的位置。

美琪站在那里，一只手中握着扫帚，一只手里拿着照片，看得心旌摇曳。照片中天泽的手臂真是性感之致，结实的，似乎上面的毛发都散发出一层细微的光芒。她想那双胳膊紧紧地抱住她，想得身心都软了。

过了好长一段时间，她回过神来，把照片放到贴身的口袋里去。那种鬼鬼祟祟的心情，倒像是偷去了天泽的某样东西。

收拾床铺的时候，看到天泽的床头倒放着吃了一半的一小袋巧克力，她唇角便不禁牵起来，想天泽这样一个大男人倒有吃甜食的癖好，便把他当成一个大男孩，心里荡漾起一些母性的柔情来。

在她与这个房间那段时间的相处中，不同年龄、不同面目的宋天泽都向她涌过来，环拥着她，冲着她微笑和说话，而又不会令她有面对面时的紧张和无措。

萧美琪真是沉溺于那样的时光。

她一边收拾着，也不得不承认，在为他收拾房间的动机里面，有着窥视他生活的成分。她对他的方方面面，对于他的隐秘，有着无比的好奇。

第二天是周末，阳光不错，上午她很早便搭电车过来，惦记着要把他的被褥拿到阳台上去好好晾一晾。在阳台上扯好了晾衣绳，她转身去屋里抱被子。

然而坐在床沿上，俯着身，她的脸一点点地就埋进被子里去了。

暄软的棉被上面都是他的体息，浓厚的男性气息，往她鼻腔里钻。她像是被呛着了，眼泪一点点地从眼睛里落出来，把被子湿了一大片。她想，自己现在离宋天泽这么近了。

这天他像往常一样上班。下午午睡后，美琪正整理着票据，对面的宝蜜凑上身来，声音压低了问她："你有没有觉得'笑面虎'最近对你有点暧昧的意思？"

美琪手里没停下，"啊"的一声抬起头来看着宝蜜。

宝蜜说："我说美琪姐，你是装傻呢，还是真傻？"

美琪说："这怎么可能？"声音里都是讶异，她以前倒真的完全没想到这方面去，觉得"笑面虎"不过是念着同乡情谊，就多照顾自己一些，又觉得他面目和蔼分明像个长辈。

宝蜜一边磕着瓜子，一边"切"的一声从齿缝里出来，声音高上八个度去，说："我感冒时头晕脑涨得要死，他怎么一回都没给我买药呢？"

不经宝蜜提醒，美琪都未察觉到，只知道徐厂长对每个人都好，她向来就是一个后知后觉的人。

宝蜜又补一句："那天他还背地里拐弯抹角地从我嘴里套话，打听你的情况，什么属相、生辰八字之类的，神神叨叨的那个劲儿。"

美琪心里说不上来是什么感觉，被不喜欢的人喜欢，从来不能给她带来喜悦，只会令她徒增烦恼。她心里又清清楚楚地知道，这个人怎么努力都是无望的。看着他在那里白白地费工夫，就显得是自己一点点地亏欠了他似的。

她是谁的都不要亏欠，人情物事，都是要清清爽爽的。

以往，她每次去找徐厂长请假，他都一口答应下来，她下班早一点走，徐厂长也是睁一只眼闭一只眼的。接下来的几个星期，美琪倒从来不请假，每天按时按点地上下班。她是不领他的那个情。

过了几天，午饭后，她正和宝蜜在会计室织毛衣闲聊，徐厂长从外面过来，手里提着几大串尚带着新鲜绿叶的荔枝，招呼她们两个，说："来来来，小姑娘们吃荔枝，刚上市，可新鲜着呢。"

宝蜜伸手捻一粒荔枝，剥了皮，扔到嘴里去，问他："是只送我们俩吃呀，还是其他人都有？"

徐厂长搓着两只手指粗短的手，神情间有些局促，然而堆出满脸的笑来，说："单为你们两个买的。"

宝蜜吐出荔枝核，再伸手捡起一串来，说："那我就沾美琪的光咯。"

美琪猛地放下正在织的毛针毛线，转身要往外面走，说："你们吃吧。"

她起身起得急，毛线团滚到地上去，又被她的脚绊住，随着她的脚步，滴溜溜地滚得老远，烟灰色的毛线乱杂杂地扯了那么长。

徐厂长赶忙俯身去帮她捡。他弯着腰追着线团走，发胖的身体显出一些滑稽的笨拙来。

美琪心里泛起了一点微酸的怜悯，又夹杂着一点轻微的厌恶。她是别人爱她，她也不要的。她说："以后各类日常用物就不劳徐厂长给我买了，费钱得很。"

说完就转身径自去了外面院子里的卫生间。

徐厂长好不容易把毛线团捡起来缠好，起身倒只看见美琪一个冷冷的背影。

日后回想起这些来，她大概会苦笑一下，想，你看，我萧美琪也不是没有人爱的呀，也可借此聊以自我安慰。当初她的人生，也不是没有别的可能性。

但是，萧美琪是任何后路都不要给自己留的。她得往前走。

3

初夏的时候，美琪下班后又过来看天泽。她特地绕了两个街口，去翠华茶餐厅买一屉叉烧包带给他。热腾腾的叉烧裹在纸包中，放在桌子上，她催天泽说："赶快趁热吃。"一边说着，自己又站起来为他整理零乱的书桌。天泽也不拿筷子，只用手捡了，一口一个地扔到嘴里去，腮帮子鼓鼓的。

美琪回头看他一眼，说："慢点，别噎着。"她正把天泽扔得零乱的书一本一本地排到书架上去。天泽张着两只油手，站在旁边看了一会儿，完全插不进手去，就说："我泡茶给你喝。"

住处的窗外都是浓浓的绿荫，深深浅浅的绿如深海。

他在门外走廊里，穿一件旧得软薄的细条纹衬衫，弯腰生一只煤球炉子烧水泡茶，腾腾的白色煤烟冒出来，呛得他两眼发红，额头上起了一层细密的汗。

美琪不知什么时候走过来，站在他身后。她的手臂从他背后环过来，抱住他，两手在他身前交缠住。她的脸颊一点点落下来，偎在他背上。良久她开口说："天泽，你娶了我吧。"

天泽手里持着一把生炉子的扇子，怔在那儿。空气里都是岭南初夏的那种闷，找不到出路的那种憋闷。美琪见他不应声，又接着说下去："我就知道你忘不了忆城，我代她照顾你。"

透过背后一层一层的衣服，他感觉到美琪黏湿的眼泪一点点地湿了他的衬衣，与他的汗水黏连成一片。她凉软的胸贴着他的背，也是告解的姿态。

忆城是他裹在心里化不了的那一块，支棱棱地扎在那里，疼了一下，又疼了一下。

天泽叹口气，轻轻拍一下美琪交缠的双手。她松了手，看着他。天泽自顾自地去炉子上提了沸腾的开水进屋，沏了一杯滚滚的茉莉香片。

他说："你别因为我耽误了你自己。"

美琪顾不得矜持，直直地追进来，问他："你是不是嫌弃我？"

美琪两只手抓住天泽的手臂。天泽拿水壶的手晃了一下，开水泼洒出来，溅在了自己的脚面上。然而他整个人木木呆呆的，也没什么反应。

美琪倒是急起来，蹲下身去，查看他穿着拖鞋的脚，急切地催着他："快把袜子脱下来，看看有没有烫伤。"又急着问他："是不是疼得很？"

天泽低头看到美琪整个人低低地蹲伏在他面前，查看他的脚面。许久了，他竟没注意到她烫了头发，蓬蓬的一头大卷小卷。脑袋就显得越发大，和细瘦的身体不太成比例，有些幼稚可怜。

他看到忆城跑到他面前，笑笑地跟他说："不管怎么着，日子都得过下去不是吗？"

他张张干涩的口唇，说："那就这样吧。"

美琪的注意力正在他脚上，似乎过了一会儿，才反应过来，仰起脸来，两眼有些茫然地看着他，问："什么这样吧？"

天泽抽出脚来，转身走到阳台上去。说："那我们就在一起过日子吧。"

第七章　裂帛

四月裂帛，五月袷衣，六月莲灿，七月兰浆，八月诗禅。

——简媜《四月裂帛》

1

天泽和美琪的婚期定在两个月后。

跟天泽同住的启德搬了出去，寻别的地方租了房子。于是他们就有了整个房间做新房。

事情刚定下来，美琪就开始忙碌着张罗。去市场买了新的碗盘杯碟和做饭的全套家什，还有布置房间的各样东西，新的交颈鸳鸯的大红丝绸被套枕套，描了花草图案的细布灯罩，贴在墙上的大幅风景画，一只新的红色圆形金属挂表。

椰林沙滩图案的帆布扯了好大一幅，截开来，自己踩缝纫机锁好边，小的一块做窗帘，大的一块做门帘。剩下的碎布又做了两个抱枕。小小的一间房也让美琪布置得挺有些样子。

收拾好这些，美琪又拖着天泽去百货公司，试穿一套她早就看好的黑色西装，天泽说："我穿平日的衣服就好。"

然而她不依，带点娇嗔地挽住天泽的胳膊，说："一辈子就这一回。再说你以后上班也穿得着。"

她自己特地去旺角的女人街买了布料，请裁缝做了一件红色缎面旗袍，旗袍腰侧用金线绣了一只华羽的凤凰。头发在脑后挽一个光滑的髻，两侧她故意地垂下几缕曲长的碎发来，便添了些妖娆。发髻上簪了珠花，在她头上摇摇地颤。

她随身的包里放了一大把喜糖，和天泽出门去，见了人，半生不熟的，她都要一律派送。他们在香港熟识的人少，但美琪是唯恐他们结婚的事情，有个谁不知道的。这是她人生里不多的光明正大又理直气壮的事。

天泽本来心中是有些黯然的，但是看着美琪兴兴头头地准备这个准备那个，也顺带沾她点喜气。

他们两个都不是基督徒，因而结婚这天也并未去教堂。两个人请了一天假，天泽骑自行车载着美琪，去市政局登记领了结婚证。

美琪侧坐在天泽自行车后座上，两手往前环住他的腰，穿行过香港街头。她是普天普地的，心中都是欢喜。似乎全香港的人，都是她婚礼的见证人。

幸福来得太晚，但对萧美琪来说，不会因为晚，就在程度上打折扣。30岁的时候，她是自己最爱的男人的妻子，似乎这一生除此之外，便也别无所求。她在心里跟自己说，你还有什么不知足的呢？

从市政厅出来，已经是下午，两个人又拐过几条街，去美琪的宿舍，把她几天前已经打包好的几件行李搬到天泽的住处来。

回到新房，两个人奔波了一天，也都是疲累得很。天泽歪在椅子上，问她："今天去哪家馆子吃？"她拿了围裙系到腰上，嗔笑着看着他，说："放一个现成的厨娘你不要。"

当天的那顿晚饭，是美琪亲自下厨做的。她炒出几个菜来，又让天泽去街口商店买了几瓶玉冰烧，一扎啤酒。霍启德还特地提了两瓶白兰地过来。

他们请了天泽的十来个朋友过来，美琪这边，宝蜜和徐厂长也来了。老徐当时追求美琪无望，会计室来得次数多，一来二去倒和宝蜜成了一对。

宝蜜送他们的，是穿大红结婚礼服的两只接吻娃娃，一边往美琪怀里搡一边嘴里嚷嚷着："早生贵子。"美琪接过来，瞅了下宝蜜旗袍下微隆的肚子，唇角勾了一下，说："不一定有你们早呢。"宝蜜脸上泛起了些绯红，冲着正搬桌子的天泽嚷："看你家美琪蔫蔫的，没想到也这么坏！"

在刚布置好的新房里，把两张餐桌并在一处，大家挨挨挤挤地坐下来。

美琪上齐菜，话梅排骨、溜溜鱼片、五香猪脚、麻婆豆腐、芥末鸭掌，一边端上桌，一边嘴里张罗着："今天就吃个东南西北大杂烩。"美琪在厨房里忙完，摘了围裙，去邻居家借了一张凳子，在天泽身边的空隙处坐下来。

老徐打趣一句，说："新娘子还要下厨房呢？怪可怜见的。"

天泽脸上有点挂不住，但又谑笑了一下："谁让新娘子就看上一个穷报纸佬呢。"

美琪就软软地推天泽一下，靠在他肩膀上说："我这辈子就活该给你这个报纸佬做田螺姑娘了。"又抬起头来，向老徐扫一个眼风，掩着嘴，做一声哀叹，说："没办法，只好认命咯！"

天泽的那帮哥们正划拳划得起劲，看美琪坐下来了，都起起哄来，闹着要敬美琪的酒，嘴里都七嘴八舌地嚷着："敬能干又漂亮的嫂子！"

美琪倒一点都不推辞，大大方方地站起身来，眼睛扫一眼全桌，说："那我就先干为敬。"举起高脚玻璃杯来仰头喝干。然后翻出杯底来给他们看。她每一杯都喝得见底。

美琪清清楚楚地知道，这就是她人生的顶峰。

她就像一颗石子，被抛起来，到了一个顶点上，没有办法，只得一点点地低下去。以后走得只能是下坡路。

她得在这个短暂的顶点上活个尽兴。

她双颊酡红，癫狂妖冶。

天泽只是闷着头，又跟那帮兄弟说："别劝她喝了。"

大家哄笑着，开个带颜色的笑话，七嘴八舌地嚷："嫂子喝醉了怎么跟你度春宵对吧？"

美琪借着酒劲，跟他们谑笑着："这就是你们管不着的事咯。"眼睛里泛泛的都是水光。

到了夜里快一点钟，那帮人才闹够走了。天泽喝多了，早就倒头在床上，晕天黑地的不省人事。其间又几次翻起身来要吐。美琪急忙去找了痰盂，放在他面前接着。一边蹲在他身边轻轻捶打着他的背。

晚上吃的东西，天泽一点不剩地都吐了出来，最后只是往外呕胃里的苦水。眼泪鼻涕黏连成一片。美琪一边捶着他的背，一边说："你何苦来，又不是不知道自己的酒量，灌下去这么多！"

天泽吐得人事不知，拉住她的手，大着舌头喃喃地说："忆城，我想你。"

他口齿不清，嘟囔的几句话模糊得很，但美琪依旧分辨出来了，脸色登时就变了。她咬着嘴唇，抽出手来，扶他躺下，给他盖了被子。

自己站起身来去收拾饭桌上狼藉的碗筷杯碟。碗碟都叠起来堆到水槽里去，东倒西歪的酒瓶归到门后墙角去。桌子用抹布擦干净收起来。一边收拾着，手就无由地发颤。

又提了热水，给两个人都擦脸洗了脚。

美琪收拾好，换了睡衣，熄了房内的灯，在天泽身侧躺下来。两人之间隔着半人宽的距离。

夜色里，美琪平躺在床上，瞅着天花板。外面大街上有夜车呼啸而过，灯柱射进来，不断变换着照射的位置，映出惨白天花板上一只正在结网的蜘蛛。

美琪侧过身，伸出右手去，牵过天泽的手来，偎在自己的脸颊上，在自己冰凉的脸颊上摩挲着。天泽的手像阔大的一片叶子，是僵的，冰冷的，暖不过来，但到底是她的了。

楼下哪家的无线电里，远远地传来《蔷薇蔷薇处处开》的歌声。朵朵蔷薇都开在这微凉的夜色里。凉风里的蔷薇，总也带一点淡薄的哀愁。

2

婚后几年，生活一直过得平静，并无什么大的波澜。

那些年的几千个黄昏，每个黄昏也都是大差不离的。

美琪做好了晚饭，坐在桌边等天泽回来。天泽的脚步声她辨认得出来，从一楼开始她就听得出是他。他脚步沉实有力，一级一级台阶噔噔地上来，这座上了年岁的老楼都被他撼得通体摇颤。然后她听着他走到他们家所在的楼层，从腰带上摘下钥匙来。钥匙在锁孔里旋一下，咔哒一声，门打开了。

她站起身来，对他说一声："你回来了。"她排演了好多次，才把这句话说得平淡如常。天泽应声，换上拖鞋，脱去外套，她随手接去挂在衣架上。

这是她一天里最期待的一刻两刻的时光。平凡枯淡、日复一日的生活，只因这一刻两刻便熠熠闪光起来。

天泽南来一二十年，依旧吃不惯港粤甜腻的口味。她便变着法子每天做不同的菜式给他吃。知道他念旧，她每周也做两三次旧京食物。

周末时，她去一趟菜市场采买全各类食材，回来早早地就开始在厨房里预备，用五花肉丁和干黄酱、甜面酱加猪油做好炸酱。

等天泽一回来，热腾腾的一盆手擀面便端上桌来，豆芽、芹菜、青豆、黄瓜丝、心里美萝卜丝、白菜丝、青蒜、大蒜，一小碟一小碟清清爽爽地摆在边上，每一碟都是一个爱他的心。

天泽深深地吸一下鼻子，他想起小时候在北平，吃炸酱面时唱的童谣，顺口两句便从嘴边溜出来："豆芽菜，去掉根儿，顶花带刺儿的黄瓜要切细丝儿。"儿化音跟他的舌尖捉着迷藏。

美琪一边给他捞面，一边顺口接着说下去："心里美，切几批儿，焯江豆剁碎丁儿，小水萝卜带绿缨儿。"她知道他又想起北平来。

天泽说："亏得你也都还记得。"两个人抬头相视笑一下，那一笑也有了默契的味道，是夫妻同心同德的意思。

洗手坐定，两个人沉默无声地吃饭，也不再有什么多余的话。那沉默里有着时间流沙流金而过的庄重。

天泽在外工作奔波一天，回家来身体疲累，晚上吃完饭，看会儿书，早早就洗澡睡下。美琪每天都睡得晚。

待天泽上床后，她收拾完家务，便洗干净手，梳好头发，坐在餐桌前的凳子上，身体伏在桌子上，在一个本子上写着什么，用的是天泽弃用的一支蓝色钢笔。

她把房间里的大灯关了，只开着旁边天泽书桌上的那盏绣花灯罩小台灯，借一点倾斜的光来照明。光线很幽暗。她巨大的瞳瞳的一个影子投在墙上。每一点细微的动作都会被投射得无比夸张。

天泽已经躺下，对着她的背影问："你还不睡？"

美琪应："你先睡，我再待会儿。"

天泽说，"明天我再去买盏亮点的台灯吧。光这么暗对眼睛不好。"

美琪转过身来，冲他笑一下。那个笑是受宠若惊，又无以言表的。

到了夜里一两点钟，天泽都睡得迷迷糊糊了，美琪才收拾好纸笔，洗脸刷牙，熄了房内的灯，小心翼翼地上床去，靠着墙边，在天泽身侧躺下来。

两个人之间隔着遥遥的一人宽的距离。美琪穿一身蓝色条纹的白色棉布睡衣，把自己裹得严严实实的，一个人面对着墙壁，蜷缩在床的最里面。

天泽听到声响，迷迷糊糊中翻了一个身，长长的一只胳膊伸过来，搭到美琪的腰上。美琪的身体被他触碰到，剧烈地颤了一下，她在毯子里蜷缩起手脚来，如一只惊惧莫名的刺猬，紧紧地抱住自己的肩膀，缩成一团。

天泽支起半身来，问："怎么了？"

美琪并未回身，也未应声，依旧面向着墙壁，身体还是止不住簌簌地抖着，紧咬着嘴唇，一句话都不说。

新婚时，是美琪唯一没有推辞的一次，她侧着头，一大片散开的头发摊在枕头上，浓密的黑发映着枕头的血红，似乎在营造一种舍身的壮烈。她紧紧地闭着眼睛，并不看他，眉头紧紧地拧着，蹙成一个"川"字，似乎在承受着特别强烈的痛楚。

天泽起先也是一腔火热，但看着美琪楚楚可怜的样子，便觉得自己似乎被当作了野兽。这令天泽在与她亲热的时候，也会自然而然地生出自我厌恶的心来。这种感觉终究不好受。慢慢地，在这方面，天泽也不再有接近她的企图。

两个人生活在同一个屋檐下，只是温和相待，也没什么不好的。

美琪在身体上抗拒着天泽，但她分明又是爱天泽的。她向来把自己的姿势放得极低，低到尘埃里去，似乎情愿为他做任何事情。除了这件事。

天泽从她的眼睛里感受得到这种炽烈的爱，又亲历过她在床第之事上的冷淡。美琪的这种反差，总让天泽觉得非常矛盾。她似乎是一个撕裂的人，有着冰火不相容的两面。他看不透她。

夫妻两个人偶尔也会一同出去，去逛公园，维多利亚港和太平山顶也去过几次，或去电影院看电影。

婚后五年的结婚纪念日，两个人下班后去电影院看《红颜劫》，港岛当红女星陈思思演的片子。

女主角的眉眼间跟楚忆城有几分相像。电影一开始女主角刚出场，美琪就觉察到了，她在座位上有些坐立不安起来，在黑暗中扭头去看天泽，天泽仰着头盯着屏幕，脸上的表情在电影屏幕的亮光里明明灭灭的，看不分明。

看完电影后散场出来，两个人去街边一家茶餐厅吃夜宵，天泽要了一碗云吞面，低头不语地吃。美琪要了一碗鱼丸米线，用筷子一根根地挑了米线，送到嘴边，吹凉了，吃一口，却又放下。

她拿起汤匙来，从自己碗里舀了两粒鱼丸递到天泽碗里去。天泽只闷头吃，额头上都是淋漓的汗水。美琪依旧拿着筷子，挑挑又放下，一会儿从自己的外套口袋里拎出一条粉色手帕来，扔给天泽，嘴里没头没脑地冒出一句来："我知道你心里在想什么。"

天泽拿起手帕来沉默地擦着汗。任他再愚钝，也能捕捉到美琪语气里的那分明的哀怨，攒了一个晚上，也大概是攒了几年的。

3

好长时间之后，宋天泽回想起来，美琪的情绪从什么时候开始变得明显异常，那大概起于某一个司空见惯的秋夜。

那天，天泽下班后跟同事出去喝酒，一拨人转战了好几个地方，凌晨一点多才回到家。回到家，拿钥匙打开门，他愣了一下，房间里没开灯，模糊间可以辨认出家具的森森暗影，美琪坐在正对门的沙发上。

他口中说："你还没睡？"一边摸索着，摁亮了墙上的电灯按钮。室内亮起来，他看到美琪两眼放空地倚在沙发背上，地上是摔碎的碗碟碎片与零乱的纸屑。

听到天泽进门，她缓缓地抬起头来。天泽看见她脸上纵横的泪水，发丝散乱地黏在脸上。她哑着声音质问他："你是不是去什么地方鬼混去了？"一个字一个字都是从舌尖上迸出来的。

满屋弥漫的呛鼻的烟气往他鼻腔喉咙里钻,天泽憋不住咳起来,一眼扫过去,看见美琪手指间夹着一支香烟,沙发连着地板上是灰漠漠的一片烟蒂和烟灰。尚在燃着的烟头正对着她手侧的一只靠枕,靠枕上早已经燃起了一个洞。然而她完全没有察觉。

他三步并两步过去,抓起美琪夹烟的那只手,抢过烟来,扔在脚下,使劲踩灭。

美琪腾的一下就从沙发上弹起来,一个声音颤抖着从喉咙里出来,尖利得破了音:"我知道你就是不待见我!"一样东西随着她起身,从她膝盖上掉下来。是本硬壳子的英国诗集。

里面掉出来一张黑白照片。照片上是少女时代的楚忆城跟萧美琪,两个人穿一色的立领斜襟月白色校服上衣,亲昵地靠在一起,一副姐妹花的样子。这是 1936 年元旦,她们一起在大观楼看完电影后,去大北照相馆拍的。当时天泽也在场。

照片是天泽从相框中拆下来的,刚开始放在一个牛皮纸信封里,放在抽屉最里面。后来就转移到他常常看的诗集里夹着。这本诗集就摆在天泽书桌上最明显的位置。

他弯下腰去,把照片捡起来,气得嘴唇直哆嗦:"我是爱过楚忆城,但她现在已经死了。她到底还是你最要好的姐妹。你非要这样赶尽杀绝吗?"

美琪的脸色刷的一下就白了,眼睛看着他,像看一个陌生人,声音颤得不行,说:"你怎么可以这样污蔑我?"

她心中的情绪涨得满满的,要爆炸,但又分明不是天泽说的那样。她张着嘴只是辩解不清,两只手就胡乱地去撕扯自己的头发和衣服。

天泽闷声走到她面前,抓住她的手。她两只手被天泽箍住,整个人披头散发的，挣扎着动弹不得，急了就拿自己的头砰砰地往旁边墙上撞。

天泽拿手掌护住她的额头，另一只胳膊揽住她。她伏在天泽怀里，全身气力耗尽，总算暂时安静下来。

天泽低头去看她的额头，已经是撞得一片青紫。

那以后，美琪神经性头痛的症状开始慢慢明显起来，情绪常常失控，发作起来就歇斯底里的，完全控制不了自己。夜里又经常会做噩梦，掉头发得厉害，一觉睡起来，白色枕套上都是黑丝丝的头发。

美琪的敏感令天泽头疼。在一些细小琐碎的事情上，她就会莫名其妙地反应剧烈。

她心里似乎有一大块幽暗的、未知的暗域，容不得任何冒犯和惊动。天泽做过努力，但总感觉无法抵达。他们每日睡在同一张床上，在同一张桌子上吃饭，但他感觉从未认识过她。他们对对方而言就是陌生人。

脑袋清爽的时刻，美琪又竭力地想对天泽好。对于自己的失控，她是懊悔的，竭力地想向他补偿回来。这种时候，是他们生活中难得的清净时刻。

此后的日子，便也是温吞水一般地过下去。也不是不开心，那些寂然的、细碎的欢喜与悲忧，如同水面上一点点被风吹皱的波纹。

美琪做的那份纺织厂里的会计工作，来港之后也做了十多年。但后来她精神不济，正算着账，不知道怎么的就开始神思恍惚地走神，连带着就经常犯一些数目上的错误，或者是点错了一个小数点，或者是算错了一位数字。也为厂里造成了一些麻烦。她心里也是过意不去的。

每天傍晚，美琪从纺织厂下班后，不直接回家，而是会拐去两条街外的菜市场，纺织厂附近的菜市场里的水果蔬菜比较便宜，在住处旁边买的话会贵好些。他们经济上并不宽裕，日常生活上她也是精打细算能省则省的。

这天她在菜市买了一篮子蔬菜，临走的时候，想起天泽说想吃冰镇西瓜，便又在靠门口的摊档上挑了一个熟透的大号绿皮西瓜，称好重量，付了钱，用网兜提着。美琪一只手里是菜篮子，一只手里是西瓜，两只手里都提得满满的，费力地走到车站，搭电车回家。

电车里没太多人，美琪在中段的位置找了位子坐下，把西瓜连着网兜放在座位底下，倚在椅背上，捶着酸痛的膝盖，舒了口气。一会儿电车开动起来，西瓜因着惯性，骨碌碌地顺着往前滚过去，一路滚到车厢最前面。美琪站起身来，想要赶上去把它捡起来，然而西瓜碰着了扶栏，又被弹回来。

美琪就站在那里，眼睁睁地看着，却一点力都使不上，一点办法都没有。西瓜在车厢内滚来滚去，最后到她脚边的时候，已经撞裂了好几道缝，露出里面红色的瓤。

电车最后到站，西瓜要也不是，不要也不是，美琪站在那儿犹豫了好一会儿，电车司机喊："大姐，你到底是下车还是不下？"美琪"哦"地答一声，还是俯身提了网兜下车去。碎裂的西瓜往下坠着她的整个右手臂膊，汁水淋漓地一路流出来，她身上一条白色的夏布裤子被汁水溅得星星点点、红红白白。

那种绝望又颓丧，而又完全无能为力的心情，也不过是那样。

美琪在账目上犯过大大小小几次错后，其间徐厂长也来会计室转了几遭。这天又过来，美琪只低头噼噼啪啪地拨着算盘，并未抬头跟他打招呼。他用指节敲一敲她的桌子，说："我也保不住你了。"那语气似乎是哀恸的，有些为她当初做出错误的选择表示惋惜的意味。

厂里把美琪调到车间里去。她对此没有什么意见，下班回家来也没跟天泽提起过。她倒觉得，这种机械性的体力劳动，把所有的时间填充得满满的，可以让她闹哄哄的脑子清净些，可以不用去胡思乱想那么多事情。

但做了不到半个月，正操作着机器，美琪又开始惘惘地走神，整只手臂都差点绞到机器里去。

起先天泽并不知道，那天出去采访，在街上碰到宝蜜。宝蜜大惊小怪地尖声问他："你们家里是不是出什么事儿了？"

天泽倒觉得诧异，一脸错愕地说："没有啊。"又反问她："怎么了？"

宝蜜说："前天美琪整条胳膊都差点被吞到机器里去了！她差一点就变成残废。真不知道她怎么回事，天天就像飘着的游魂似的。"

天泽找了些美琪最近睡眠不好的话搪塞过去，跟宝蜜道了别，一整天心里都在挂着这件事。想想结果就会觉得后怕。

傍晚下班回来，美琪进门换了拖鞋，便围上围裙收拾着做饭，在天泽看来似乎也没什么异常。待到吃饭的时候，天泽打破沉默，开口和美琪商量，让她辞了工作，在家安心待着。天泽说："无非是我多加班，多写点稿子。"

美琪刚开始还不答应，要跟他吵，她把手中的筷子啪的一下拍到桌子上,腾地从座位上站起来,声音提高了八个度,说:"你觉得我成了一个什么都做不了的废物了是吗?"眼睛里漾漾的都是水光。

天泽正夹着一块鸡胸肉要送到嘴里去,一下子就呆怔在那里。

她说她爱他。但是每当天泽被感动,试图对她好一些,试图去了解她时,她立即会摆起一副防守动物的惊警姿势。

这令天泽困惑,心中觉得莫名其妙。他总感觉美琪的感情是一个封闭的小小的核,紧缩着,越缩越紧。那似乎只是她一个人的事,她是不需要,甚至是拒斥与他这个活生生的人任何什么深层一点的交流。

天泽把夹着的菜放回到碗里去,筷子也放在桌上,说:"你做全职太太也可以多照顾照顾家里。"他顿一顿,伸出手来,拉了拉她的衣袖,仰头看着她的眼睛,嗓音低低一字一顿地说;"就算我欠你的。"

美琪身体颤了一下,抽回手去,捂住嘴,似乎是一个将哭未哭的动作。

她接下来就没话说了,算是默许。

4

美琪闲在家里几年,后来就慢慢地开始信了佛。

去天后庙进香跪拜,成了她一日三餐外,每天例行雷打不动的事情。后来她又在家里设了神龛,特地从庙里请回了一尊菩萨来供着,日日焚香祷告。又每天在灯下抄几页《心经》。她信佛后,整个人倒安静好些,发脾气的次数也比以前少了,天泽觉得这倒也不是一件坏事情，便也由她去，并不多过问。

美琪在菩萨前供了时鲜的水果和鲜花，每日傍晚饭前，都要先给菩萨上香、供清茶，然后双手合十，低头默祷一会儿。这渐渐地也都成了习惯。

这种时候，天泽都是坐在饭桌前等着美琪，他偶尔抬头看她一眼，只见她低垂的眉目间满满的都是虔诚。

有一日天泽在报社不顺心，回家来心里窝着火，坐在那儿等的不耐烦了，便发牢骚道："菩萨管得了鬼神，能管得了活人穿衣吃饭吗！"

美琪本是低着头，沉浸在静默祈祷中，听到天泽的话声，她转过头来，像看一个陌生人一样看着他的脸，嘴里念一声"阿弥陀佛"，又皱起眉来责备天泽，压低了声音说："你说什么混账话呢！快来跟菩萨认罪。"

天泽起身走到床边，双手放在脑勺后仰身躺下，满脸的不情愿。

美琪便又去拉他，嘴里说着："菩萨普度众生，消解人生罪孽，你怎么能出言不敬？"

天泽拗不过她，无奈之下去神龛前，向菩萨"谢了罪"，美琪这才罢了。

天泽察觉，庙街上那一股香灰的气息，不知何时已慢慢地洇到她身上来，成了她的气息。

夏天时，美琪又去大屿山的宝莲寺进香小住。是拜佛，这里面也带着求子的一层意思。

因美琪身体的原因，他们一直没有孩子。

婚后五六年，一个冬日的周末，天泽与美琪难得出来，去海边散步。碰到天泽的同事，一家人牵着一个孩子，其乐融融的样子。天泽俯下身去逗弄婴儿车里的小婴儿，婴儿嫩嫩的小指头抓住天泽的手指，嘴里发出一些咿咿呀呀的声音。天泽爱得不得了，眼神都变得分外柔和起来。

同事说："你们夫妻两个人多潇洒，哪像我们拖家带口的。"

天泽叹口气说："我们倒没那福气拖家带口。"

带着些凉意的海风吹过来，美琪的脸色就变了一下。

晚上两人相对着吃饭。窗外街巷间车声市声盈耳，更显出了室内的静寂。吃到中途，美琪放下筷子，天泽正低头一口一口地喝着滚烫的鱼片粥，抬头看一眼。美琪不知何时流了满脸的眼泪，她哽着声音说："我这辈子都没能为你生个孩子，总觉得对不起你。"

天泽一口粥滚下咽喉去，烫得一颗心没处抓挠的揪痛。他缓一口气，说："好好吃饭，又提这个做什么。"

美琪直直地盯着他继续说下去："你该跟我离婚重新找个人。"

天泽放下手中的粥碗汤匙，也看着她，说："以后别再说这样的话了。"

于是，这件事往后两个人都不提，但是又都知道，这是无时无刻不潜伏在他们婚姻关系下面的一层隐忧。

天泽想，两个人既然做了夫妻，就要天长日久地过下去。也该多些了解和沟通。他做过走进美琪内心的尝试，试着去做一些深入的交谈。然而她始终保持着防守的姿势，举着盾，退回去，再退回去，拒他于千里之外。

　　有一件事情天泽记得极清楚，是婚后九年一个春天的晚上。吃过晚饭，天泽歪在床上看书，美琪正俯身在小桌上记着日记，外面喊收水费，美琪起身从书桌抽屉里拿了钱，开门去交。日记摊开在正在写的那一页上，中间夹着一支圆珠笔。

　　天泽正好要点烟，起身去桌子上找打火机，有意无意地瞄了一眼。

　　美琪送走收费的房东太太，关上门回转过身来，看到天泽正站在桌子边上。美琪立马反应剧烈地三步两步狂跑过来，用力推开天泽，把笔记本啪的一下合上抢在自己手里，嘴里一边冲着他喊："你在干什么！"

　　她那时候如一头被触怒的母兽，蛮力大得吓人。

　　天泽冷不防被她推在胸口上，脚步趔趄着倒退了几步，后背撞在身后书桌尖锐的桌角上，疼得咧起嘴来，皱眉看着她，说："你疯了？"

　　她不理他，眼睛直直地盯着地面上某个方向，心有余悸地把本子抱在胸前，双臂紧紧地抱住自己的肩膀，头发散乱，两眼赤红，整个人还在止不住地发着颤。

　　生活中，稍微不留意就会踩到地雷，接着是一次两败俱伤的爆破。生活就这样浮浮沉沉地继续。他们是平常夫妻，却又比寻常夫妻多了更多的作料，像炒菜时加入的一把辛辣胡椒，总能让人呛出眼泪来。天泽无法明白美琪的折腾。她似乎总有平地掀起风波的能耐。

　　浮浮沉沉的生活里，倏忽十七年过去了，他们也都老了。

第八章　花洞

木末芙蓉花，山中发红萼。
涧户寂无人，纷纷开且落。
——王维《辛夷坞》

1

美琪走之前的那段时间，日夜都离不开人。

她得的是脑部的病，颅腔里长了瘤。她之前总是头痛，也没太在意，只以为是劳累或者情绪波动的缘故。待发现时，已经是晚期了。

天泽向报社请了假，每天去医院陪她。

那天如往常一样，天泽在家中收拾停当，熬了鸡汤，盛在保温桶中，提在手里，照例搭电车来医院。

天泽进了病房门，看到最靠里的那张病床上，美琪已经坐起身来，身后垫了两只枕头，正跟临床的病友聊天，挺有兴致的样子。

天泽打声招呼，冲美琪笑笑，说："今天看起来精神还不错。"

天泽把手中提的几袋吃的用的东西放在床头小桌上，脱了外套，搭在椅背上。又去卫生间洗了手，回来找出一张干净的餐巾围在美琪颈下，从床头柜子里拿了餐杯，把汤从保温桶中盛出一碗来，用一只小汤匙，一勺一勺地喂美琪喝。

美琪到这种时候，依旧是受不了人照料的。她低着头一口口地喝汤，又几次伸手要从天泽手里拿过汤匙来，嘴里说着："我自己来，你去做自己的事。"

天泽瞪她一眼，说："把汤洒在被子上我可不管。"

美琪就乖起来，低头乖乖地任他喂。

她胃口倒还不错，鸡肉都挑着吃了，汤也喝了大半。饭后天泽又剥了一只橘子给她。

美琪一瓣一瓣仔细地撕去橘子瓣上的白色纹络，问天泽："家里卫生间的天花板还往下渗水吗？"

天泽说："叫工人过来修好了。"

她想了想，又说："冰箱里的东西记得拿出来吃，别等到都过期了。"

天泽应一声，收拾起小桌子上的碗筷，拿去水房洗。

邻床病号的家属跟天泽搭一句："宋太太操心的事情还真不少呢。"

美琪笑笑地帮天泽回应，说："我这辈子就是享不了福的命呀。"

吃过饭收拾好，天泽在美琪床边的椅子上坐下，从口袋里取出眼镜戴上，念报纸给她听。不过是香港政界、商界、娱乐界各项新闻，错杂如万花筒，与他们的生活隔得遥遥的远，然而美琪听得很入迷。

念完报纸，美琪说："给我梳梳头发吧。"

天泽愣了一下，随即答应着，便去床头柜子的抽屉里拿了美琪惯常用的一把桃木梳子，帮她转了一下身，在她身后床沿上坐下来。

天泽摘下她头上戴的一顶毛线帽子，美琪的头发，因做化疗，掉得厉害，只剩下稀疏的一缕，黑头发间一丝丝地夹杂着白头发，黑白驳杂的，用藏青色头绳在后面挽了一个小小的发髻。

天泽轻轻地解开美琪发髻上的头绳，一只手把头发攥在手心里，一只手拿着梳子轻轻地梳下来。嘴里一边说着："头发又长长咯。"

天泽又问她："梳成个什么样子？"

美琪说："我要披散在肩膀上。我当初刚见你的时候，就是这样的。"

天泽口里答应着"好",轻柔耐心地,给她梳成一个披肩的发式。清汤挂面垂下来,还是三十多年前她在燕大读书时,最纯洁的女学生的样子。

天泽想了想,又从口袋里拿出一个发卡,别在美琪额前的头发上。转身从床头桌上拿了一面小镜子,递到美琪手里,让她自己照着,问她:"你看这样可以吗?"

美琪对着镜子,前前后后地看着,镜中的女人,白皙的脸上有了细密的皱纹,眼睛也干枯黯淡下去了。然而额发上的蝴蝶状银色发卡熠熠地闪着光,衬得她整张半老的脸似乎都有了光彩,令她恍惚看到自己身为少女时候的样貌。

她的唇角弯出一个笑来,眼角也笑得弯弯的,看向天泽,问:"怎么想起送我礼物来了?"

天泽帮她正一正卡子,说:"你现在忘性倒大了,好好想想今天是什么日子。"

美琪低头想了一会儿,才恍然大悟低声喊出来:"结婚17周年纪念日!"又有些不可置信地说:"我们在一起竟有17年了!"

天泽站在旁边静静地看着她,美琪在病床上手舞足蹈的样子像个女孩子,像个老掉的女孩终于得到了自己心爱的糖果。

她兴致勃勃地跟他说这说那,天泽便应着听着。又说闹了一会儿,他看美琪倚在那儿,神色间显出一些疲倦来,于是跟她说:"早点睡吧。"

美琪点点头,神色间极乖。

天泽站起身来,拿暖瓶倒了一玻璃杯热水,把她每天要吃的药每类都按用量一一倒在掌心里,一大把大大小小的药片和胶囊,拿水喂美琪吃下去，又拿湿毛巾给她擦了手和脸，伺候她睡下去。

到了夜里 11 点，值班护士过来查完房，熄了病房内的灯。

天泽坐在美琪床边的椅子上，手臂撑在床沿上，手托着脑袋，迷迷糊糊地打着盹。月光清辉，透过窗户玻璃洒进来，一片幽寂。病房中所有人都睡了，起了轻微的鼾声，有人在梦中低低地呓语和磨牙。

天泽渐渐就觉得倦了，两片眼皮黏到了一起。半梦半醒间，他们年少时的时光又回到了眼前。他与忆城、美琪、清治四个人在北海公园溜完冰，去逛东安市场，忆城举一支豆沙馅的糖葫芦，美琪的是糯米馅的，两个女孩子手牵着手，把糖葫芦举到对方嘴边，都让对方咬一粒自己的红果，尝一尝味道有什么不同。两个人好得就像一个人似的。他走在旁边，就刮着脸笑她们，这么大女生了还像小孩子一样……

美琪从被子里伸出手来，用指尖轻轻地碰了碰天泽的手臂。他沉在梦境中，刚开始并未觉察到。美琪停顿了有一刻钟，又伸出手来碰了他一下。

天泽从混沌的梦境中猛然惊醒过来，睁开眼，看着面前夜色迷蒙中的美琪。在窗外路灯透进来的朦胧光线中，他看到美琪的双眼水光荡漾，如孩童一样清澈。脸上的神情中又有一个儿童迷路般的惊慌。

天泽问她："怎么了？"

她润润干涩的口唇，问他："天泽，死后的世界是什么样子的？"顿了顿，又问："你说，我会碰见忆城吗？她是不是怨恨死我了？"

天泽整个人呆怔在那里。良久，他回过神来，说："忆城不会怨恨谁的。"

说出这句话来，他像卸下了一个重负。是的，他向来清楚忆城的秉性，她从来不会记恨谁。

美琪点点头，拢一拢鬓边已然稀落的头发，转过脸去，把被子往上拉到下巴下面，说："家里大衣橱顶层靠左边的最里面，有一个蓝白格子手帕包着的红皮本子。你有空的时候找出来看看吧。不明白的事情，也就明白了。"

她说完这些，好像把全身的气力都耗尽了，抿一抿嘴唇，冲他笑一下，说："我睡了。"

美琪说完就转过身去，蜷起瘦小的身体来，显出的身形轮廓，真像一个刚刚开始发育的女童。她的脸在月光的阴影里，一片低低高高的明灭，天泽看不清她的表情。

天泽走到病床边的躺椅旁，和衣躺下来，闭着眼睛躺了一两个小时，但总未睡踏实。

2

第二天清晨四五点钟，外面的鸟声一声两声地啼起来，静寂中显得寥落。天泽坐起身来，揉揉酸痛的眼睛。整理了一下衣服，走到窗前去，把蓝色的棉布窗帘拉开一点缝隙。

林立高楼上方的那枚月亮一点点地变白，最后成了苍蓝色天空上一点清淡的痕迹。东面天空开始透出来一点鱼肚白。

天泽揉揉发胀的眼睛，转身走去床前看看美琪，伸手想给她掖一掖被角。他的手碰到她的身体，触手却是冰凉。

美琪在凌晨月落的某一个时刻，已经走了。

天泽只觉得一阵眩晕击中了自己，他身体晃晃地，就要站不稳。他扶住床沿，缓了好一会儿，眼前才又重新清晰起来。

他借着窗帘中透进的熹微晨光低头看着美琪，她脸上凝固住的最后一刻的神情，呈现在他的瞳孔中。在这十七年中，她脸上绷紧的表情终于第一次松弛了下来，眉眼垂落，以前总是紧抿着的唇角也垂落下来，显得比她的实际年龄更要苍老。

天泽颤抖着，伸出手去，一点点地抚摸着她的面颊，如抚慰一个幼儿。

结婚这些年来，这是他第一次这么认真细致地看她的眉眼。她的颧骨突出，眼睛下面泅着长期失眠导致的浓重黑眼圈。然而有那么长的两扇睫毛。削薄的嘴唇是两片艳红然而枯皱的干花。

他心中恻然，想，美琪终于得以有一次安稳的、无梦的睡眠。

美琪的两只手放在身侧，右手紧紧地攥着拳。天泽伸手去握住她的手。那双手以前温热柔软，然而现在却已经变得又冷又僵。

他与她之间，近二十年的情分也已落幕。如今只剩他孑然一身。美琪的内心是一面幽暗的湖，他从来都没有进入过。他犹记得美琪情绪失控时，歇斯底里地冲着他喊："我知道她死了，我就永远比不过她！"

第二天宋天泽去殡仪馆筹办美琪的葬仪。走过楼下门房时，恰好遇到房东太太。她一边跟他说着"宋先生要节哀顺变"的话，一边抬起头，像看怪物一样，有些骇异地看着他。

路过街边橱窗玻璃时，天泽侧头往玻璃里面瞅了一眼。

玻璃镜面映出的影子里，一个陌生的衰老男人与他两相对望。镜中的男人，瘦高挺拔的身材似乎在一夜间就伛偻下去了。原先浓密漆黑的头发，一夜之间泛上了一层灰白，两鬓都是星星点点的白发。他以这么迅疾的速度老去，老得他自己都认不出来了。

港都夜里落了一夜白色的冷雨。

3

筹办完美琪的后事，一个人守着空空的屋子。他有一种奇怪的感觉，好像是他生命中与萧美琪共同生活的这 20 年，被刷的一下子抽空掉了。他似乎还是当年那个自大陆乍来香港的落魄记者，无亲无故，孤身一人在香港流离。

一个人在家里，他总是想不起来做什么似的，手脚都没有置放的地方。他想起来美琪说的那个笔记本，于是就搬来椅子，踩在椅子上，往衣橱最高的那一格去摸。穿过一层一层的新旧衣服，天泽的手触到那个硬硬的手帕包，他把它拿出来。

他在椅子上坐下，开了台灯，小心地解开包裹上美琪用手帕的四个角打的结子——那两个结子她系得死，打开颇费了些力——暗红色皮质封面的笔记本在他面前显现出来。

他对这个本子有印象，这就是每天他睡下后，美琪做记录的那个本子。他还记得，有一次他起身时只是不经意间瞄了一眼摊开的本子，就惹得美琪情绪失控。他至今还想不明白，她当时为什么发那么大的火。

现在追想起来，美琪的火气里面，似乎还隐含着一些紧张。她不想他看到，她怕他发现什么。但现在，她决定把这一切都摊开在他面前了。

他小心翼翼地打开笔记本略微磨损的封面。美琪的字迹呈现到他眼前来。

第一则日记的日期很早了，是1937年7月30日，天气晴。

美琪记下这则日记的笔迹显得仓促又潦草。她那时的心绪大概很乱。天泽想着，又顺路追想了一下，自己那一天做了些什么。

他坐在桌子前，两只手撑住前额。就从1937年7月30日那一天，一路看下去。他感觉自己的心也在一路地沉下去。

窗外是如深渊般无底的黑暗，也不知道已经是夜里什么时刻。看完最后一个字，天泽站起身来，眼前却只是一阵一阵地发黑，跌跌撞撞地站不稳，他僵硬发麻的两条腿撞到旁边凳子上去，整个人被绊倒，一下子就往前面地板上跌下去。

他那么大一个人顺着惯性跌下来，旁边未收起来的折叠桌子也被撞翻，上面放的杯盘碗碟哗啦啦全都翻到地上去，碎裂的瓷片与盘底剩下的酱汁在地上混杂成一大片。

天泽的脸直直地摔到坚硬的水泥地面上去，门牙被撞碎，满嘴都是带着锈铁味道的血。

然而此时他什么都已顾不得。只是整个身体趴伏在冰凉的地面上。良久，他伸出手去，摸索到旁边的一块碎瓷片，他手中拿着瓷片，直起上身来，无意识地往自己的脖子上去划拉。

瓷片的刃面摩擦着他脖子上已显松弛的皮肤，他用力地划来划去，却只是划开一道粗糙的伤口，渗出星星点点的血来。

最终，天泽把瓷片扔下，脸贴在冰凉的水泥地板上，呜呜咽咽地哭起来，整个人都被无限的懊悔浸满了。

他抽出手来狠狠地甩着自己巴掌，说："宋天泽，你当初为什么不跟美琪一起去找她？""知道了坏消息，为什么只顾着自己逃命，不去福海边找到她的尸体才罢休？"

他把自己的脸都抽红了，然而一切已然于事无补。

他得知这一切事情的真相，已经是三十年后。异时异地，1967年的香港，一个寥落的中年男人，什么事情都做不了，于一切都无所补救。

他蓬头垢发，头发和胡须也顾不得修剪，只是如一只孤魂野鬼般，在油麻地深夜的街头东倒西歪地晃荡着，手中是一瓶烈酒，走几步就没头没脑地对着瓶口往肚子里灌。喝多了就伏在马路牙子上呕吐。

听到街边哪家夜店里放着流行歌曲，他也趁着酒劲放开喉咙来唱。少年时跟同伴们唱过的歌，那旋律韵脚多少年未唱，原来一直都蛰伏在他的舌尖上，嘶哑的声音此时吼出来却是个荒腔走板：

中国男儿，中国男儿，要将只手撑天空。
我有宝刀，慷慨从戎，
击楫中流，决决大风，

决胜疆场，气贯长虹，

古今多少奇丈夫。

碎首黄尘，燕然勒功，

至今热血犹殷红

……

歌词记得零零碎碎，颠三倒四。他兀自唱着。唱得涕泪纵横。

他徒有两只健壮的臂膊，危难来时，他不仅撑不住忆城，甚至连自己的女人都保护不了。

天泽正伏在那里呕吐着，前面巷子的暗影里，拐出来三个小混混，皆是二十来岁的年龄，身上穿着花衬衫，嘴里叼着烟卷，侉着步子走过来。其中两个是敦实矮胖的身材，另一个瘦小精干，眼睛里也闪烁着精利的光，看起来是这伙人的头领。

天泽抬起头来，眯着蒙眬醉眼瞅着对面来的人看了一会儿，突然霍的一声站起身来，拿着酒瓶的手直直地指着对面来的小混混，冲着他们嘶喊着："你们这帮狗娘养的日本鬼子，把忆城给藏到哪儿去了？！"

一边嘶吼着，便举起手中的瓶子，趔趄着脚步朝这帮人扑过来。

这三个小混混也是刚在一起赌完博出来的，手气不好，窝着一肚子的气。猛然见到前面马路牙子上站起一个男人来，没头没脑地冲他们喊，便都蒙在那里，呆愣了一瞬。

天泽到他们面前了，这几个人才反应过来。小个子伸出一条腿来。天泽被他的腿绊住，一个趔趄就要往前跌过去。他勉强站住脚跟，回身一个拳头挥过去，正击在小个子的鼻子上，打得他鼻血直流。

小个子火了，捂着鼻子跟手下两个兄弟狠狠地放话："给这个疯子放放血，让他知道点厉害！"

两个矮胖混混得了令，一边一个便要去扭天泽的胳膊。天泽挣开来，没头没脑地只管挥着拳头乱击，嘴里一边骂着："不把忆城还给我，我把你们千刀万剐！"

天泽凭着那股蛮劲，又把一个胖子打翻在地。但终归还是双拳难敌六手，自己身上也挨了不少拳头，一副眼镜被砸得粉碎，什么都看不清楚，整个人便被掀翻在地。小个子走上来，穿皮鞋的脚踩在天泽背上，一只手还捂着鼻子，瓮声瓮气地说："疯子，叫爷爷！"

天泽动弹不得，一口唾沫吐出来，咬牙切齿地说："操你小日本祖宗八代！"

三个小混混又在天泽的身体上踢了几脚，最后看天泽神志不清，又怕弄出人命，于是也就罢了手。

天泽仰着一张被揍得乌青的脸，用胳膊肘爬着想去追他们，一边冲着他们的背影喊："你们不把忆城还回来别想走！"

他一遍一遍地喊，在凉薄的夜色里，声音里都是颤抖的绝望。

天泽蜷缩在街面上待了一夜，是第二天清晨被清扫街道的环卫工人发现送回来的。

接下来的日子里，他一个人在房间中待着，坐在床沿上，整日对着忆城与美琪的那张合影，也不吃饭，也不睡觉，也不说话，只是神思恍惚。

黄昏的时候，他又起身晃晃地走到桌前，找出那本从大陆带来的《浮生六记》，又从抽屉里拿了一沓上好的稿纸。伏在桌子上便开始抄写。

打架时被扭伤的手腕仍在生生地作痛，但他咬咬牙握紧了钢笔，只是一个字一个字地往下写，无日无夜。

抄至芸去世时那一段："芸乃执余手而更欲有言，仅断续叠言'来世'二字。""继而喘渐微，泪渐干，一灵缥缈，竟而长逝。""当是时，孤灯一盏，举目无亲，两手空拳。寸心欲碎。绵绵此恨，曷其有极！"

天泽的泪水从眼眶中滑落出来，滴到面前的稿纸上。纸上刚写下的钢笔字迹都在咸湿的泪水中晕染开来，模糊成了一大片。

他想起跟忆城见最后一面时，在旅馆中共读《浮生六记》的情景，历历如在眼前。而他与忆城却已是幽明两隔，今生留下了这么多悔恨，而他在心中隐隐期待着的"来世"又何其虚幻。

他的手机械地动着，写着字，如一台机器的零部件。

每抄好一份，他便拿到阳台上去，从火柴盒里抽一根火柴，哆嗦着手擦着了，点燃稿纸的边角，在火盆中烧了。

看着火盆的底部积起来的稿纸的灰烬，上面还能隐隐地显露出一点模糊的字迹。天泽伸出手去，做出的是一个抚摸忆城脸颊的虚幻动作。良久却又缩回手来，捂住自己的脸，一点点，慢慢地，无声息地蹲下身去。

报社里见天泽几天未来上班，也并没有请假，便让启德过来找他。

启德下午下班后顺路过来，上楼来敲了门，然而并没有人应声，便担心是出了什么事儿。一会儿想起来，自己钥匙串上还有一把这间宿舍的钥匙。从天泽这儿搬出去后，一直也没有扔，倒不知道锁换了没。

　　启德于是从腰带上摘下钥匙串来，找出那把闲置许久的铜钥匙，试探地插到锁孔里去，转动了一下。没想到门锁咔哒一声竟开了。

　　呈现在他面前的画面令他吃了一惊。天泽站在房间正中的椅子上，脖子已经放到了天花板上垂下来的绳套上。

　　天泽的两只眼睛紧闭着，似乎陷入了冥想的状态，对启德进门的声响也并无反应。

　　启德大吃一惊，急忙上前抱住天泽的腿，把他放下来，一边骇异地问天泽："你有什么事情想不开？"

　　天泽这时方才哇的一声号啕哭出来，说："我爱的人和爱我的人，都没了。"

第九章　雁归来

天南地北双飞客，老翅几回寒暑。
欢乐趣，离别苦，就中更有痴儿女。
君应有语，渺万里层云，
千山暮雪，只影向谁去。
——元好问《摸鱼儿》

1

1997年，香港回归。

出租车驶过新落成的青马大桥，掠过山海之间的这座浮城。

赤腊角机场的候机大厅里，电视机里循环播放着回归时举国欢庆的场景。

电视屏幕下，走过一个老人，他高大的身材此时已显伛偻，左手拎着一只简单的行李箱，手臂里抱着一只藏蓝色包袱皮包着的方形盒子。脚步略有些蹒跚。

他走到登机口，放下手中的箱子，取出口袋中的登机牌，递给穿制服的工作人员，有点像自言自语地说："就要回北平了。"

年轻的空姐错愕地笑了一下。

老人敲敲自己的脑壳，自我解嘲似的笑一下："回北京。瞧这人老了脑子就不行了。"

漂泊在外半个世纪的游子宋天泽，此时从香港返回他魂牵梦萦的故乡。

飞机从机场起飞，穿越云层。他看着舷窗外脚下浮荡的云层、云堡、云朵，一大片茫茫的白，这总让他想到无人的、宁静而旷阔的冰川。

几万米高空下的大地，渐由翠绿色块转为青苍，越过那条宽阔闪光如"几"字形飘带的黄色河流，便是北方冬季大片广漠的枯褐色。

头枕在椅背上，微微眯着眼睛，天泽回忆起他尚是一个少年时的种种事情。19岁，他失去楚忆城，也便像是战场上日军一刀劈去了他一半身体。

他只余留一半的身体，像一个失魂野鬼般，由沦陷之城，一路战火硝烟中辗转南下。近十年中，几次腾挪，最终流离至香江。原来想也不过是暂时的居留，却没想到这大半生都淹滞于彼地。

如今他是一只老候鸟，由当年迁徙之途，循着旧迹，一路归去。

到北京上空时，已经是晚上8点多。

他脚下的这座城市，无边的浓黑底色之上，千万盏灯火璀璨，绵密如掉落的星辰。飞机开始降落，巨大的机身开始倾斜，星辰浩瀚的大地倾转着，迎面向他扑落过来。

失重的眩晕从他体内翻腾上来，冲击着他的神经，太阳穴处的青色血管突突地跳。

天泽俯下身去，两手按住头部，紧紧地闭着眼睛。

旁边过道上，年轻的空姐俯身问他："先生，是不是不舒服？"

天泽摆摆手，说："没事。"

离乡60年。宋天泽想，他当年连同爱人一起遗弃的母城，又以这种方式重新接纳了他，又惩戒着他。

他伸出手掌来，抚着自己的心口，隔着风衣、线衫，心脏在里面惊悸地跳动。

楚忆城居住在他已日渐衰老松弛的心室中。他又轻轻拍一下手侧的方盒子。这是相伴了他17年的妻子萧美琪。"我们回来了啊。60年了。"他喃喃地说着，他是携着她们两个重返故里，落叶归根。

一个在心里，一个在身侧。

天泽早前几天，已打电话预定了位于北京西郊的燕山酒店，作为找到合适房子前暂时的居所。

他下了飞机，取了托运的行李。行李是一只用旧了的大号军绿色旅行箱。这只箱子中连同他手中拎的小旅行箱中装的，就是他全部的家当。

天泽出了机场，招手拦住一辆出租车。

一辆红色夏利在他面前停下。天泽把行李箱放到后备箱里去，拉开后排车门坐进去，说："去海淀区的燕山酒店。"想了一下，又强调一句："离燕京大学不远的那家。"

司机开动车子，一面转头对他笑一下："老先生有好些年没来北京了吧？燕京大学原来的地儿，多少年前就已经是北京大学的了。"

天泽拍一拍脑袋，说："没错，燕大多少年前就不在了。"笑一笑，有点自我解嘲的意味，说："瞧这老脑袋。"

天泽顿了顿又说："从市中心走吧，路绕远点也没有关系。我想好好看看北京城。"

出租车司机答应着，在机场排了半天队，很高兴拉到了一个旅程不算短的乘客。

才上机场高速，小伙子一边开着车，一边就跟天泽搭起话来，问："老爷子，您怎么着也得有八十多了吧？这身体倒还真硬朗。"

天泽坐在后排，倚在座位靠背上，看着窗外高速路旁，浓重树影间一掠而过的星星点点的灯火。回过神来开口答："过了年就79了，足有60年没回来了。"

他出口即是一口脆生生的京片子，香港溽热潮湿的空气蒸腾着，到底也没把他这声腔软化下来。

　　司机听了他上车来说的几句话，有点意外的惊喜，说："嘿，错不了的，听这说话声，您老肯定是北京人吧？"

　　宋天泽口中应着，说："你倒是好耳力。"一边心下就想起"乡音无改鬓毛衰"那一类的句子来。幼时跟着做塾师的祖父一遍遍地念，只觉得平淡没有滋味。今天亲身处于那个情境中了，才咂摸出个中滋味来，心中悲欣交集。

　　出租车司机并未察觉出天泽情绪的异常，一边转着方向盘，一边兴致勃勃地给天泽介绍着沿路的一处处新街区、新建筑。像领着客人逛自己家的房子、花园，语气里充溢着自豪。

　　天泽头倚在车窗上贪婪地看眼前闪过去的一帧帧画面，像一个挨过经久的饥饿，此时面对一场盛筵的孩童。

　　此时是冬天，然而天泽仍固执地伸手把车窗玻璃摇下来。冷冽的风得着了空隙，立即鼓荡着灌进来，扑到天泽的脸上身上，在他的脸上割出一道道纵横的纹路。

　　他想，这故都的风，到底是从塞北挟着风沙过来的。

　　天泽的身体探过去，深深吸一口气，闭上眼睛用力嗅闻着，这冷风里有风尘的气息，有汽车尾气的残余，有笼罩这座城的混蒙雾气中细小的水滴，各种微尘与气息都裹挟奔腾着，钻到他鼻腔里去。

　　外面一座座参天大厦底座下的每一寸土地，都是他与他的战友们誓死保卫过的，用血管中年轻的血浸润过的。

　　这座城印刻着他的记忆，牵连着他的血脉。他与这座城市血脉相连。远离家国半个多世纪，这儿有他永远舍不下的东西。他该葬在这儿，与土地相连，接着土壤，接着血脉。

他一直念着要出西直门，才能出城，才能到燕京大学附近的酒店。然而快到目的地了，一路也都是大同小异的建筑、街道。

他忍不住问："怎么还没过西直门？"

司机说："刚才早就过了，不过您老没注意。这可需要充分发挥想象力才能看得到。"他一番嬉笑之后，又正起面色说："西直门60年代就拆了，连我都没赶上见着。"

天泽错愕间，伸出青筋暴露的手捂住自己的脸。

冬天里会沾满落雪的灰黑色古城墙不见了。他们一次次进出的古老城门不见了，空留一个作为地名称呼的名字。他真蠢，这几十年一直想着，旧城旧事旧物还都会依旧以他离开时的面貌来等着他。

但这些年不见，又何止是千重变。

这座城市在众人沉睡的暗夜里，不断向四围扩展自己的身体，已然成了一只庞然大物。

此时，这座城与香港太像。母城以千城一面的容貌重现在宋天泽面前，于他却太过陌生与疏离。

在这里，他捕捉不到楚忆城的气息。宋天泽开始忧心忡忡。若是在这样一个钢筋水泥、日渐陌生的城市中，他的忆城该如何生存。

到了酒店，天泽付过车钱，拉开车门下了车。

司机也下来了，打开后备箱，帮他把行李箱搬下来，拉杆交到他手里去，说："老爷子，自己当心点。"

天泽拉了箱子，回头跟司机说"谢谢"。

小伙子站在车旁，倚着车门看着他，忽然想起什么来了似的，说："您老等一下。"

他回转身拉开车门，钻到前面驾驶座上，在储物盒里翻找了一番，拿出厚厚一张叠着的纸，说："这是最新的北京地图。"又说："现在北京，跟您那会儿差别大了。"

天泽顿一顿，接过地图来，跟他道一声"保重"。拄着箱子拉杆在那儿站了一会儿，看红色出租车消失在北京万丈红尘间。

2

天泽到前台办了入住手续。服务生过来，帮他提了行李上去。天泽订的房间在12楼。他坐电梯上去。又穿过长长的走廊，走到一扇门前，低头看一下手中的纸片，确认一下门上的号码，从口袋里掏出房卡开门。

这情形无比熟悉，天泽曾在梦里无数次地温习过这里面每一个微小的细节。他跟自己打赌，打开门，就会有一张少女的脸闪出来，充满惊喜地喊他"天泽"。他的心悬在那里，伸去拧把手的右手便有些发颤。

他伸手推开门。

扑面而来的，只有一室空落落的黑暗。少女忆城不在这里。

他的那颗心便也被这满室的黑暗占领了。

房间的窗帘未拉，一整面墙都是宽大的落地窗。天泽并不急着开灯，关了门直直地走到窗前去，夜晚时的北京，各类不同的建筑、街道、行人、车辆全都被黑夜的潮水淹没了。无底深渊般的夜色中，灯火璀璨如星辰，一重一重地叠加上去，如山垂海立。

无论是旧京古城，还是后现代的水泥石头森林，都泯灭成了脚下这一个蛮荒世界。

天泽站在窗前发了好一会儿呆，方才回过神来，脱去身上风尘仆仆的外套，简单地整理了一下行李。

天泽去浴室洗了澡，早早地睡了下来。经过一天的旅途劳顿，身体像散了架。他需要好好休息，接下来他要做的事情还有很多。

安顿下来之后，隔了一天，天泽去南苑旧地，祭拜了在守城战役中殒身殉国的战友。启明、小六子、大脚、阿蛮……他们一张张年轻的脸，交叠错杂着，不断地在天泽眼前晃。

离乡几十年，前度刘郎今又还，故人却已零星。

就剩下他一个了。

回来后，天泽在北京发行量最大的一家晚报上登了一则简短的寻人启事，说是当年二十九军学兵团学生兵宋天泽，寻找三连连长吕毅的后人。在末尾处留了酒店房间的电话作为联系方式。

寻人启示登了十多天，天泽也守在电话边等了十多天。半步都不敢离开房间，唯恐谁打了电话来，他却没接着。

这十多天间，每一次电话响，天泽满怀激动地拿起听筒，不过都是酒店人员问他要不要打扫房间之类的电话。

天泽渐渐地也就灰了心。想这人海茫茫，又隔了这么多年，吕连长传下的这一支，即使有后人，也早已不知流落到哪儿去了。

3

到第 16 天的时候，已经是晚上，天泽正在浴室洗澡，床头柜上的电话又叮铃铃响起来。天泽衣服都没来得及穿，围了浴巾，满身水淋淋的，就跌跌撞撞地走出来接。

听筒里是个醇厚的男中音问："请问是宋天泽宋爷爷吗？"

天泽答着。

那边又自我介绍说："我叫吕桥。爷爷叫吕毅，也是当年守城时阵亡的。不知是不是您老找的人。"

天泽又具体地问他当时的番号这类细节，然而隔了这么多年，吕桥也说不清楚了，末了，吕桥开口讲："要不我请您吃个饭吧，咱们见面详细聊。"

两个人便定下来，后天晚上六点，在西城的全聚德烤鸭店见面。

到了这一天，天泽早早地便收拾好，从酒店打车过来。到了店里坐下来，抬手看一看腕表，也不过才五点钟。天泽笑一笑，是自嘲，想，这么大年纪了，还是沉不住气。

店里陆陆续续地来了许多吃饭的人。天泽坐了靠窗的位子，不断地看着门口，猜测着进来的人哪一个是吕桥。

快 6 点的时候，进来一个三四十岁模样的长发男人，穿一件中式的对襟丝绸上衣，也正抬头四处张望。

天泽想，这大概便是了，就起身招了一下手。长发男人看到，冲他笑一下，便朝这边走过来。

两个人握了手坐下，寒暄一番，找服务员拿了菜单点菜。吕桥一边翻着菜单，一边跟天泽说着话："正宗的北京烤鸭您老肯定有好长时间没吃着了。"

天泽说："那可不是。在香港这半辈子，吃到的烤鸭、叉烧，全都不是这个味。想了几十年了。"一边说着，又想到他和忆城见最后一面时，忆城拿小薄饼包了烤鸭给他，看着他一口一口吃的情景，便不由得有些走神。

吕桥爽朗地笑着，说："那今天就好好地吃个过瘾。"

他们说起吕毅的事情。

天泽伸手理一理衣服，调整一下坐姿，声音端凝地开口道："吕连长是我的救命恩人，我这条命是他捡回来的。"顿了顿，又说："他是个英雄。"

吕桥说："您给我讲讲爷爷当兵时的事情吧。"

天泽便喃喃地开了口："他长着一蓬大胡子，脾气火暴着呢，天天开口闭口就骂人罚人。我们这群小兵，背地里总偷偷地讲他的坏话。但其实我们心里都明白，他就是把我们这一帮臭孩子都当成他的亲弟弟。"一边说着，声音就有些哽咽起来，想了想，抬头问吕桥道："这些年嫂子和小虎是怎么过来的？"

吕桥的脸也变得端肃起来，说："我奶奶一辈子都没再改嫁。1993 年，她 86 岁高龄时，念叨着爷爷的名字去世的。"又说："我奶奶活得不容易。我是奶奶带大的，听她讲那时候的事情，说是1937 年北平沦陷后，日本人满城搜查二十九军的伤兵还有军官的家属。她一个年轻女人，带着还在襁褓里等着吃奶的幼儿，奉养着年老的婆婆，天天活得战战兢兢的。丈夫阵亡的事情，也不敢告诉婆婆，只骗她说吕毅去南方打日本鬼子去了，整整就瞒了八年。四五年胜利前夕，老太太去世，死前每天都拎只小板凳，坐在大门口外边的胡同口，眼巴巴地等，说是等着儿子打了胜仗回来见她。"

天泽眼睛中闪出泪光来，问："小虎呢？吕连长留了东西给他。我记得他1937年生，到现在也该是个半老头子了。"

吕桥声音低沉下来，说："我爸爸吕一虎，前年的时候生病去世了。"顿了顿，又说："他一辈子也过得坎坷。从小只能从照片中想象爷爷的样貌。"

天泽听到这个消息，握不稳筷子，正夹着的一筷子菜啪一下就掉到了桌子上。比他年轻一辈的人也都走了。

他颤一颤手，从衣服内侧口袋里，拿出一个小纸包包着的东西来，双手递给桌子对面的吕桥，说："吕连长留下的东西，说是留给三个月大的一虎。现在只有交给你了。"

吕桥双手接过来，打开纸包，正是那个小小的五色绣花虎头护身符。他仔细收好，放到随身的挎包内层口袋里，说："总算能给他们一个交代了。"又斟了一杯茅台酒，奉给天泽，起身举杯敬他，说："谢谢您。"

一老一少两个男人，举杯仰头喝干。

菜也吃到半巡，一会儿烤鸭上来。

吕桥拈了一张薄饼，把烤鸭肉蘸了酱料放上，又加了葱姜丝，递给天泽，似也有一种庄重的仪式感。

他们一边吃着，天泽便问吕桥，是哪一年出生的，现在在做什么工作。

吕桥答："我是 1967 年生人。我爸 30 岁时得了我。"

天泽应着，说："小小子也小 30 咯。"

吕桥又说："我搞艺术，画画儿的。"

天泽便笑一下："吕连长肯定想不到自己会有一个艺术家孙子。"又说："哪天去你的画室看看你的作品。"

吕桥便说："欢迎您老过去。原来画室在圆明园那边的画家村，在那边待了几年，后来 1995 年夏天，画家村被清理。我把工作室搬到环铁那边去了。离这儿倒不远。"

天泽听他说到圆明园，像是被碰到心中某一个痛处，不由得呆愣了一下，有点回不过神来。

吕桥觉察到他的异样，问："您老怎么了？"

天泽抚一抚胸口，向他摆摆手，说："没事儿。"

然而又忍不住问吕桥："圆明园那边现在怎么样？"问得有些没头没脑的。

然而吕桥耐心地答道："前几年刚圈起来，建了遗址公园。"

天泽"哦"地应一声，又喃喃地说着："哪天真想过去好好转转。"

吕桥又问天泽在香港这些年的生活情状。

天泽抿一口茶，弯弯唇角，说："我一个老头子，浮浮沉沉的，写点稿子养活得了自己，这些年也就过来了。"

吕桥又问："您这些年一直一个人过？北京和香港那边还有些亲戚故旧的吧？"

天泽摇摇头，说："我妻子萧美琪 1967 年就去世了——就是你出生的那一年——我自此就是孤家寡人了。"

吕桥看着眼前的老人，心里泛上一点哀凉来，他开口说："您老以后有什么事就尽管找我。把我当成您的孙子就行。"

两个人又聊了一会儿。吕桥听天泽说起，要找墓地安葬妻子的骨灰，便主动应承下帮天泽联系墓地的事情来。

4

几天后，宋天泽在京郊墓地安葬了美琪的骨灰。

生前无法还乡，死后魂兮归来，也算是圆了她未了的愿望。她病中曾拉着天泽的手哀求他："你哪天回北平了，不要把我孤零零地扔在这儿。"

他们是夫妻离心，同床共枕十七年，但他从来没走进过她的内心，他从来不清楚她内心的恐惧与跌宕剧烈的爱恨。

夏天的墓园里草木繁茂，天泽站在墓穴旁边，身边一座座墓碑如壮阔的森林。

他穿一身黑色西装，是结婚时美琪给他买的那身，袖口和领口处都磨得发白，穿在他如今微微发福的身体上，也多少有些不合身，有一点滑稽。天泽的神情很肃穆，他手中抱着盛放美琪骨灰的盒子。

和盒子放在一起的，是一本老旧的红色封皮日记本。美琪生前每天在上面书写倾诉，又曾因天泽无意间的窥视而引发争执的那本日记本。

她一生隐藏的秘密，未能化解的心结，都要跟她一起腐烂在泥土里。

天泽站在旁边，垂手低头，看着大捧的泥土沙砾如落雨般撒下去，一点点地覆盖住了黑漆漆的木质方盒，覆盖了日记本磨损得泛白的皮质封面。

随着撒下的泥土，天泽感觉自己的心脏也一阵阵发紧，沉重的身体也一路跟着下沉。

他自己也被一路葬下去了。

天泽猛地扑下身去，跪在墓穴边，伸出手臂，去抢那个已经被泥土盖住的看不见的本子。他的手指穿过凉沉沉的黄土，摸索着，终于触到日记本老旧柔软的封面。他松了口气，把它拖拽出来，泥土都顾不得拍打，就揣进胸前外套内侧的口袋里去。唯恐谁再抢去了它。

美琪的后半生都耗在了这个日记本上了。

直到刚才扑下身去，从墓穴中抢出日记本的那一刻，宋天泽才猛然间醒悟，不仅是萧美琪的半生，他和楚忆城的半生也是如此。

这本日记消失了，已经是风烛残年的他，便轻飘得无法立身。忆城的魂魄飘零无依，再也无法找寻到一个栖所。哪天他死了，便是死无对证，谁还知道楚忆城在这个世界上存在过呢？谁还会知道她所承受的屈辱与磨难呢？

这对谁都不公平。

第十章　清秋节

出亦愁，入亦愁，座中何人，
谁不怀忧，令我白头。
——《乐府·古歌》

1

苏昔到宋天泽这里，听他讲述自己的经历，不知不觉已经过去了好几个月，时节也已经由夏至进入了深秋。白昼的时间变得越来越短。

自从上次苏昔无意间碰了那本暗红色封面的日记本后，天泽的笑容越发少了，脸上总像蒙上了一层阴霾。

苏昔每次过来的时间，不过是两个人隔着一张茶几相对坐着，天泽断断续续地讲，苏昔一边仔细地倾耳听着，手指一边在电脑键盘上跳跃着做着记录。除了故事，并没有什么多余的话。两个人之间，有什么东西，是板结住了的，苏昔不知道如何去化解。

这天是周末，做完例行的讲述后，天泽起身走到卧室中去，一会儿手中捧着一个相册回来，他从茶几上取了老花镜戴上，低头翻着册页。翻到某一页时，天泽的目光在那里停住了。良久，他把摊开的相册递给苏昔。

苏昔接过相册来，目光所及处，是一个中年妇人的半身黑白照片。

苏昔神色间露出诧异，问："这是？"

天泽平静地说："萧美琪。"

照片中的女子，一头略显稀疏的头发剪至齐肩长，蓬蓬地烫着大卷，开叉的发梢枯黄而暗涩。她似乎心里有种种事情排解不开，眉头在拍照的时候仍不自觉地微蹙着，在眉心处拧成一个结，眼睛下面晕着两团浓重的黑眼圈，大概是长期睡眠不好所致。削薄的嘴唇紧紧地抿着，唇角透露出一丝倔强和隐忍。她的两只手交握着，端端地放在身前，且看起来有了不短时间的抽烟习惯，手上的皮肤干燥皲裂，手指被烟熏得发黄。

照片中显示的拍照时间是 1960 年，摄于香港油麻地的某家照相馆。

"感觉她心事很重。"苏昔说。

"美琪以前不是这样子的，大家在燕大读书时，她爱笑，也爱闹。"天泽陷入到追忆里去，说起青春年月，他脸上焕发出光彩。但顿了顿，很快又黯然下去，"但隔了十几年，我在香港重遇的，像是另外一个人。经常发呆、敏感、神经质。"

苏昔想说些什么，但话到了嘴边又咽下去了。

她知道，这中间发生的事情和可能的原因，正是天泽心里的死结。她不确定现在是不是打开的合适时机。

随着每天一点点西移的日影，宋天泽的讲述似乎也开始接近尾声。一个人一生中所经历的种种事情，如一幅长长的古画卷轴摊开在苏昔面前。现在这幅卷轴马上就要摊到尽头了。

然而当苏昔跟宋天泽告别，在回家的地铁上恍惚中神思远游的那些时间里，总有一种隐隐的直觉袭上她的心头，这个故事远没有结束。苏昔向来相信自己的直觉，她坚信直觉与神灵相通。

苏昔在地铁座椅上一点一点地打着盹，广播已到站的女声把她从混沌的睡意中惊醒过来。

苏昔背上挎包下了车，走过空旷的地下长廊，长廊里没什么人，她只听到自己马丁靴的靴底踩在地面上的空旷脚步声，不知从何处吹来的风刮得她的发丝与衣角都拂拂地扰动。

走到出口处，她坐电动扶梯上去，电梯也狭长地挂在那里如同天梯，尽头的光亮便显得遥遥的远。

一个人在人世间活过八九十年去，他的人生中可以隐藏多少秘密？关于宋天泽，苏昔是看不透、想不明白的。

宋天泽的讲述里，有什么隐藏的东西，是静寂的冰面下湍急的水流。她能够感觉得到。也许那才是故事里最重要、最核心的部分。

也许宋天泽压根就没打算拿它出来示人。也许他打算让这个秘密伴随他一生，在他死去的时候，便让这秘密随他一起消失，一起埋入泥土，从此不见天日。

一个人生命中深深浅浅、明明暗暗的不同面向令苏昔沉迷。也许正因为她尚未经历足够丰厚的人生，所以那些沟壑纵横堆叠起来的、能说不能说的东西才令她分外着迷。

而似乎只有看透了这些，苏昔才可以变得足够明智。

苏昔错把自己当成了一个打捞记忆碎片的侦探。宋天泽的记忆是她探险的山峦与水泽。

晚上回到小区时，已经是11点多了。苏昔在海淀区人民大学的西门外租了一处40平米的小公寓，当记者所得的那一点薪水，超过半数用来支付这个小公寓的房租。

这是一处老居民区。道路两侧长满了槐树与银杏树，小街两边有烧烤摊，整个夏天都可以在沿街的大排档吃烤串、喝啤酒，两侧蝉鸣阵阵。

无数个深夜里，苏昔一个人走在回小区的路上，人声静寂下来，蝉声越发清亮。听着自己的脚步声，这个时刻，她格外清晰地感受到身处的这个城市的脉息。这脚下之城，历史叠现着历史，记忆重叠着记忆，而呈现出来的却又是这样一幅人间烟火的、家常又世俗的表象。在这日常的场景之下，暗涌的记忆谁又知道多少？

上楼拿钥匙打开门，摁亮墙壁上的电灯按钮，脱去外套，换了拖鞋。

经过一天的奔波，一身疲累，苏昔好好地洗了个澡。洗澡的时候，向来是她一天中最为放松的时候，她解除掉了白天时在人群里的一切束缚与伪装，恢复到一种最为单纯宁静的孩童般的状态。

洗完澡，换了清爽的棉布睡衣，用手掠着发丝用吹风机仔细吹干。

又去小厨房冰箱里找了中午时吃剩的咖喱牛肉饭，放在微波炉中加热。苏昔倚在厨房门上，看着橙色光亮的微波炉门里面，加热盘上缓慢旋转着的碟子，两手背在身后，想着事情。

这几个月，她倒像是在别人的故事里经历了自己的一生。那种感觉有点奇异。故事里的悲与喜，从她的皮肤表层一点点渗入她的内里，也变成了她自己的喜悦与伤恸。

吃过夜宵，上网查了邮箱的邮件，浏览了每天固定要浏览的几个网站。

熄灯躺在床上，瞅着天花板，却总是睡不着。这段时间，苏昔一直被失眠症折磨着，心中纷纷扰扰的都是各种事情在重映，像沸腾的开水中翻腾的渣滓，却又理不出个头绪来。

苏昔在满室黑暗中努力睁着眼睛。她觉得身体疲累得很，但眼睛炯炯的如一只猫头鹰，翻来覆去难以入睡。

她辗转反侧了好一会儿，到凌晨3点多钟，才迷迷糊糊地睡过去。

2

第二天7点钟，闹钟准时叮铃铃响起来，苏昔起身抓过表来，把闹钟按掉，又用被子蒙住头躺了十分钟，才弹起身来，穿衣洗脸刷牙，出门去杂志社上班。

等公交车的时候，在路边的小食店买了外带的油条和豆浆，一路走一路吃。到办公室时，正好8点半，打卡上班。日复一日，并没有什么新意，似乎人生千年万年的，也就这样过下去了。

在属于自己的那个格子间里，苏昔对着电脑屏幕赶完了上午的稿子，是一则关于电视剧选秀的新闻稿。一个个十七八岁的女孩子，在海选的舞台上展示着自己的容貌身材，展示着自己在唱歌或跳舞、或其他任何一个方面与众不同的技艺，以期能够获得面前评委的青睐，赢得剧中一个小小的角色。

这是一个我们见惯了的、纷纷扰扰的新世界，苏昔敲完最后一个句点，仰身在座椅上揉一揉酸涩的双眼和发紧的太阳穴，从13层办公室的落地窗里看出去，窗外日光亮烈，马路上车辆与行人熙来攘往，已经是正午。苏昔稍微松了口气，打电话叫了外卖。

一会儿外卖送来，是楼下一家小餐厅做的意大利面。正伏在办公桌上吃午饭时，包里的手机响了，苏昔一只手里拿着一双一次性木筷夹着面条往嘴里送，一只手从挎包里抓出嘀铃铃乱响的手机来。

手机屏幕上显示的是个陌生的座机号码。

苏昔拿纸巾擦一下嘴唇上沾的番茄酱，犹疑了一下，按了接听键。

听筒里面传来女声，问："是苏昔女士吗？"

苏昔嘴里正嚼着食物，口齿不清地答着道："是，请问你是？"

那边女声说："你是宋天泽的亲属吧？他现在在西城医院里。我们找不到其他的联系人，只好打给你。"

苏昔口里嚼着的食物尚未咽下去，一下子就呆愣在那里。她不知道宋天泽出了什么事，心里七上八下的，挂了电话，慌慌地把尚未吃完的盒饭扔到垃圾桶里，好说歹说向主任请了一个下午的假，抓起挎包就匆匆出了门。

坐电梯下去，在单位大厦下面的马路边等了好一会儿才打到车。路上车又堵得厉害，中午炽烈的阳光下，马路上车如长龙，密密麻麻地堵在那里，简直看不到尽头。苏昔坐在出租车副驾的位置上，攥着手机，急得脸上都是汗。然而一点办法也没有。

一个多小时后她才赶到西城医院。

天泽住的病房在三楼。苏昔进了医院大门，来不及等电梯，就噔噔噔地爬楼梯上去，照着被告知的房间号，气喘吁吁地找到走廊尽头的房间，推门进去。

天泽住的是一间三人间病房。中午时病人都在休息，窗帘拉着，房间里光线幽暗、昏昏沉沉的。宋天泽躺在三人间病房最靠里的一张病床上，仰着身，正昏昏地睡着，微张着嘴，鼻翼轻轻地翕动着。

他的右腿缠着厚厚的绷带，打着石膏，如一只肿胀的硕大蛹虫。左手腕上挂着点滴，身侧吊瓶支架上正在输的那袋药液还剩四分之三。

苏昔站在他床边看了一眼，然后静静地关门出来，找了天泽的主治医师。

医生姓谢，是个微微发福的中年人。

听谢医生说，宋天泽是晚上洗澡时，在家中浴室的地板上滑倒了，右腿骨折，站不起来，又够不到电话。只能在冰凉的瓷砖地面上待了一晚上。

第二天中午，做饭打扫卫生的钟点工阿姨去家里时，才发现他出了状况，赶忙打了医院的急救电话。宋天泽光着身体在浴室的地上冻了一夜，整个人早就冻僵了，血流迟滞不畅。

接着，谢医生的声音提高了几个分贝："你们这些做晚辈的，是怎么照料老人的？"语气里都是责备的意思。

见苏昔不说话，他又说："发现再晚一点，还不知道会怎么着呢。"

苏昔只有低着头，他说的每一句话都好好地听着。

谢医生想了想，问她："宋天泽的右腿是不是有旧疾？"

苏昔低头呆了呆，说："他以前右腿腿骨被子弹打穿过，动过几次手术。"

谢医生点点头，说："那就怪不得了。"又说："你们以后可得好好看着他点，这么大年纪可禁不起再一次跌了。"

苏昔答应着，心里也觉得有些隐隐的后怕。

回病房见他睡得正沉，嘴唇苍苍的，干得起了皮，苏昔在床边凳子上坐下，拿棉棒蘸了水，湿润他的嘴唇。她抬头看这一袋药液快输完了，便按铃叫护士来，换下一袋药液。

护士过来得晚了一些，输液管里的药液全都输完了，天泽手背上的一点血便顺着针管回流上来，红色刺目的一小截在塑料细管里上上下下地动。苏昔有些无措起来，去按住他的手背，天泽阔大修长的一只手，手指的关节都骨突出来，手背上用一小截白色胶布固定住输液针，周围全都是暴露的青筋。

苏昔有些不忍看，撩起被角来盖住了他露在外面的手。天泽对这一切都无所察觉，似乎沉浸在梦中，他的身体微微地动了动，咂巴了一下嘴，嘟囔出一个音节，也许是"忆城"，也许是别的什么，苏昔没太听清楚。

趁天泽睡着的时间，苏昔去了趟医院附近的小超市，去采买这段时间住院需要用的东西。看天泽现在的身体状况，是要做长期住下去的准备了，而他入院入得仓促，几乎什么都没有带来。她从货架上拿了脸盆、痰盂、毛巾、水杯、餐杯、筷子、汤匙，又拿了几盒牛奶和燕麦片，几个苹果。乱杂杂地装了两个购物袋。

苏昔拎着两个沉甸甸的袋子推开门的时候，天泽已经醒了，背后倚着两只枕头安静地坐在那儿，正抬头瞅着输液管里一滴一滴落下的药液。

听到推门的声音，天泽扭过头来，看到是苏昔，脸上便是笑笑的样子，笑得鼻头都皱起来了。

苏昔走过来，把购物袋放在床头桌上，一边往下摘着围巾，一边问天泽："腿还疼吧？"

天泽拿手掌拍拍自己缠着绷带的那条腿，唇角露出一个近乎于顽劣的笑："那些个疼啊，痛啊的，看到我这个凶老头子，早就被吓回去了。"

苏昔急忙抓他的手，说："刚打上石膏，你手轻点。"口气里带一点责备的语气。到了现在，她似乎成了一个理所当然的小母亲，看管着一个顽童。

苏昔陪他说了会儿话，抬起手腕看看时间，便起身去用微波炉做了牛奶麦片。满满的一玻璃碗，腾腾地泛着热气。苏昔又拿了汤匙，要喂天泽喝。

然而宋天泽扭过头去，一副倔强的样子，说："我自己来。"

苏昔无奈，把碗和汤匙递给他，确保他两只手都稳稳地捧好了，才撤回手来，说："你以后可得要加倍小心了。"

天泽扬一扬眉毛，说："担心个什么劲儿，我这把老骨头还能活个 30 年呢。"

然而一边说着，却低下头剧烈地咳嗽起来。他的整个肺像一部泄风的老式管风琴，咳得刚才吃的一点东西都呕出来了。

苏昔赶忙过去把碗接过来，放到桌上，一边又帮天泽轻抚着背部。

下午时，吕桥得知消息也匆匆赶过来了。苏昔和他在病房里匆匆打了个照面，简单做了下自我介绍。吕桥神情间满是愧疚，说："出了事我应该早点赶过来的。多亏了你照顾老人家。"苏昔笑笑："都是我应该做的，常听宋爷爷提起你呢。"

接下来的时间里，两个人轮流到医院照顾天泽。幸亏吕桥时间比较自由，苏昔上班忙的时候，就由吕桥过来照看。

在医院中住了二十多天，天泽就待不住了，非要出院回家，说家中的花草鱼鸟都需要他照料。又说，他本来没病，这病房里来苏水味的病恹恹空气都要把他给熏病了。

吕桥和苏昔拗不过他，又看他的伤腿也恢复得差不多了，就帮他办了出院手续。

出院后的宋天泽，似乎总是要在年轻人面前表现出一副精神昂扬的样子来。但是身体状况显然已经大不如前。

3

黄昏时，苏昔下班后会照例过来看他。他房间中弥漫着老人身上特有的衰朽气息，混杂着药味和书架上旧书纸张的气息，调和出一种雾沉沉的暮气来。

天泽坐着轮椅，身上穿件藏青色旧羊毛开衫，腿上盖一条毯子，也可以自己推着椅轮，活动着做这做那，总不肯闲下来。苏昔便借关汉卿的句子来打趣他："你真是蒸不烂、煮不熟响当当一粒铜豌豆。"天泽便呵呵地笑起来："我情愿你说我是一枝花。"

天泽房间中，角落的书桌上有一架带喇叭的老式唱片机和几大摞带封套的红色胶质唱片。封套上是衣带缭绕、凤眼高髻的飞天携了琵琶在起舞。以往每天讲述到黄昏的时候，宋天泽都会起身去沏茶，挑一张唱片放给苏昔听。

现在他又转着轮椅来到书桌前面，扭开唱机的按钮，挑了一张唱片放上。那张红色圆形唱片里的人，便扬着水袖，咿咿呀呀地唱了起来。

唱片里的女声唱的是《锁麟囊》。富贵转眼，姻缘宿命。落魄处的薛湘灵哀哀地唱"一霎时，把前情俱已昧尽，参透了酸辛处泪湿衣襟"。

天泽安静地坐在那儿，双手叠放在膝盖上，眯着眼睛听了一会儿，问苏昔："好听吗？"

苏昔答着："好听。"

他便笑起来。

过一会儿，又自己转着轮椅去卧室，窸窸窣窣地像是在找什么东西，几分钟后拿出一盒巧克力来，递给苏昔，说："女孩子都喜欢吃甜食的吧，忆城那时候就爱吃巧克力爱得不得了。一边嚷着减肥，还一边不住嘴地吃。"

苏昔接过巧克力来，撕开包装上的玻璃纸，打开盒子，拈了一颗巧克力，剥了锡纸，塞到嘴里去。夹了榛子的巧克力吃得她满嘴都是带苦的甜味。

天泽坐在对面，看着她吃东西的样子，嘴角便含起一点笑意来，神思似乎走得好远。他低头想了想，问苏昔："你还记不记得，你刚到家里来的时候，碰了一个红色的本子，我跟你大发雷霆？"

苏昔含着一嘴苦涩甜滑的巧克力，点点头。怎么会不记得？那天她回家后委屈得哭了大半夜。

他说："有一件事情，我得告诉你。"

他说得很吃力，像是喘不上气来，停一停，换口气又接着说："我现在身体这个样子，还不知道能活几天。这件事不说出来，我死时也闭不上眼睛。"

说罢，宋天泽拄起放在轮椅边的拐杖，站起身来，脚步迟缓地走至书桌前，拿出一串钥匙，从里面挑出一把来，俯身打开了书桌抽屉上的一只黄铜小锁。

他拉开抽屉，扶着桌子站了一会儿，静定了一下心神，捧出一只洋铁饼干盒子来。苏昔坐在那儿，静静地抬头看着他和他手中的盒子。洋铁饼干盒一看便知道是上一个世纪的遗留，经过了这么久的时间，表面都斑斑驳驳地生了棕色的锈迹，上世纪40年代当红影星胡蝶的倩影已经斑驳得看不清楚了。

天泽打开饼干盒盖，从里面捧出那个笔记本。本子表面包了好几层浅棕色的牛皮纸，便显得有些鼓鼓囊囊的。

他走到苏昔面前，把笔记本递给她，说："你还记得我讲的故事里的萧美琪吧？这是她的日记。"

苏昔刚要动手拆开包在外面的纸包，天泽摆摆手，颓然地坐回到轮椅里，说："回去再看吧。"

4

晚上10点钟的时候，苏昔坐在回家的地铁里。地铁车厢里空荡荡的，只有寥落的几个乘客。苏昔头倚在冷硬的座位靠背上，两条腿直直地伸开着，呆呆地看着窗外一掠而过的五色广告牌。又看着对面车窗玻璃上映出来的自己的影子，随着车身的晃动微微地颤着。

苏昔想不清楚，难道在他们的交流中，自己说的什么话让他打开了心结，决意对自己说出秘密？也许是因她说起美琪时，无意透露出的理解的态度，让他释然？

那本暗红色皮质封面的日记本静静地躺在她身侧的帆布挎包里，和她的手机、相机、钥匙、面巾纸躺在一起，像一块沉重的石头般压在那里。

她是一个怀揣着秘密的人，穿过夜的人流与城市。而她挎包里的秘密，在持久的郁结中似乎越来越沉重。

回到家中，她什么都顾不得做，便从挎包里拿出包笔记本的那个牛皮纸包来，捧在手里。然后她走到窗边的小沙发上坐下来，拧亮了旁边的落地台灯。

苏昔把笔记本放在膝盖上，一层层拆去用胶带仔细缠裹在外面的牛皮纸包，笔记本磨损的皮质封面显露了出来，在台灯橘黄色静谧光线的映射下，似乎比苏昔上次见它时又老旧了一些。

苏昔伸出手来，手指轻触着微微泛黄的纸页，翻开了笔记本。

日记的大多数文字，经过了这么长时间，颜色已经褪得浅淡。前半部分的字迹很娟秀，越到后面，字迹就越发潦草，甚至难以辨认。

中间有几页，是前次不小心掉在地上，被茶渍沾湿的，浅蓝色的字迹洇了黄色茶渍，都晕开来，已经非常模糊，苏昔联系着上下文的意思，才得以顺利读下去。

厚厚的冰层下面，水流的形状一点点显露出来，显现在苏昔面前。你原以为冰面荒凉静寂，但你从来没有试图把耳朵贴到冰面上，倾听下面淙淙的激烈流水之声。

第十一章 私语书

> 客从远方来，遗我双鲤鱼。
> 呼儿烹鲤鱼，中有尺素书。
> ——《饮马长城窟行》

笔记本前面扉页的位置，夹着一页折叠的红色格子信笺，随着苏昔翻开笔记本的封皮而飘落在地上，苏昔俯身把它捡起来，轻轻地把已显脆薄的纸张舒展开来。这是一封信。苏昔之前在那张黑白半身照片里，看到的瘦削憔悴的中年妇人萧美琪，开始倾诉她放在心里半世的心事。

亲爱的天泽：

希望你看完这本日记后，还能允许我这样叫你。

你看到这本日记时，也许我已经不在人世。也许你是对着我的遗像翻开它的吧？看完这本日记，你恨我也没关系，但我想，在死前做一次坦白。

这 17 年来，我们同床共枕，但是你能说，你对我的内心又了解多少呢？

这些年，我一直被这个噩梦折磨着。在我将要离开这个世界之前，如果我不把这件事情说出来，我就无法完全地放下，就无法安心地闭上眼睛。即使说出来，也永不能获得你的原谅。

你一定不能明白，这些年我所来无由的神经质，半夜时突然从梦中惊醒的惶遽。你肯定觉得，这所有事情的罪魁祸首，都是我脑部的瘤。但你不知道我心里还有更大的瘤。

1937 年 7 月的北平于我，是永久的噩梦之源。如果可以，我愿意把那一年，从我的生命中永久地删去。

我们可以闭口不谈楚忆城，但是我们都不得不承认，她是永远横亘在你我之间的、一个从来都不容忽视的存在，不是吗？

关于北平沦陷之时的楚忆城，关于当时发生在她身上的事情，也许你能从我记下的零散日记中，重新知道当年的情形。

这件事情，在笼罩在我生命中的巨大阴影，如100只乌鸦的羽翼遮蔽下来，从此暗不见天日。

现在站在自己生命的尾声处回望，像每项工作完成的时候下一个结论，我可以这样说，造就和败坏了我这一生的，都是这件事。

一切都起于我18岁时，7月的那一天。

萧美琪

1967 年 7 月 20 日

1937 年 7 月 30 日

刚刚过去的这一天，所发生的一切都像是一个不真实的梦。我现在坐在书桌前，努力地压住自己的心跳，用书写理一理我纷乱的思绪，我得把这一切都想清楚、记清楚。

正是昨天的这个时刻，凌晨躺在床上将睡未睡的时候，哥哥的车开回来了。我起身到窗前去看，这几天，他每天晚上都在局里值夜班，说是有重要的任务。真不知道他都在忙些什么。这都是一些与我无关的无聊事吧。

刚要拉上窗帘，转身想回床上继续我的美梦。可就在那个时候，车门打开了。哥哥和用人一起，从汽车里抬下来一个满身血污的人。

　　我急忙在睡衣外面加了一件外套，赤脚穿着拖鞋就跑出去。他们正走到客厅里。隔近了看，仔细一打量，躺在担架上的竟是天泽。他的头发被血粘成一绺一绺的，一条裤腿也都浸满了黑紫色的血。

　　我喊他一声，他也不应，我心里就急起来，手脚慌乱得不知道该怎么办，只知道一声声地喊"天泽，天泽"，又一个劲地问哥哥"天泽伤得严重吗"，也忘了前段时间还在跟天泽生气这回事。

　　哥哥回我一声，一时半会儿还死不了。

　　哥哥说，日军肯定要搜查伤兵，得找个隐蔽点的地方安置他。

　　二楼走廊尽头的卧室，是以前祖父在世时住的。我帮着简单收拾了一下，拿了干净的床单被褥在床上铺好，扶天泽躺下来。又赶紧过去拉上了窗帘，室内光线一时暗下来，似乎这样就可以暂时安全下来。

　　哥哥下楼，开车出门去，偷偷地去请医生给天泽疗治。

　　我端了一盆水进来，拧了湿毛巾，把天泽的头脸擦干净。又拿了一套哥哥的睡衣睡裤，把天泽身上磨得破破烂烂又血迹斑斑的军装换下来。

　　解开天泽的衣服纽扣时，我犹疑了一下，手指停在那里，脸红起来。天泽胸前的肌肉，经过长期的训练，结实漂亮。有一个愿望从我心里跳出来，像提线木偶的绳子那样牵扯着我的身体，真是吓了我自己一大跳：我真想把脸偎到天泽胸口上去，闭上眼睛好好地待一会儿。

然而他肩膀上的血迹移开了我的视线，他上手臂靠近肩膀那里，有子弹贴着皮肉过去擦破的一大块。我拿毛巾沾了酒精为他消了毒，简单地缠了纱布，就给他换上了棉睡衣。

天泽大概是因为伤口发炎感染，发起了烧，摸一下他的额头，烫得很。我去卫生间再拧湿毛巾，回来搭在他额头上。在旁边椅子上坐下来，看着黯淡光线中天泽没有一点血色的脸，心中真是五味杂陈。

天泽整个人一直处于昏迷状态，嘴里一直说着胡话，有时哑着嗓子大喊，往前冲啊，杀啊。有时又喊，忆城，快跑。

他额头烧得滚烫，惨白的嘴唇干得起了皮，牙齿咬得格格的响。我喂他吃了退烧药，守在旁边，拿棉棒蘸了水给他湿润嘴唇，隔段时间就给他换头上的湿毛巾。

整个下半夜，天泽都在昏昏地睡。到了拂晓的时候，神智才稍微清醒了些。我坐在床边的小凳子上，手肘支在床沿，正托着脑袋打盹。天泽缓缓地睁开眼睛，看了一圈室内，看到坐在床边的我。张开口第一句话就问我，忆城呢？

我跟他说，忆城一直在学校。前天我劝她跟我一起进城来。她不肯，怕他回学校找不到她。

天泽一听，急得整个人要弹跳起来。掀起被子来，就要下床去找她。但等他的脚触到地板，根本连站都站不稳，晃晃的一个趔趄就要跌倒。

我赶忙去扶他，急起来，说，你不要命了！顿了顿，我又说，我替你去找她。忆城是我的姐妹，她不见了，我难道不担心吗？

我心里想，我这就帮你去找，倒恨不得有什么最坏的事情发生在自己身上，让你欠我一个永远都还不了的情分。

天泽说，你一个女生，这个时候怎么能出门？

我一边往外走一边甩给他一句话，难道谁还能吃了我不成。

天泽还在后面说些什么我已经听不着了。

我回卧室穿了外套，提了手袋，看看表，已经是早上5点钟了。下楼后，让家里的司机老张开车，就出了门。我坐在汽车后座上一直沉默着，从手袋中拿化妆包补了一下粉，跟老张说，张叔，往燕京大学那个方向开。

我坐在车上驶过北平城，城内一路上根本没见到什么人，而城外的枪炮声遥遥地炸响，更显出城内的静寂。清晨时分的北平街道荒寂如一座死城。

接着车子出了西直门。经过了魏公村、海淀黄庄，前几天刚刚走过的路，此时却在熟悉的底色上显出一丝陌生来。很快我就知道了这种陌生感从何而来。路两侧，不时可以看到背着枪的日本士兵零零散散地走过去，军靴在青石板地上托托地、杂乱地响，他们在沿街的商铺前停下来，与店家做着交涉，顺手掠走能够掠走的东西：粮食，糕饼，金银，布匹。我坐在汽车后座，紧紧地抿着嘴唇，两只手绞着手中的手帕，不时地转头去看车窗外的局势，我想张叔从后视镜里看到我，肯定也觉出了我的焦虑和紧张。很多店铺门前，被迫挂出用半只面粉口袋画一个红圈的旗子，街上偶尔出现的几个行人低着头弯腰匆匆地走过，头上滑稽地顶着如法炮制的旗子。

车子一直开到学校女生寝室楼下面，我上楼去，从包里掏出钥匙，打开寝室的门。里面根本没有人，每个人的床上都收拾得干干净净的，盖了防止落灰尘的床单。我找了一圈，会客室、水房里也都没忆城的影子。下楼梯的时候，刚好碰到同宿舍的茉莉和海棠，她们刚从贝公楼回来，我问，忆城怎么没和你们在一起？

海棠说，忆城放心不下宋天泽，说去圆明园那边看看。

茉莉低头看了看腕上的手表，说，这都过了两个小时了，还没回来，别再出什么事。

我点点头，说，我去找找她，你们在学校里注意安全。

至于忆城在哪里，我心中有隐约的预感。她平时总喜欢到那里去的。她总带着一脸甜蜜的表情跟我讲，那是天泽和她约定的老地方，天泽回来就一定会去那儿找她。

我下楼去，跟司机说，张叔你先在这儿等我一下，没准儿忆城一会儿就回来。我去附近转转找找她。

穿过校园，出了燕大西门，顺着旁边的胡同往前走，胡同的一面墙临着民居，另一面就是圆明园残存的院墙。走到尽头处，院子的围墙上有一个豁开的缺口。墙根下歪歪斜斜地垫了一摞砖头，大概附近的居民为了抄近路，总会从这个缺口进园子里去。

我撩起裙子，踩着砖头爬上短墙，跳进园子里去。盛夏季节，满园子都是半人高的茂盛草木，园子里后来迁居进来的人开垦的农田也都早已荒芜，一幅荒烟蔓草的景象。

我拨开两边的植物，沿着荒草间的小路往前走，一边抬起头来四处搜寻忆城的影子。草叶上都是清晨的露水，沾湿了我的鞋袜衣服，凉沁沁的。

前边福海里此时都开满了泱泱的荷花。荷塘边的树荫下现出了一个人的背影，穿一身素色碎花旗袍，正是忆城，跟我隔着二十多米的距离。

我招手喊一声，忆城。她听到声音，回过头来，答应一声，转身迈步就要向我这边走过来。

这时候旁边有人开了枪。

我吓得浑身一激灵，完全是条件反射式地蹲下身去。躲在灌木丛后面的荒草里，从植物的缝隙间打量着前面的情景，吓得心都快从腔子里跳出来了。

前面沿着福海岸边的路，走过来三四个喝得醉醺醺的日本兵。

一会儿我听到忆城挣扎的声音。忆城比画着手，大概是在跟他们讲道理。但他们完全不理这一套，一个人摇摇晃晃地就走到忆城身后去，从后面把忆城紧紧抱住，扣住忆城的手。另一个人就扑上去开始撕扯忆城的衣服。忆城扭动着身体，两只脚一直在乱踢，但是这却刺激了这些人的兽性。那个人被踢恼了，甩了忆城两巴掌，点头示意旁边的另一个士兵过来，抓住忆城的双腿，忆城被箍住，完全动弹不得。撕扯衣服的那个人一边跟旁边的两个士兵说笑着，一边开始解自己的腰带。

我埋下头去不敢再看。忆城的凄惨叫声刺破了我的耳膜。

躲在荒草间的那半个小时，是我一生中度过的最艰难的半小时。我的心脏怦怦跳动的声音像擂鼓一样，我真害怕这声音被十多米开外的日本人听到，他们会走过来拿刺刀往我藏身的草丛里乱刺。但越害怕，心脏就擂得越厉害。整个人不停地颤抖着，牙齿咯咯地响，为了避免发出声音，我把袖子塞到自己的牙齿缝里。

他们轮流发泄完兽欲，仍不罢休，而是把忆城的手脚都捆绑起来，扛到肩膀上，一路沿着福海岸边，向来的方向走去。

我总觉得奄奄一息的忆城在临去前，往我藏身的草丛看了一眼。我总觉得她看到了我，但她只是疲惫地闭上了眼睛，什么声音都没有发出来。

后来又过了一小时，太阳已经升得很高，似乎要把汗液全都从人的身体里榨干。我确认周围确实没有人了，才一点一点地站起身来，腿脚都麻了，走不得路。这时候才发现，自己的衣服全都被汗湿透了。

等腿脚上的血流缓过来，我跌跌撞撞地分开荒草往回跑，爬过围墙的缺口出去，腿被围墙上的砖头蹭破了一大块皮，血渗出来淋漓的一大片，当时自己也浑然没有察觉。

老张见我久不回来，走出校园，顺着胡同过来找我。看到我失魂落魄地迎面过来，他也吓得要死，问我，小姐，你没事吧？

我猜自己那时候的样子一定很可怕，眼神涣散，牙齿把嘴唇都咬破了，脸色青白得完全不像活人，腿上的白袜子全都成了红的。然而我什么都没说，只是冲他点点头。

回去的路上，我一直蜷缩在车子的后排，不断地哆嗦着。过西直门的时候，车子停了一下，我看了一眼车窗外面，城墙上已经站满了穿土黄色军装的日本兵，太阳旗招展着，像一抹血一样地刺着我的眼睛。

我一回家，就钻进自己的房间，天泽跌跌撞撞地跟进来，问我，忆城呢？

　　我一下子扑倒在自己床上，憋了那么长时间，终于能够放声哭出来。

　　那些可怕的场景在我的脑海中不断回放，令人恐惧，又令一个少女感觉肮脏和耻辱。在她尚未经历性事之前，日本人就把这件事情里面的肮脏、强暴和恶心都统统暴露在她面前。所有的这些都令她对生命本身生出厌恶来。

　　而现在站在我身边的宋天泽，他是不了解我的，从来都不了解也不会试图去了解我的内心正经历着什么。他只知道催问我，到底是怎么了？

　　宋天泽关心的，只是他的楚忆城。

　　一股躁感从脊骨处泛上来，我拼命地压住它，才能让自己不尖叫、不从窗口纵身跳下去。过了好长时间，我才能说出话来。我说，楚忆城死了。

　　这几个字从我嘴里溜出来，是负气，却又像一个诅咒。我自己都吓坏了。

　　天泽说，怎么可能？

　　我似乎是把自己推到了滑梯的顶端，大风、惯性都推着我一路地向下滑去。我听到自己在说，忆城被日本人害死了。在圆明园里，忆城碰到了三个喝醉了的日本兵。他们要强暴她，忆城不愿意受辱，跳进了旁边的福海。

　　我所目睹的那样一个耻辱的侵犯场景，我无法去触碰它。

我无法让它从我的嘴里说出来，我无法把这件肮脏的事情放到忆城身上。我情愿她纯洁地死去。

也许我说出的，正是潜意识里我想见到的。

天泽踉踉跄跄地退出去，一下子跌坐在地上，他拿拳头使劲捶着硬邦邦的地板，嘴里咆哮着，我舍上这条命跟他们拼了！

他支撑着勉强站起身来，跌跌撞撞地要往外走，没走几步却啪地摔到地上去。

我过去想把他扶起来，他的身体沉重如一块巨石，怎么也扶不起来。我松开拉着他胳膊的手，哇的一声哭出来，说，已经走了一个了，你刚从鬼门关回来，还要再去搭上一条命吗？

往下的时间，我一直守着天泽，怕他做出什么傻事来。

他一直撕扯着胸前的衣服，使劲蜷缩着身体，似乎是心脏疼痛得厉害。

我坐在他身边，呆呆地想，如果天泽也这样心疼我的话，我愿意换成楚忆城，去承受那些可怕的事。

这天余下的时间，我一直沉浸在一种怪异的情绪里，我说出了一些话，把自己变成了一个又陌生，又让自己感觉害怕的人。

我都说不清楚自己了。

低着头读完这一则长长的日记，苏昔在极深的暗夜里震惊于这故事的另一面。她皱着眉头，手按住太阳穴，也许因为熬夜和劳累的缘故，她感觉自己太阳穴上的血管突突地跳，头疼得厉害。

她站起身来，去厨房烧了热水冲了一杯姜糖红茶，又去床上拿了一床毯子把自己裹起来。然后她又在沙发上坐下来，捧起笔记本，继续读下去。

1938 年 4 月 15 日

今天报纸上登出了一则自沉案。

从处于西单的秘密慰安所星和馆中逃出来的慰安妇，跳入了附近的湖水中自沉。

我去案发现场看了，打捞出来的尸体，脸被湖水泡得肿胀发白，头发上满是裹缠的水草，面目难以辨认清楚。瘦小的身躯上裹着一件酱牛肉颜色的暗红色袍子。袍子下露出两只青白色的脚，脚指甲里满是淤泥。

从身形上判断，这个人不是楚忆城。忆城的身材要颀长得多。

这大概是另一个受不了折磨、偷偷从慰安所逃出来的少女。也许她投湖自尽只是想把自己洗刷干净。

我深深地松了一口气，俯身剧烈地呕吐起来。

我当时乌鸦嘴般的谎言，像一个咒语一样，报应到另一个无关的女孩子身上，成为一个确凿无疑的事实摆到我眼前。

这让我觉得我自己，那个站在死尸旁边、眼神呆滞、嘴唇青紫的我，分明就是一个恶毒的、会诅咒人的巫婆。

1938 年 8 月 15 日

我的脑子里嗡嗡地响，总是安静不下来。身体控制不住地老想打哆嗦。我真想现在有人能给我指一条出路，告诉我，我该怎么做——但这事我谁也不能讲，我只得自己憋着。

我只能像这样在本子上写字，自己跟自己说话，自己劝导自己。

今天晚上清治下班回来，吃饭的时候，随口跟我说起，白天他在街上碰到一个从西苑集中营中放出来的朋友薛贵，被折磨得面黄肌瘦，简直不像样了。薛贵肯定是投靠了日本人才能被放出来的，我猜。

薛贵跟他说起集中营中的情形，说营里每天都死好多人，接着就被扔进北面的万人坑了。又说营里有一个十八九岁女学生样子的女孩，被那帮日本兵折腾致死。

一袭破席裹身，是他半夜里趁着黑抬出去的尸体。路上滴滴答答地从芦席缝里落了一路的血。在抬去北面万人坑的一路颠簸中，女孩子一只细白的手从席缝中垂出来，手腕上戴了一只绞花的银镯子。

我听清治说着，手里的筷子就掉在了地上。忆城16岁生日时，我送她的生日礼物就是一只银镯子，她喜欢得不得了，天天戴在手腕上不肯摘下来。

可我多么希望这不是忆城。这是我的罪孽吗？我一点都想不明白，眼前闪来闪去的老是忆城满脸是血的样子。可我也不能跟谁说，对清治也不能说。

苏昔感觉自己的心脏绞痛起来，一股酸辣的气息往她鼻腔里钻。她擦一擦眼睛，深深地吸了口气，到了下半夜，她觉得冷冽的空气一点点地从窗户缝隙间渗进来，浸透她的全身，她紧紧地裹了裹身上的毯子，还是压抑不住这股冷。也许这冷根本就是从她身体内部透出来的。

她颤抖着手继续翻开下一页。后面的记述，日期并不连贯，有时候一个月一篇，有时候一年才一篇。文字也是用不同颜色的笔写成的，蓝色钢笔、圆珠笔，有时候也许就是从抽屉里随手抓到的一截铅笔。

1938 年 8 月 20 日

前天晚上，我梦到了忆城。昨天晚上也是。

忆城在一个黑漆漆的房间里，面目憔悴地看着我，说，我在苦熬着等天泽呢，他为什么不来找我？

我不知道怎么回答她，也不知道怎么去面对她那双无辜的眼睛。她的目光真像一束束芒刺，刺在我的背上。我低着头，说不出话来，在羞愧难当中醒来。睁开眼，整个房间中一大团一大团的黑暗沉沉地压着我的胸口。

我现在整天什么事情都做不成，又不能跟谁去说。

我想，忆城是不是在往黄泉路上走，她在托梦给我呢。

1939 年 3 月 20 日

我现在每天都很害怕，疑神疑鬼的，也害怕见人。

整个人这样恍恍惚惚的，学校里的课也上不下去了，我猜

198

自己大概是得了抑郁病。

我总害怕碰到某个人，一下子就把我的原形给看破了。我想自己先得修炼出一层坚硬的壳子来，把自己囚禁在里面。大概只有这样，我才是安全的，谁也没法看破我。

我现在想起来那个时候总后悔得要命，但这世界上也没有卖后悔药吃的。

有时候，我就自己骗自己，假装那个场景从来没有在我的人生里出现过，我还是一个清清白白的好姑娘，化了妆穿上漂亮的裙子去跟男孩子跳舞。但是跳着跳着，当着那么多人，我就忍不住想要蹲下身哭起来。我永远改变不了自己是一个捏造者这样的事实啊，永远都改变不了。

在那个时间点上，我像错搭神经一样撒了一个谎，却没想到，此后我要撒无数个谎去掩饰与弥补，疲于奔命，疲于补救。这些谎话串起来，就成了一条一环扣着一环的铁链子。我一天一天地，就要被这条铁链子给勒死了。

这件事情，我是没办法说出口，没办法倾诉的，我跟任何人都没法说。我只有自己苦守着这个秘密，就像在自己每天睡觉的这张床底下放了一只骨灰坛子。

我费尽心力掩护这一切，但又笨得要命，总是左支右绌、错漏百出。这个秘密随时会暴露于天光之下，我费力营造起来的萧美琪的形象，就会轰然倒塌，碎裂成一地的碎片，没办法收拾。

我是见不得天光的，活该生活在暗影之中。这一切都是自作自受。

1942 年 7 月 29 日

又到 7 月 29 日了，这一天到来之前的好多天，我就开始发慌。

算算从忆城出了事到现在，也有五年了。回想起来，这五年简直就像是一个醒不了的噩梦。每次听到清治从警察局带回年轻女人被日本人糟蹋了的消息，我都会觉得那就是楚忆城。我都觉得，这都是我那个随口捏造的谎言造成的。

忆城被凌辱的场景，今天又跑到我的梦里来了。在梦里，我就变成了她，绝望无助地承受着一群野兽的践踏。

生活里遇到的每一个陌生男人，都让我觉得恶心和害怕，无端地想到一些不好的事情上面去。我不知道这是不是一种病态，但我陷在里面逃脱不出来了。

每天把自己关在家中发呆，我不知道这样的日子还要过多久，也许永远都过不完，一直到死。

苏昔低头看完这一页，中间是长长的一段空白，隔着空白的一页，下面一则日记的时间，就来到了 1947 年。

1947 年 1 月 1 日

新年的第一天，一个人守着空落落的宿舍。

来香港这三个多月，人情冷暖也都见惯了，现在能找到一个安顿自己的地方，其实也是该庆幸的。

一个人跑到香港来，不过就是为了躲开北平的一切，远离自己犯下罪孽的地方。在举目无亲、话语不通的香港，以后希望能够过些平静日子。

在这儿我就可以躲开一切人事纠缠，摆脱一切认识我的人。在这儿谁都不会知道我的过去。过几年，再随便找个什么人嫁了。那件事，也许就慢慢地自己淡去了。很快的，一辈子也就过去了吧。

很快的。

1950 年 1 月 30 日

天哪，今天我竟然又碰到了你！天泽。到现在我脑子里的那股狂喜还没有过去，像一万只蜜蜂在里面嗡嗡地响，让我想不了事情。写出来的话大概也是逻辑不清的了。

今天坐着电车回家，心脏一直在突突地跳，我就在感叹，这世上的事情真是没办法预料的。

你说这不就是命吗？

老天爷知道我爱你，就把你送来了吗？

但是亲爱的天泽，我狂喜的时候，怎么能不担忧呢？你于我来说太特殊。你会把我心中的魔鬼都引出来，令我原形毕露、无可遁身。我以为远离北平，我便可以忘掉这件事。但是我又遇到了你。

这就是命是不是？我的爱和罪孽，永远是相伴而来的。

你在那里，就时时刻刻提醒着我那个秘密，提醒着我，我是个有罪的人。

我并不是个演技很好的人，我怕掩饰不了自己，我怕在你面前我会时时地露出马脚。

以前在日记里，我总是自言自语，以后我可以跟你说话了。

1950 年 5 月 14 日

天泽，我明知道，我与你，到了某个地步，就是个无可收拾。我终究是瞒不过你的，瞒过去十年二十年，也瞒不过一辈子。

但是我还是控制不了自己往这个坑里跳。我像一个怀抱着赃物的窃贼，却控制不了自己往失主的身边凑。似乎是唯恐你发现不了我藏着掖着的那个不可告人的秘密。

我控制不了自己去接近你。你是我最初和最后都在爱着的人，现在我们之间的种种阻碍都没有了。你又出现在我面前，我怎么能不去接近你，爱你？

我一遍遍地跟自己说，说服自己，谁能剥夺我爱的权利呢？因我身上沾着罪，我就不能爱吗？我为这而觉得委屈。

我永远是不洁的、有罪的。我永远是洗刷不净的。这真令人绝望。我在很多个时刻，总是会想到死。死了就可以不必再承受这一切了，就可以得到永久的解脱。

但是，我爱你啊！我想到千年万年里，我只能活这么一次，我得去做自己真正想做的事。想到这个我就什么都不怕了。

1951 年 5 月 20 日

　　你睡在我身边，恬静地闭着眼睛。我成了你的妻子了，天泽。这简直好得不像一件真实的事情。

　　也许此生不跟你在一起，那件事情就会在岁月的冲刷下，一点点地在我的脑海中淡去，到最后我自己都会因为记忆衰退而记不清楚。平安了此一生。

　　但是我又怎能抗拒跟你在一起的诱惑呢？这是只要有一点星星之火的可能，我便要舍上命去奔赴的。

　　我爱你。爱你的得意，也爱你的落魄。

　　你风光的时候，不是我的，与我隔得好远。你落魄的时候，你就是我的孩子，我要去抚慰你。

　　能陪在你身边一年，少活十年二十年我都心甘情愿。即使我能够像女巫一样，预料到自己后半生的种种情境，我也管不了那么多了。能和你做一天夫妻也是好的。

　　我永远也忘不了去年初夏的那天，我一个人站在这个房间里，就是现在我写字的小桌所在的位置。大风鼓荡着从窗户流窜进房间里来，我掐着自己的手掌心，跟自己说，你认了吧，你敌不过这爱。

　　凭着那一股涌起来的蛮力，我走出房间，去抱了走廊里的你。那时候我的头脑正发着持久不断的高烧。

　　现在想想，那时候的我真勇敢。

1954 年 4 月 12 日

　　天泽，真正与你在同一个屋檐下过日子，我的心始终紧绷在那里。我放松不下来。我似乎时刻在警醒着，保持着一种作战的姿态。

　　我爱你，但却不知道哪种是最合适的爱你的方式。我如此跌跌撞撞、错漏百出。

　　有时候，我会短暂地忘了那件事。在和你结婚的最初这一两年里，我觉得自己得遂所愿，世界上再也没有像我这么幸运的人。

　　我以为这件事情会在我的生活中越变越淡，最后随着我埋入泥土，却没想到它只是潜隐在那里，随时会因一个琐屑的细节而浮现出来。比如说今天，书页中掉出来的楚忆城的一张照片，都在提醒着我，你虽然同我在一起，但未有一日不在想念她。

　　忆城在那里。我知道她始终在那里。当我跟你亲近的时候，我仍无时无刻地感觉到她的存在。

　　她是你的念想，她是我的秘密。

　　我想过死，死了便可不受这负罪感的折磨，但我痴迷留恋人世，只是因为舍不得你。我付出了这么大的代价，才得以与你日夜相守。

　　为了你，我如虫蚁般地活了下来，活了一个十年，又一个十年，卑微而苟且。

1955 年 3 月 4 日

　　天泽，我多么想给你生个孩子。

　　我爱你，但我又无法安然地接受一个男人的身体。我试着做一个尽职尽责的妻子，试着为你生一个孩子，但我们身体的亲近总会引起我心理上的不适。

　　这总让我想到福海边的那个场景。那个画面在我的脑海中不断地回放，而我似乎就成了那个画面中的受害者，撕裂、强暴、耻辱，我会控制不住地身体痉挛，控制不住地想呕吐。我做过很多努力，但我还是无法像一个正常的女人。

1956 年 9 月 20 日

　　我控制不了我自己。我爱你至深，总被失去你的恐惧折磨着。

　　我以为这是与一个个假想敌的战斗，但其实不过是与自己血肉淋漓的厮杀。你是我倾尽一生之力得到的，失去你我便一无所有。

　　我爱你的心，摊开在那儿、剖在那儿，等着你来点检翻看。但往往又用过了力。我拼力挣扎，拼到鱼死网破，总也找不到一个适宜的方式。

　　这是一种很矛盾的心情。我天天被这种情绪折磨得睡不了觉。心一会儿热烈地燃烧起来，一会儿又都焚成了灰烬。

　　我无时无刻不在受着这种折磨。

哪怕我做了这么多尝试，我还是能清楚地感觉到，躺在我身边的这个男人，他从来没有爱过我。哪天他对我显出一点好来，甚至娶了我，那不过是因为怜悯我。通过他的眼神我就看得出来，那种眼神就像怜悯一只漂泊无依的小动物。

我清清楚楚地知道这一切，我没办法不低到灰尘里去。他给的是施舍也是好的。

我似乎为了这低微的爱才支撑着活下去。带着秘密和歉疚。

可是狂爱和歉疚，比死更难以承受。

他还没发现这个秘密，我自己就先要被折磨死了。我承受不了了。

1959 年 3 月 7 日

这件事本来只是一个污点，但是随着年岁的增长，我吃惊地看着它一点一点地胀大成了一只越来越大的肿瘤，长在我的良心上。

我不能准确地说清楚我对楚忆城的感情。

我对她的歉疚无以复加。有时候我真觉得无望，觉得自己的一生都要耗费在掩饰这个秘密，忏悔对她的愧疚里面了。

天泽，我爱你。但是身上始终带着一个不洁的溃烂伤口，我就永远无法好好地爱你了。

想想就感到绝望。有时候我真想就这样把自己绞到纺纱机

206

里去，走在街上迎面看着一辆驶来的车子，我就真想迎上去撞死。死了就一了百了了，我就不再欠忆城的了。

但我死不了，我总有贪生之念。生命本来就已经这么艰难，可是我又遇见了你啊，我现在跟宋天泽在一起了，我是他的妻子，名正言顺的妻子。

看着你夜晚睡觉时翘起的唇角，那都叫我痴迷流连人世。

1960 年 6 月 23 日

天泽，我终于闲下来了，成了一个名副其实的家庭主妇，以后就要靠你养着了。

闲卜来的这段日子，一个人待在空荡荡的家里，白天你去上班，家里一个人都没有的时候，我就会跟忆城说话。

忆城比谁都善良，她怨恨谁，第二天就会原谅别人了。她就是一个这么温和无害的人。经历了这么多事情，我们还是好姐妹。

我们还是和当初那样要好，熄灯后，躲开舍监，两个人窝在蚊帐里叽叽咕咕地说话。

我们从来都是互相交换秘密。她跟我说她喜欢的男孩子宋天泽今天约她去平安戏院看电影了。我默默地听着，那时候，心里已经有一个秘密无法告诉她了。我难道跟她说，我也已经偷偷地喜欢上了跟你约会的男生了，喜欢得发狂。

我一直是个心思很深的人，对谁都和气，但又对谁都不把心交出来。用一层层的膜把自己的心好好包裹起来。这也许是出于最后一重的自我保护和一些隐隐然的自卑。

忆城就跟我不一样，她是一个透明透亮的女孩子，谁能不喜欢她呢？

我和她一起走在校园里，从旁边看着她，看着她在阳光里笑，既简单又纯粹，也要喜欢起她来，想要去保护她，又怎么能怨你爱她爱得要发狂呢？

她有时候说起话来又直指人心。她悄悄地跟我说，我们俩这么要好，但总感觉你的心包得好好的，我触不到你的心。

我是混沌的、不透明的。心里总藏着这样那样的阴暗角落。这样的女孩子天生就是不讨人喜欢的，是吗？

两个玩在一起的女孩子，从小别人就拿她们两个去比。后来我自己也去比。

现在也还在比。

我倒不知道是该忆城嫉妒我，还是我嫉妒忆城。

我苟且偷生活了下来。我知道自己这样说显得非常无耻。但是我真情愿跟忆城调个个，把我们的命运换过来。

她死了，但可以在两个人心里都扎下根。你永远忘不了她，她在你心里永远没法被超越、被替代。而我到死也忘不了她。我这一辈子都欠她的。

1961 年 2 月 27 日

我知道忆城受了很多苦。这苦部分是因我而起的。这份愧疚在我心里越积越重，我不知道该怎么去化解它。

日日念《心经》，转念珠，每天去天后庙上香，我能做的，只有为忆城的灵魂祈福。现在我每天都拿出最大的诚心来供奉祈祷，希望能构筑起一个死后的极乐世界。

都说菩萨慈悲，普渡众生，我希望她也能宽宥我的罪过。

我真希望这二十多年间所发生的一切都是一个梦。所有不堪承受的事情，都是因为我睡觉时错把手放在心口而做的一个噩梦。

黑夜过去，天亮了，我把手从心口上拿下来，穿衣起床，我们四个人依旧可以骑自行车去北海公园闲逛，我们还在北平的阳光下无忧无虑地划船唱歌。

1967 年 2 月 14 日

天泽，这段时间，我总是头疼得受不了，我想自己是不是得了很严重的病。也许老天爷开始惩罚我了。

这些年我都瞒着你，你肯定也早就受够了我没来由的神经质。我没有办法当面跟你说出这件事情，我只有在纸上向你坦白。这坦白能获得你的原谅，能获得菩萨的饶恕吗？

忆城死于 1937 年 7 月，北平沦陷之际的圆明园，她为了捍卫自己的贞洁跳入了福海自尽。

这是当时你从南苑前线退下来的时候，我红口白牙亲口跟你说的。

而你，还有所有人都相信了这个确凿无疑的事实。我是楚忆城最亲密的朋友，有谁会怀疑我呢？有谁会怀疑一个十七八岁的、心地纯洁的少女呢？

我还记得我向你说起忆城死讯时你的表情，我现在尚记得你当时的万念俱灰。

但是经由我口说出的事实，并非如此。她的生命也许延续到了1938、1939年。我出于私心向你、向所有人撒了谎。

我所看到的，是她被施暴。

当时那个场景，这些年一直深烙在我脑海中。

它一直在我的脑海中盘旋，摧残着我的神经。然而我完全无法用语言把它形容出来。野蛮、残暴、耻辱、恶心……所有恶劣的词语叠加在一起，也不能描述出这件事情的万一。

之后她被意犹未尽的日军带走。

她跳入福海自杀只是我的杜撰。

我亲口说出这个消息，这似乎是我潜意识中希望看到的场景。

当它从我的唇齿间说出来十遍之后，连我自己都相信了这是真实发生过的场景。当我说了一百遍，它就成了事实。

一个正经历着由女孩向女人转变的奇怪生物，私心发作起来、犯起拧巴来的时候，是多么可怕。

我心有余悸、悲痛万分地去讲述这场惨绝人寰的暴行，讲述一个烈女在面临一群试图施暴者时的忠贞节烈、宁死不从，每一个细节都在我的脑海中历历在目。

当时那个谎言从我嘴里说出来时，有一个青涩少女掩饰羞耻的成分、犯拧的成分。但我日后每每想起来时，真想拿一把刀子，剖开自己的心，去看看那个时候自己的心脏里，是不是也有一些对忆城的轻微嫉妒呢？

忆城比我幸运，我只是你和她这场完美爱情的旁观者。

我害怕告诉你真相，你就会把命搭上去冒险。我想你忘记她，我想置之死地而后生。

这一切理由都是打着爱情的幌子的。因此在最初的时间里，我可以心安理得、理直气壮。

但我随口说出的这个谎言，它造成的后果是我始料未及的。它在后续的一两年里才开始慢慢显现。

在零星知晓西苑集中营的一些真相后，我的负疚感一日日地加深。忆城很可能就被关在那里了，沉沦于肮脏的泥淖中，不能得救，我是唯一的知情者。但我隐瞒了这样一个事实。我意识到自己的这个谎言，间接地造成了忆城的死。

你逃离北平之后，有将近十年的时间，我一直在暗中留意打探楚忆城的下落，我多么希望薛贵说起的那个惨死的少女并不是她。但所得知的每一点情形，都不过是对这个事实再一次的确证。

她在集中营中的生活我不敢去想，一想就觉得，这些分明都是该报应到我身上来的，百身莫赎。我当时的一念之差，却造成了这一生的罪孽。

我常常在想，如果当时我说了真话，告诉了你们真相会怎么样。

你们能够把她从日军的集中营中解救出来吗？

1967 年 7 月 21 日

天泽，你正在床上安心地睡着，你睡着时眉头也会紧紧地皱着。天泽，你在想什么呢？我真想走过去，把头靠在你的胸口待一会儿，那可是我 16 岁时的一个愿望。

但是黑夜将尽了，墨水也快用完了，我得用这仅存的一点蓝色墨水把这封信写完，要不就来不及了。

死之前，我把这一切都说了出来。我不求你原谅我的自私。我把这罪孽与创痛留给你，像抛一只沉重的包袱一样抛给你，仿佛只有如此，我才可以稍微轻松地死去。

我爱你。尽管这爱在这十几年的婚姻生活中，被腐蚀得千疮百孔、不忍卒睹。

我知道，我的爱也是封闭的、黑暗的、作茧自缚、故步自封。我自作自受，我看不到光。我孤绝一人，一点点地向内深挖下去。

我这一生都想给你生个孩子，但一直未能如愿。这就是老天爷给我的报应。我一个人的罪孽要报应到我们的孩子身上。

年轻时的一念之差，令我以后的几十年时时负疚，要用我的一辈子去偿还。我的人生，是在最关键的两个关头上，自己一手造就的。怨不得别人。

如果说有什么遗憾，我真希望，1937 年 7 月 29 日那一天，我能够重新活一次。

第十二章　西苑

悲歌可以当泣，
远望可以当归。
——《汉乐府·悲歌》

1

外面的天光一点点透入蓝白色细条纹的棉布窗帘，如一片幽深的海域，由深靛渐变为浅蓝，继而转为散发着微光的青白色。苏昔翻完日记的最后一页，她的手指在发黄的纸面和渐渐模糊的字迹上最后短暂停留了一下，指尖冰凉。一个女人的心路历程和一个隐瞒了几十年的真相，就这样在她心中渐渐显出形迹来。

她把几张脆薄的信纸小心地夹好，合上手里的笔记本，放入牛皮纸信封。继而摘下黑框眼镜，微闭上双眼，用食指揉着酸痛的眼眶，从坐了一夜的沙发中站起身来。沙发在她久坐的位置留下一个凹坑，有一些空落落的。一夜没活动，两条腿都麻了，血流迟滞，摸上去冰凉麻木都不像自己的。她慢慢活动着，走到窗前，拉开窗帘，伸手打开窗，空气里扑鼻的煤烟气混杂着浓重的水汽迎面扑来，呛得苏昔弯腰咳嗽了好一会儿。她的脑子里有一些熬夜常有的混沌、反映迟缓，然而此刻又有一种异常冷洌的清醒。

外面此时雾霭霭的，非常静寂，偶尔有一两声鸟儿的叫声和车辆掠过的沙沙声传到耳朵里来。这是北京深秋又一个阴沉沉的早晨，高高低低的楼群，马路上的车辆，此时都掩映在浓重的灰色浓雾里，一片混沌般分辨不清楚。似乎天空与大地的界限，黑夜与白昼的界限，楼宇、树木、马路、车辆、店铺、行人……所有的界限都被泯灭掉了，此刻只剩下一片混茫的天地。

阅读日记的沉重情绪，就如这天早晨的浓雾，笼罩在苏昔的心头，留给她的震撼久久不能散去。

　　苏昔抬头看一眼墙上的表，6点10分，待了一会儿，转身去卫生间洗漱，换上工作套装，收拾出门的包，走十分钟去地铁站。地铁里挨挨挤挤的，都是上班早高峰的人，充溢着潮乎乎的汗气、人们头上的头油气、衣服上所带进来的雾霾的煤烟气……混杂的气息并不好闻，但在此时的苏昔觉来，这都是"生"的气息，可以把夜里读萧美琪日记时，那周身环绕的、深海般的孤寂与寒冷稍微化解一些。是的，这喧腾的、琐碎的生活气息，此刻让苏昔如此贪恋。

　　周末，苏昔照常去宋天泽那里。天泽看着她进门，招呼了一声。一个隐藏了许久的秘密，此刻心照不宣，他看起来并没有那么自然。他招呼完，转过身去厨房沏了一壶茶，端过来，说："这是吕桥前几天从广西给我带回来的六堡黑茶，你尝尝，口感很涩，茶味重，你不一定能喝得惯，但喝久了也就习惯了。黑茶是发酵茶，表面有浮尘，喝前一定要好好洗两次……"

　　苏昔坐在他对面的椅子上，只觉得心中郁塞得满满的，有很多话想说，却又不知道先从哪一句说起，只是沉默地看着一边洗茶、沏水，一边絮絮叨叨地跟她介绍着黑茶渊源的天泽。正在自说自话的天泽只管盯着自己手中的茶具，也不看她的眼睛，她注意到他拿起壶盖的手有点微微的发颤，"多喝黑茶对身体有不少好处，能暖胃，尤其适合秋冬……"天泽今天的话反常得多，繁密又不相干的话，密匝匝地织成了一张网，聊以包裹自己。她分明感到了他极力掩饰的不安。那是一种把一个好好掩饰在衣服底下几十年的秘密伤疤，暴露在天光之下的不安。

他必须这样源源不断地说下去，不能停下来。哪怕一秒钟的沉默，都足以暴露他内心的脆弱。

苏昔再也忍不住，张张干涩的口唇，把天泽的话头生生地截住："你给我的日记我看完了。"

天泽正在为她倒茶的手停在半空，有一个瞬间像是凝固了的雕像。他停了一会儿，把茶壶轻轻放在桌上，抬头看着苏昔，说："我知道。"

天泽像是从紧绷的状态中放松了下来，他有点疲倦地靠到椅背上，点了一支烟，在缭绕的烟雾中，微眯着眼睛，缓缓地给苏昔说起当初他看到日记本，得知真相后的情形。

1967年，美琪去世后，他翻开这个暗红色封面的本子，初读到日记里的内容时，那颗疮疤纵横的红色脏器，复又被抛进了热油沸腾的铁锅里，流着赤红的血水，被生生地煮烂。那几个月，他整日整夜地躺在床上，神思恍惚，各种听嗅器官和颅腔里的脑一直发着经久不退的高烧。耳边不断回响着的，是楚忆城在安着铁栅栏房间里凄楚的哭声。三十年前他刚从美琪口中获知忆城的死讯时，心痛难言，但也只好无奈地接受现实。此时却被无边的悔恨所淹没：他原本有机会救她的！

他的忆城，在生命的最后一刻都在等着他。凭借对他的爱和信任在等着他。而他却只顾惜着自己的生命，自沦陷的北平逃走，任凭自己最爱的人忍受日本人的糟践而不顾。是他放弃了她啊。

他始终抱着一线希望，楚忆城也许并没有死，也许她活了下来。

他拖着苍老朽残的身体，也要回北平找她。从香港回到北京的这些年，宋天泽一直在打听楚忆城的下落。不管是暮年的老妪，还是只是一缕亡魂，他也要找到他曾经的恋人楚忆城。但这些年的暗中探访，却终究毫无结果。

天泽端起茶盏来，抿了一口茶，无奈地弯了弯唇角："我自己都知道，我不过是在自己骗自己。"

他唇边两道深重的法令纹牵动着，如两条被急雨侵蚀的沟壑。

"她应该早就去世了。但她不是在 1937 年 7 月，而是很久之后的事情了。我不知道生命中最后的日子，她是怎么熬过去的，最后又抱着怎样的憾恨和仅存的一点希望死去的。"

宋天泽浑浊的眼睛中此时泛泛地闪着水光，一个老人的躯壳里，有了一重脆弱的、纯净的神色。

苏昔张了张口，却不知道说什么好，她伸出手去，握住天泽的手，他的手枯干如柴，曾经握过枪的手指此时早已僵硬、不可打弯。

"这个是我这辈子都打不开的心结。我本来可以让她免受糟蹋，本来有机会让她活下来。可是我一个人不管不顾地逃走了。如果忆城像别的女孩子一样，安安稳稳地嫁人、生子，我也许就不会像这样一直放不下她。"

苏昔一边在笔记本上用蓝色签字笔记下一些关键词，一边抬头看正沉浸在自己讲述中的宋天泽，这些话在他心中反反复复地说了许多年，今天终于可以当着一个人的面，把它倾诉出来了。

"有人说，可以治愈伤痛的只有时间。可是这痛，随着时间越久、年龄越大，反而越突兀地横在我心里。连死亡也治愈不了。"

面前的宋天泽终于哽咽不能出声，浑浊的眼睛里涌出了泪水。

他站起身来，扶着椅背，一步一步地走到书架前，背对着苏昔。从口袋里拿出一方叠得方方正正的手帕，捂住脸。

苏昔看不到他的脸，只看到他瘦嶙嶙的背微微地耸动着，她想站起身来，走过去，抱一抱这个衰老而哀伤的老人，虽然心中的冲动如此强烈，然而最终苏昔还只是呆呆地坐在椅子上。她向来不太会安慰人。

良久，平复完情绪的宋天泽转身，回对面的椅子上坐下，脸上堆出一个赧然又抱歉的笑："不好意思，把你吓坏了。"

苏昔只觉得那个笑牵得自己很揪心。

天泽问："你还要问什么问题吗？"

她想起来，几个月前，天泽拿给她看的萧美琪四十多岁时的照片，犹像了好一会儿，才说出了心中的疑问，她小心翼翼地斟酌着语言，试探性地问道："你怨过美琪吗？"

她一边问出来，一边在心里抽自己的嘴巴。她知道自己问的这个问题，是往宋天泽血肉模糊的伤口上又撒了一把盐。

天泽怔了怔，喃喃地开口说："应该怨的不是美琪。"

"我刚知道真相的那两年，也怨过她。这些年年纪大了，反而越来越理解她。她也是最可怜的人。我想恨她，但恨不起来。"他端起桌上的杯子，抿一口茶，接着说："过错不在美琪，这辈子，我也一直在想，过错到底在谁。"

他静定了一下心神，又接着说下去："她这一辈子，也都被毁了。我是看着她一年年地被自己的心病生生折磨死的。"

天泽的声音又有些哽住了，他低下头捂住眼睛，顿了好一会儿，才又接着说："她余下的那 30 年分明是在赎自己的罪。"

苏昔静静地拍了拍天泽的背,缓缓说:"听您说她后来信了佛,但感觉宗教也没有给她带来内心真正的平静。"

天泽点点头:"她一直觉得自己有罪。我那时候总觉得她举止异常、不可理喻。她去世后,我才开始理解她。再想跟她说些什么,可是也都晚了。"

他接下来的语气有些嗫嚅:"我这几十年,都不愿跟任何人说起这件事。对这个秘密的隐藏里面,我说不清有多少保护美琪的成分。似乎说出来,就落实了美琪撒谎者和间接谋杀者的身份。我不忍心。"

苏昔把一缕散下来的发丝捋到耳后去,认真地看着天泽的眼睛,语气笃定:"大家并不会认为美琪是一个有罪的人。任何人都有可能在一个闪念间成为一个恶者,而只有良善者会永远负疚。"

在劫难中,死去的人死去了,活下来的人所经受的那漫长细碎的心灵熬煎,这也并不比死更容易承受。

中间是一段长长的沉默。

"那你爱过她吗?"苏昔问。22岁的人生里,一切都是个非此即彼。

"人的感情,并不是爱和不爱,这么截然分明的。"天泽在烟灰缸中捻灭了还在燃着的烟头,抬头冲着年轻的女孩子笑一笑。

他对那个脆弱而敏感的美琪有着一腔怜惜。十几年人间烟火的夫妻,一餐一饮里熨出来的,他们之间是有情分的。忆城是他光华灿烂的青春,是他的梦,后来又成了他的疮疤和负疚。而萧美琪,是他共过甘苦的妻子。

这是他没说出来的话,他想,等眼前这个年轻的女孩经历了足够的人生,自然会懂的。他像是耗尽全身气力,有些颓然地往后倚到椅背上去，微仰起头，从旁边桌上拿起一小瓶乐敦牌眼药水，要往眼睛中滴，一边自顾自地说着："最近眼球总觉得干涩得很。"

然而他的手晃晃地发着颤，眼药水没滴到眼睛里去，反而顺着他的眼角流了下来，明黄色的黏湿的一道，沿着眼角深长的皱纹，一直顺进两鬓斑白的头发里去。

苏昔收拾好膝上的笔记本电脑，背起挎包，站起身来，对天泽说："说了这么多话，您肯定累了，好好休息，我改天再过来。"顿了顿又说："我帮您打听忆城的事，有什么进展我会随时告诉您。"

苏昔走到门口时，回头看了一眼，宋天泽依旧闭着眼，仰躺在椅背上，深秋稀薄的日光透过窗户玻璃洒进来，笼了他一身，给他微微毛起来的白发镶了一层暖金色的边。

那种心情，就像是小时候一部追了好久的电视剧，终于要打出"剧终"的字幕，剧中已经无比熟稔的人物挥手向你别，说不出的惆怅失落。而苏昔此时的惆怅和失落里，还有着沉重的郁结。

苏昔面前是尚未完全展开的人生，本该有着五颜六色的亮烈色调，在她手中放了画笔任她涂抹。但是在这几个月之间，衰老的宋天泽是把人生里可能会有的所有残忍、衰疲、无奈，全都呈现在她面前了。

苏昔轻轻地带好门，从天泽的院落中出来。彼时已经是下午时分。街上行人的神色里，带着一种下午特有的倦怠。整个世界，呈现在她眼睛里，明明是原来的那个，却又似乎是不一样了，笼上了一层浅灰的、薄雾般的色调。

苏昔想，她的眼睛也在北京深秋的这一瞬间开始苍老了。

深秋过得迅疾，宽阔道路两侧的银杏叶不久也就凋尽。北京的冬天不知不觉间就来了。

对楚忆城被日军抓走后，一直到去世前这段时间内生活的想象与追寻，成了苏昔一直心心念念的一件事。

报社同事眼里的苏昔，这段时间总有一种失神的恍惚。午休后去饮水间冲咖啡，热水从杯子里漫溢出来几乎要烫了手，苏昔还是后知后觉地没觉察，坐旁边隔间工位的迟羽迅速伸手过去关了热水开关，拍拍苏昔："发什么呆呢，再不留神小心烫出泡！"苏昔从有点木然的状态里反应过来，冲迟羽歉意地笑笑，说声多谢。

迟羽依旧不依不饶："这段时间老看你心思不定的，是失恋了还是怎么着，但也没听说你恋爱啊。"

大家想，这个姑娘身上一定发生了什么事，或许是一段恋情的创伤，或许是这段时间工作压力过大，或许是冬日带来的抑郁心情——雾霾沉重、连日不见蓝天的北京总是容易让人陷入抑郁的。

苏昔下班后的所有时间，便淹没在一堆一堆的资料里。网络、旧书里的记载、亲历者的回忆片段、资料照片……那些资料如翻涌的海水般扑面涌来，苏昔感觉自己被淹没在里面，浮浮沉沉，就要窒息，看不到一点光亮。

楚忆城是战争史料中，记载下来的受辱女子中的一个，是一个没有感情色彩的数字的万分之一，是小数点后被省略的一位。

一切都没有头绪，没有进展。苏昔那段时间的心情，便像是北京冬日雾蒙蒙的天，灰白、压抑，一片混沌。

那些客观记载与如实摄下的黑白照片，令苏昔胃里泛出剧烈的呕吐感。

这些画面肆意蹂躏着苏昔的神经，令她想闭上眼睛无声地尖叫。

天色荒漠的冬日下午。

苏昔下班后像往常一样从报社出来，正要走去地铁站，搭车回家，但却又说不清什么缘由地，从地铁入口处又转回头来。她点开一个打车软件，在目的地一行输入"西苑"两个字，点下叫车按钮时，她心里似是因终于做出这个决定而松了一口气，但又有点莫名的慌乱。在等车的空当里，她拨了迟羽的电话，问："你还在办公室吗？有空的话跟我去个地方吧。"她怕自己一个人没有勇气去那里。

一会儿迟羽下了楼，肩上挎着他常年不离身的帆布相机包，有一点吊儿郎当的神色，说："苏小姐是要请我吃饭还是怎么着？"

苏昔不置可否，说："到了你就知道了。"

车一会儿就到了，苏昔坐到副驾的位置上，对司机说："去海淀区西苑。"

师傅并不是特别清楚西苑的位置，苏昔比画着向他解释，是在圆明园和颐和园两个园子交接处的附近。

坐在后排的迟羽趴到前面的椅背上插话："师傅，圆明园你知道怎么走吧？离那边不远应该是没错的。"一边又转头问苏昔："你大老远跑到那里做什么？我倒是知道西苑那边有个很大的菜市场，以前我爷爷奶奶身体硬朗的时候，大清早起来会坐公交车去那里买菜。你不会是去买菜吧？"

苏昔白了他一眼："拜托，除了吃你还知道什么。"

迟羽摊摊手："那还真不知道了。"

车子走了四十多分钟，经过西苑北桥的十字路口时，在路口的东北角看到了一溜青黄砖石，缝隙里抹了水泥砌成的院墙。苏昔回头问迟羽："这是圆明园的外墙吧？"

迟羽点点头："再往前不远应该就是西苑。这里离圆明园很近。"

果然不一会儿就看到"西苑"地铁站入口处的牌子，标示着"西苑交通枢纽"的字样。苏昔让司机停车把他们放在街边。呈现在眼前的西苑景象，有一种城乡交接处灰扑扑的热闹。街道上的人群与车辆也算是熙来攘往，不时听到车辆的鸣笛与喇叭声。烤地瓜、糖炒栗子、冰糖葫芦的香气一阵阵扑到鼻腔里来，街边推着车子的小摊贩，都争着向苏昔和迟羽推销自己的小吃，苏昔紧裹一下自己脖子上的围巾，摆摆手，向他们不好意思地笑笑。

前面有个卖手工小泥人的老师傅，花白头发，伛偻着背，看起来有六七十岁的样子。

苏昔走到他面前，从货架上挑了一只葫芦娃。葫芦娃的样貌捏得敦实拙朴，上面覆了色泽明快的油彩，嘴张开着，似乎是叱咤有声的样子。苏昔冲着手掌中的泥人笑一下，付了钱给老者。

她把葫芦娃用纸巾包好，小心地放到背包里去。想了想，开口问他，说："大爷，您知道当年西苑集中营的旧址现在在哪儿吗？"

老师傅有些木然地摇摇头，说："我1953年，就从河北到这边来讨生活。没听说过你说的那个地儿。"

然而也许是念着苏昔买了他的东西的情分，他又低头沉思了半晌，指着旁边下班高峰期人群进进出出的地铁站入口，说："西苑交通枢纽这儿，当初是一座商厦。听说当年建商厦的时候，挖出来一堆堆白森森的骨头。这是日本鬼子埋人的万人坑啊。"

苏昔听着他的话，禁不住周身打了一个哆嗦。寒意从她的四肢百骸间漫上来。

老师傅说话间，待在后面的迟羽举着两根新买的糖葫芦小跑着过来，赶到苏昔身边，正好听到说集中营的那些话，脸上本来是一副嬉笑的表情，此时也怔在那里。

苏昔向老师傅道了谢，转头继续往前走。迟羽一边把糖葫芦递给她，一边问她："你是来找集中营的？"苏昔转头看他，点点头。迟羽惊诧过后的脸，此刻挂上了一丝凝重："之前我也没有听说过，没想到自己生活的地方曾发生过这样的事情。我跟你一起找。"

迟羽并没有一脸不可思议地问她寻找的原因，她的一些在别人看来不可理解的行为，迟羽只认为寻常。这是他的可爱之处。

迟羽从外套口袋里拿出手机来，照着手机上的网络地图查了好久，还是茫茫然的没个头绪。他们凭着直觉沿着马路一路走下去，走到一个小的十字路口处，看到一处标示着"中直路"的路牌，两个人就顺着中直路一直走下去。

路上又问了几个年纪比较长的老者，也都对着苏昔茫然地摇摇头。

最后二人走至街边一处社区俱乐部，她看院门大开着，便走进去。院子里有一处小花园，她一路走来早已腿脚酸痛，就走过去在花园中的一张木质长椅上坐下来休息。

花园中种的玫瑰花都凋尽了，只剩带刺的枝干。一丛一丛萱草细长的叶子在寒霜里呈现出冷凝的暗绿色。

有个七八十岁样貌的白发老者刚在俱乐部中锻炼完，肩上搭一条毛巾，往这边走过来。迟羽站起身来，走到他面前，说："打扰一下，请问可以向您打听点事情吗？"

老者停住脚步，愣了一下，然而还是点了点头。

苏昔喘一口气，问："请问您知道当年的西苑集中营在哪儿吗？"

老者打量了一下两个人，说："你们算是问对了人。我小时候便是在那儿长大的。"

看苏昔脸上露出不解的神情，老者便又接着说下去："你们大概是走过了。刚才走过来时，建有一片机关楼房的院儿就是。那里本来是兵营，后来日本人来了就把它改造为集中营，死了无数人，真是作孽。"

苏昔问："您见过集中营的遗址吗"

老者叹一口气，说："我 50 年代出生那会儿，这儿就是机关楼房了。"

他微皱着眉追想了一会儿，又接着说："有一户邻居家分的房子，独独他家是水泥铺的地面，一年到头都潮湿得很，还不断渗水。听说那儿当时就是集中营的水牢。"

两个人跟老者道了谢，便按来时的原路走回去。

灰扑扑的冬日街道旁边，西苑集中营已经荡然无存，当年的旧地已经为机关楼房所代替。院墙高耸，院门口有站岗的守卫。一重又一重的历史在这儿重重叠加，最终都辨不清真面目。

苏昔进不去，只好在院墙外走了几圈。迟羽取出相机，拍了几张照片。

隔着一条马路，路北边是一片新建的叫"西苑商城"的小型商业区。迟羽说："你也该走饿了，要不要过去坐坐吃点东西？"

两个人走过马路，走进商城里，星巴克、必胜客、肯德基、服饰店、家具店各种店铺都已经进驻其中，一片百业待兴的景象。

二人信步走进一家咖啡店，苏昔要了一杯抹茶拿铁，迟羽点了摩卡，又要了金枪鱼三明治。在靠窗的座位坐下来。店里在傍晚时分也只有稀稀散散的人。柜台里，穿绿色制服的女店员正在安静地把一只蛋糕放到烤箱里加热，右边不远的沙发座上，一对年轻情侣头靠着头，神色甜蜜地说着悄悄话。

迟羽说："西苑这边离北大倒不远。"

苏昔点点头："但是以前都没太留意这儿。"

迟羽问："你们念书时不经常来这边吗？"

苏昔端起纸杯，暖一暖被冻得冰凉的手，说："隔得不远的清华大学东门那边是五道口，有各种各样好吃的小店，也有人气。西苑这边就显得荒凉，虽然离得并不远，但我们并不经常来这边。"

咖啡苦涩，从她干燥的嘴唇进入，流入她的咽喉。一股躁然的冲动从她的身体中涌上来，苏昔很想站起身来，去问问店员，问问旁边坐着的一对年轻人，问问外面街上路过的行人。

你们知道这儿曾经是日本人建的西苑集中营吗？你们知道这儿曾经是屠戮中国人的万人坑吗？

但这种问答，只是苏昔脑海中的幻想，在她的脑壳中冲撞出空旷的回声。她未问出口的问题，其实早已经有了答案。在这片土地上活动着的大多数人，对六七十年前这里曾经发生的种种惨绝人寰的暴行，不再知晓。

京城发展扩张的速度真是惊人，也许不到两三年，这儿将成为更为繁华昌盛的商业区，寸土寸金，车如流水马如游龙，曾经的一切都会被掩盖，昔年的痕迹会更加荡然无存。

我们走得太快，遗忘得太快。

在咖啡店休息好，走出店门，门前有一条街叫同庆街，两个人一直沿着这条街往前走，这时候天已经完全黑下来，街边的仿古路灯亮起来。和颐和园隔着一条街的另一边，是一片新建成的住宅区。走到尽头处，是颐和园南门，两个人又折回来，迟羽打车送苏昔回家。冷风猎猎地刮着她的脸。

3

再来西苑，是半个月后的事。

苏昔带齐了身份证、记者证等各类证件，来到门口站岗的守卫面前，拿出来给他看了。没想到守卫竟挥手让她进去了。这侥幸的轻易反而让苏昔觉得有点出乎意料。

院子很大，一排一排的，都是新近几年建的楼房。以前集中营时候的建筑，前几年也都拆尽了。院子的花园里种了冬青树，修建得极为规整。跟任何一个普通的大院没有什么两样。

苏昔一路走着，最后总算在院子的一个角落里，找到了关于这个院子过往的一些痕迹。那是一块用黑色铁栅栏圈起来的尖削的石碑，上面密密麻麻地刻了字。字上不知什么颜色的漆痕已经在风吹雨淋后看不出痕迹，只剩凹进去的字迹凹槽，与石碑本身的颜色白茫茫地连成一片，需要认真分辨才能够辨认得出来。

小小的纪念碑，就在某一户人家的窗外。窗子外的晾衣架上，挂着日常的衣衫，在风里轻轻晃动着。这一个地方曾经牵扯着多少个人、多少个家庭的悲欢离合。而他们以一种那么日常的方式，慢慢地抚平曾经的伤痕。

有遛狗的中年人从旁边走过，有点诧异地、远远站着看着苏昔，问："你到这里来干吗呢？"苏昔说："就是过来看看这个石碑。"中年人说："你可以打开锁进去看。"围栏上挂的一把生锈的锁原来并没有锁上。苏昔打开围栏门，进到里面去，石碑周围都是枯草和被雨水沤烂的落叶，苏昔仔细看下来，只觉得一股森森然的寒气浸向全身。

石碑上写的是：

侵华日军西苑兵营遗址石碑：

1937年侵华日军"北平西苑一四一七宪兵司令部更生队"驻扎此地。日军在此关押抗日干部、中国士兵及劳工两万六千余人，并以电刑、火烫、活埋、细菌实验等手段残害中国人。现在西苑百货商场以北，曾是当年埋葬被残害中国人的"万人坑"。该遗址是日军侵华战争的罪证。

现在自己双脚所站立的地方，底下埋葬的原来都是中国人的累累白骨。

苏昔把脸埋到手掌里，稳了稳情绪。从随身的背包里取出相机，在附近变换着角度拍了几组照片。院子里有高高矗立的白桦树，如铁丝网般的黑色粗硬枝杈把灰蒙蒙的天空切成了凌乱的几何图形。枝干上未落尽的几片干枯叶子，在冬日的冷冽空气里刷啦啦地响，落在耳中、眼里，一片苍凉的寥落。

楚忆城曾在这里，但苏昔找不到她。

苏昔对这个她从未谋面的叫楚忆城的少女，有着至深的感情。难道是因为隔着这么多年，她们相貌上的微妙相似？苏昔说不清楚。

她只是无法把那些惨绝人寰的苦难、侮辱附加到楚忆城身上去。接下来的那段时间，苏昔陷入抑郁的情绪中不能自拔。战争之中，人性被逼视出来的阴暗触目惊心，令她感到彻骨的失望。

在这个探寻的过程中，苏昔亦越来越发现自己与楚忆城的叠合，也许是楚忆城身上未死的部分，在她身上继续生长和绵延下去。

涕泪流出来，苏昔无数次停下敲击键盘的手，掩面失声痛哭。

苏昔知道她所追寻之事其中的血肉淋漓、不忍卒睹。但是枉死的人这么多，总需要还原一个真相。那一段历史，离苏昔这一代人，本已是遥遥得远。但是通过宋天泽，她觉出了她与这段历史贴身的亲近。这段历史原来一直在那里，是烙在她身体上的疤。六七十年前发生的种种太触目惊心。苏昔知道，不管如何，她写出来的，永远也是最轻微的一部分。

她把自己调查得来的情况随时说给天泽听。但有的事情她也选择不说，在天泽面前，她似乎也变成了一个有"秘密"的人。

第十三章

少女被囚禁在照片里

血液之岸涌开来接纳我们
像露水一般我们沉入爱里
但时间的阴影仍如疑问般悬于
我们的秘密之上。

——奈莉·萨克丝 《未降生者的合唱》

1

12 月时，迟羽约苏昔去潘家园旧货市场闲逛，也是想借这个机会让她散散心，驱逐一下许久以来郁结在心中的压抑沉闷。

旧货市场是一幅熙熙攘攘的景象，摆满了一个个卖古玩字画的小摊子。苏昔随着人流往前走着，在各种古玩字画里面，挑拣着自己感兴趣的小玩意。或是几枚生满绿色锈迹的铜钱，一截残破的玉如意，或是一把描画着精致图案的鼻烟壶，一支老银雕花发簪……一段段残缺没落的旧年时光。

走走看看的，不觉两三个小时已经过去。苏昔走得两腿有些酸疼，便有了回家的打算。在转角的摊子上，却又瞄到一本旧影集，这本影集和一堆古旧残破的线装书堆在一起，蜷缩在不起眼的角落里，封面和边角都磨损得厉害，无来由地拽住了她的目光。她跟迟羽说："等一等，我想看看这个。"说着停下脚步，在摊子前蹲下身去，伸手拿起那个老旧影集来，小心翼翼地把它扑落干净，空气里一时漾满了沸沸扬扬的灰尘。

苏昔蹲伏在那里，把相册放在膝盖上，翻开影集的封面，伸出手指来触了一下封在透明塑膜纸后面的照片。她的指尖似乎感受到了彼时阳光的温热，神思飘飘摇摇地，便被牵扯着走了好远。

影集的主人已经无从考证，厚厚的纸板封面早已被磨得发白老旧，边角处都磨起了毛。应该是经过无数次的辗转，才到了这个古玩摊子上。午后的日光下，苏昔一张照片一张照片地翻看下去。时间在以毫不令人察觉的方式偷偷地溜走。

湮灭于时光中的北平古城一点点地浮现在苏昔眼前。

灰黑色的古城墙脚下，暄暄腾腾的黄土路上，拉骆驼的人一队一队地走过去，熙熙攘攘的老北平集市中，似乎可以听见小贩吆喝的叫卖声。

看着看着，苏昔感觉自己也走了进去，重新走进老北京城墙下的日光中，那泼洒的日光令她的皮肤感到了温热。日影飞去，浮世悠远。

站在苏昔身边的迟羽，看着苏昔手中的相册，也看着她，她脸上的表情是完全沉浸其中的，眼神随着照片移动，嘴唇微微地张开着，似乎身边这个喧喧嚷嚷的世界与她再无关联。迟羽想，苏昔打动他的就是这种痴迷吧。

翻到相册的第十多页，映入眼帘的是两张标示为1938年的照片。苏昔差点就顺着翻页的惯性翻到了下一页去，就当它是这里面最平淡无奇的一组人物照片。

然而照片上那个少女的目光阻止了苏昔。

第一张照片是几个日本军官的合影。他们站在某处建筑前的空地上，腰中配剑，围成一个半圆形的圈，看起来交谈甚欢。

另一张，是上一幅照片中的一个日本中尉，与一个女人的合影。

站在日本中尉身边的，是一个穿白底碎花长旗袍的中国少女。矮个子日军中尉大概是为了让自己显得高大，特意站高了一个台阶，健壮粗短的两只手捏住少女单薄的肩膀。少女身材修长，双臂交叉着，紧紧地抱着自己的手臂，是惊恐防御的姿态。两边脸颊上还有两朵婴儿肥，目光天真纯洁如一只小动物。

而且两张照片的背景是同一个地方：二层的灰色砖瓦建筑，后面隐约可以看出院落边缘的一截围墙和上面架的铁丝网。

正蹲伏在那里的苏昔猛地转过身来，差点撞到迟羽，她也顾不得了，把照片放到迟羽面前，急切地说："你看这儿是不是和哪里有些像？"

背景中的二层砖瓦建筑，跟苏昔以前在资料中看过的西苑集中营上世纪三四十年代的影像颇为相似。

那天的阳光亮烈刺眼，普照罪孽。

迟羽有些蒙，看到照片背景中远处围墙上高高的铁丝网，问："是西苑？"

苏昔看着他，点点头："很有可能。"

苏昔眼睛久久地停留在这张照片上，她一时搞不清楚拍下这张照片的具体缘由是什么。那个中国少女，纯澈眼神中盛满的隐忍和倔强，隔着相机的镜头，隔着七十年的时光，依然撼动了站在 2007 年的北京街头的两个年轻人。

小摊的老板娘略显嘶哑的声音把苏昔从呆怔中拽了回来，她斜着眼睛问："姑娘，你在这儿看了好久了，到底买还是不买呀？"

迟羽先回过神来，问："最实惠多少钱？"

老板娘伸出三个指头来，说："没 3000 块你拿不下来。"

迟羽知道这是惯有的诈人的招数，两个人跟摊主讨价还价了好一会儿，才最终以 500 块钱的价钱把旧相册拿下来。

楚忆城被日本人掳掠去之后，苏昔还一直在猜测，可能如美琪所说的被囚禁在西苑集中营，也不排除囚禁于位于西单的慰安所星和馆，或者北平的其他慰安所的可能性。

现在看来——若照片中的少女便是忆城的话——那她被关押于西苑集中营，这是无疑的了。而且，西苑离楚忆城最终被日军掳掠走的圆明园非常近，只有几百米的距离。

接下来的半个月里，苏昔不上班的时间，都泡在国家图书馆查阅当时的史料和档案。她在一排排的书架间来回走着，眼睛扫过一本本书的书脊。关于北平沦陷时西苑集中营的情况，能够查阅的资料很少。

这时她抽到一本有关慰安妇的书籍，看起来像是上世纪 80 年代出版的，书页已经泛黄。她打开来一页一页翻看着，在一张张惨绝人寰的黑白照片间，苏昔看到了这样一条记载"日本兵强暴女性后，强迫其拍照留念"。

他们要令耻辱永久地延续下去。

2

从国家图书馆出来，晚上回到家，苏昔又找出那张照片，拧亮台灯，在灯光下细看。照片中的少女清澈天真的目光，令旁边日本士兵野兽般的狞笑更加恐怖，苏昔在深夜里发起抖来。

苏昔紧紧咬住自己的嘴唇，这至深的痛感穿过重重岁月的烟尘，刺痛了自己。这已并非是虚幻的心理上的不适，而是实实在在的尖锐的生理痛感。

苏昔与照片中的少女目光交接，她试图以这个女孩的眼睛为通道，去洞察她的内心。被囚禁在照片中的少女，会喃喃地向你诉说她的遭遇。

苏昔想起来，相遇之初，天泽曾经对她说，你和楚忆城长得很像。苏昔心里不由地想，那她和忆城该是冥冥中的某种缘分。

苏昔无由地相信，照片中的少女就是楚忆城。

楚忆城仍旧活着，但被囚禁在这张照片里，走不出来。她依旧在睁着无辜的眼睛，向每一个看到这张照片的人求助。

楚忆城的相貌在苏昔眼前慢慢地清晰起来。

一百个沦落的少女，她们的面孔在苏昔面前聚合成了一个楚忆城。

周末时，苏昔回北大看大学时的老师。文学院青砖院落的墙上攀援着盛放的紫藤花串。门前的绿草坪上聚坐着三三两两的年轻人，抱着吉他的长发男生用手指弹拨着琴弦，旁边盘腿坐着的几个穿 T 恤牛仔裤的男生女生正跟着旋律哼唱，一两句歌词随风传到苏昔耳朵里来：

> 没有什么能够阻挡
> 你对自由的向往
> 天马行空的生涯
> 你的心了无牵挂
> ……

她停住脚步，看着他们，一个恍神的瞬间，眼前的画面褪成了泛黄的黑白画面，唱着《蓝莲花》的年轻人，成了70年前的天泽、忆城和美琪，他们正在全神投入地排演着晚上马上要上演的话剧《家》。

苏昔认出来穿长衫的清治扮演的是大哥觉新。穿黑色学生制服的天泽扮演的是三弟觉慧。美琪扮演的梅表姐，本来舒朗的眉宇间却萦回着一股哀愁，梳着大辫子的忆城扮演鸣凤。

一幕终了，周围围绕着的戏剧社成员纷纷鼓掌。天泽跟清治击一下掌，双手叠放，其他人也纷纷把手叠上去，大声欢呼："今晚演出一战告捷！"

......

黑白的画面又慢慢还原成眼前绿草地上的吉他少年，随着苏昔走远，他们的歌声在微风里也渐渐飘渺起来：

穿过幽暗的岁月

也曾感到彷徨

当你低头的瞬间

才发觉脚下的路

......

苏昔从北大西门出来，沿颐和园路往北走了一段，走到一个小路口处，对面是101中学，站在车水马龙的路口处，她看到年轻的少女楚忆城从燕京大学西门石狮子守卫的大红门里走出来，在这个路口处拐弯，急匆匆地往前赶着。

忆城进了圆明园，沿着她平时跟宋天泽散步的小路一直往前走去，途经石舫遗迹，走至接秀山房附近。福海边村落里的农舍，此时已经几乎看不到人。湖边草丛里生着一棵棵高大的桑葚树，紫红的桑葚落在地上，被踩成了一片稀烂的暗红色果浆。

她抱着一点侥幸的想法，在如此熟悉又荒凉的地方，不会碰见日本人。村落间，横陈着猫狗的尸体。她转身看到一具黑狗的尸体，楚忆城就是那个时刻尖叫起来的。

而此时，隔着浅塘里一片丛生的荷叶荷花，一队喝得醉醺醺的日本兵正在往这边走过来。拿着从村镇农户那里掳掠来的物品。看到眼前惊慌的少女，他们眼睛亮了一下，随即左右对视一下，脸上荡漾开心照不宣的笑容。

少佐向前，扯开她上衣的扣子。那繁复的布制中式盘花扣太复杂，他不耐烦地一把扯下去。他的靴子踩压住忆城挣扎的两条腿。

某一个时刻，是撕心裂肺的疼痛。之后她的意识似乎是空白的，格外清晰地闻到黄色菖蒲花盛开的气息，听到风掠过芦苇的声音和远处隐隐的炮声。

忆城感觉自己被撕扯、碾碎，捣烂成地面上一片紫红色的桑葚的碎泥，再也收拾不起来。绵软的身体被悬空举起。她想挣扎，但已经没有一点力气。

坐在福海边的苏昔看着七十年前的场景，只觉得全身冰凉。她转过身，看到旁边不远处，菖蒲与芒草丛中，另一个少女惊惶的眼睛。17岁的美琪刚刚目睹了她生平见过的最残暴的场景，她失魂落魄地起身，目光散乱、在没膝的深草间跌跌撞撞地跑着，不断地跌倒，又爬起来。下一个时刻，她将要向宋天泽和萧清治描述她刚才所见到的场景，也开始走向她一生的命运。

苏昔站起身，往西南方向走去，她看到被扛在日军士兵肩膀上的少女忆城，她头发散乱，鼻青脸肿，鼻子边的淤血已经干结。旗袍的前襟被扯开，刺眼的白色肌肤露在外面。她无力垂下的手臂，随着士兵走动的脚步，在无着落地晃着。

他们绕过福海，经过"九州清晏"荒凉的地基，走过"风雨长廊"遗址，往西苑的方向一路走去。

楚忆城再次醒来时，就是在一个黑暗的小房间里。一张床，床头的小桌上放着一个盛着水的搪瓷脸盆，边沿上搭着一条毛巾。四周，不知从何处弥漫来的腥膻气息。忆城把脸伏下，止不住地干呕起来。

那个日军少佐几乎每天都来，后来还有其他人。

她是过了很长时间，才知道自己身处于一个集中营。集中营在一个很大的院落里，有一幢两层楼房，也有平房。这里关着各式各样的人，有抗日军队的俘虏，也有不知道什么原因被抓进来的平民。四周围是高高的围墙和好几层通了高压电的铁丝网，下面是挖得很深的沟渠。铁丝网外就是日军的兵营。兵营周围，又是一重密不透风的围墙和电网。一重一重铁丝网的上方，白桦树的叶子在北方的秋天里刷拉拉地响着。

外面不远处，就是忆城曾经熟悉的校园、圆明园、颐和园，但是她出不去。跨越不了这道墙。咫尺天涯，这一重围墙和电网，隔断了她从此截然不同的两重人生。

之后的一段日子，日本人在外疯狂地抓丁，西苑集中营中不断有尸体抬出去，而又不断有新的人补进来。苏昔知道他们中的很多人，被征去做苦劳力。他们中的很多人漂洋过海，去了北海道的煤矿，在暗无天日的矿井下如兽类一般地存活着，最终客死异乡，尸体上满是煤斑。

第十四章 百花深处

访旧半为鬼，
惊呼热中肠。
——杜甫《赠卫八处士》

1

接近农历年底的时候，苏昔回到南方老家过春节。

迟羽执意开车送她去火车站，苏昔坐在副驾的位置上，脸上满是疲惫的神色，眉头总是不自觉地微皱着。

迟羽看她一眼，说："我知道你一直在挂念那件事，可是别因为这让自己天天闷闷不乐的。"

苏昔低着头，半张脸都快埋到围巾里去了，她说："别人不明白我做的事情，可你怎么也不理解我。"

迟羽说："我只是希望你快乐。"

一路上没再有话，沉默的气氛有点尴尬。

到了检票口，迟羽把箱子递给苏昔，说："你回家好好过年，这事我会帮你打听着。"

苏昔接过箱子，看着他，说："谢谢你，迟羽。"眼睛有点热。

迟羽拍拍她的肩膀："快上车吧，要不就晚点了。"

大年初二，苏昔正在一大帮亲戚的聚会上迎接着一番又一番关于何时结婚何时生子的盘问。这时电话响了，来电显示是迟羽。她走到阳台上去，按了接听键，迟羽的声音隔着话筒还是难掩兴奋："告诉你一个天大的好消息，你做好准备。你走后我托了好多朋友打听那件事，这不刚接到一个发小的电话，他舅舅是西城区一片老胡同的片警，说是他那块就住着一个西苑集中营的幸存者。"

"幸存者？幸存者！是个什么样的人？"

"好像是个老太太。现在住在护国寺附近一条叫百花深处的胡同里。"

"这个老太太会不会就是楚忆城，从集中营出来后隐姓埋名在此生活？"

"倒也不排除这种可能性。"

苏昔的心在突突地跳着，为这种可能性而兴奋着，在身后一片噼里啪啦的新年爆竹声里，说："我明天就回北京。"她挂了电话，当下就订了第二天回京的火车票。这个答案她找寻了太久，现在离真相如此接近。她一刻都等不得了。

回到北京，大年初三那天，她打电话给宋天泽，说："明天我要去见一个西苑集中营的幸存者。"

电话那头沉默了很久，过了好一会儿，天泽说："知道了，从家里刚回来好好歇歇。"说完就挂了电话。

农历大年初四。

西城区新街口熙熙攘攘的大街上，苏昔和迟羽两个人并排走着。

街两边密布着一家家老字号店铺和乐器店。护国寺小吃街上，春节的庙会还没有散。年糕、灌肠、煮羊霜肠、扒糕、凉粉、爆肚、茶汤等各色京味小吃在食摊上应有尽有，空气里还残留着春节的味道。迟羽问她："要不要吃点什么？"苏昔摇摇头，此时所有这些热闹她都无暇顾及，她只顾一边走路，一边低头想着自己的事情。

她把昨天给宋天泽打电话的事情告诉了迟羽。迟羽说："这事你不该告诉宋爷爷，你让他现在有所期待，可最后根本可能就是空欢喜一场。"

迟羽直来直去的话，让苏昔脸上有些挂不住。但也有些后悔自己做得太草率，谁知道天泽的心脏还能不能受得住这样一番折腾？

她的心现在正悬悬地吊在那里，猜测着将要看到的人的身份和样貌，她甚至在眼前勾勒出了一幅宋天泽与楚忆城一对白发情侣偎依在一起的夕阳晚景图，那简直美好得令人落泪。想至此处，她脚下的步子也不由得加快起来。

百花深处是繁华街道边，岔出去的一条狭窄悠长的胡同。走过胡同口的时候，两个人因为疏忽而错过了，走过了一大段，不得不又折返回来。

胡同口的青砖墙上，有一个写有"百花深处"的红色金属牌，地面上凌乱散布着红色的爆竹屑，苏昔抬脚走进去，一面抬眼四处打量着，这条胡同曲曲绕绕的，两边都是有些老旧破落的民居，跟北京的其他老胡同并没有什么两样。

按照之前记下来的门牌号码，他们在一处民居前停下了脚步。"应该就是这里没错了。"迟羽一边说着，一边走上前举手敲了敲漆成绿色的铁门。

里面一个苍老的声音应着："来了。"

在等待开门的这段时间里，苏昔的心一直都悬在那里，没有着落，却又掺杂着紧张与兴奋。迟羽回身，轻轻地握了一下她的手。那一握让她的心静定了一些。

一会儿，他们听到脚步声在院子里响起来。门开了，一个八九十岁的老太太出现在苏昔面前。她上身穿着一件咖啡色的羊绒开衫，下身是宽松的藏蓝色珊瑚绒家居裤，灰白色的头发剪至半长，清爽地捋到耳后去。

老妇人脸上细密的皱纹间，有一道粗长的红色疤痕，从嘴角一直延伸至耳根，乍看起来有些骇人。她走起路来似乎也有些不灵便，手里一直拄着一根红木龙头拐杖，整个身体的重量便倾在拐杖上面。

迟羽和苏昔跟她问了好。苏昔的眼睛一直没离开过她，她努力地想要在眼前老妇衰老残破的脸上，找到一丝楚忆城的影子。

老太太对苏昔笑一笑，说："你就是李警察介绍过来的小姑娘吧？进来坐。"

两个人跟在老妇人身后，一路缓缓地走过庭院，苏昔心中到底还留存着一丝希望，忍不住又问了一句："您老一直都叫黄秋兰，以前没用过别的名字吗？"

黄秋兰拄着拐杖一直往前走着，说："很多和我有着一样经历的女人都隐姓埋名地活下去。可是我不改。"语气里都是倔强。

黄秋兰已经被严重毁容，身体也留下了残疾。她当时是二十九军的战地女护士，被抓进集中营之后，自己怀着的孩子被打掉了，从此她一生不能生育。从集中营出来后，40岁时收养了一个女婴，一辈子也没嫁人，晚年只跟养女相依为命。

"我刚被抓进去时，已经怀了七个月的身孕。刚开始性子烈，挣扎着不从，几个日本兵就拿铁链子，把我绑在床上，我又用牙齿去咬。他们用穿了皮靴的脚使劲揣我的肚子。"

黄秋兰停顿了一下，艰难地说下去："我流了很多血，娃娃也顺着流出来了，手脚都已经看出形状来了。"

黄秋兰一边说着这些，浑浊的眼睛里满满的都是痛楚。她哀伤而充满怜爱地打量着那个她一不小心丢失在荒烟蔓草间的孩子。

黄秋兰一边给苏昔和迟羽让着座，一边去泡了一壶菊花茶端上来。

她泡茶的间隙，苏昔打量着这间屋子。一个立柜、一张桌子和几把椅子，很朴素清简的老年人的生活。她抿了一口茶，缓缓地开了口，说："我过来，是想跟您打听一个人。"

"1938年，在西苑集中营的时候——"苏昔顿了一下，抬头去看黄秋兰的表情，她知道自己是在残忍地揭她的疮疤。

黄秋兰端端地坐在椅子上，眼睛专注地直视着苏昔，在努力保持着镇定。

苏昔咽下一口唾液，继续说下去："您有没有听说一个叫楚忆城的女孩子？"

黄秋兰微眯起眼睛，她正在从自己混茫的记忆海滩上打捞一个丢失的美丽贝壳，良久，她开口说："我记得楚忆城。"

她顿了顿，又继续说下去："楚忆城是当年住在我隔壁囚室的姐妹。我们两个人很要好。"

苏昔从随身背包里拿出那张在潘家园偶然发现的照片，递到黄秋兰面前，试探着问："您看是照片上这个女孩吗？"

黄秋兰从身侧的茶几上拿起自己的老花镜戴上，捧着照片对着阳光仔细端详着。

苏昔看着她脸上的表情，从平静慢慢变得激动起来："是她啊。她总喜欢穿这件碎花旗袍，剪这样的齐刘海。我都成老太太了，她还这么年轻。"可刹那间，她脸上重晤故人的惊喜，又转为了惊惧和愤怒，她的嘴角微微抽搐着，牵动着脸上的皱纹和伤疤也在颤动，她指着搭在忆城肩膀上的那只手，和站在她身后台阶上穿军装的人："就是这个禽兽害死了忆城！他不是人！"

2

通过黄秋兰的口述，苏昔知晓了忆城此后两年的生活情状。

"我记得忆城那时候大约是十七八岁的年纪，被糟蹋时，咬了一个日军中尉。他们把她绑到集中营场院当中的柱子上。又把营中的人全都叫出来，当着所有人的面，切开她的肚子，把里面的子宫掏了出来。"

黄秋兰哽咽了许久，努力平静着自己的情绪，过了一会儿，才又继续说下去："只有小小的那么一点，他们把它血淋淋地撑开，套到忆城的头上。他们说，这叫'从哪里来，到哪里去'，以后谁再不听话，就是这个下场。忆城就在大太阳底下，被活活憋死了。"

接着黄秋兰的声音低沉下去："我从囚室的窗子偷偷地往外看，半夜里就过去了几个人，把她从柱子上解下来，用席子卷起来，抬出去了。大概是又扔到了万人坑里，或者是被狼狗撕扯着吃掉了。这边被杀死被折磨死了的人，都往那边扔。"

黄秋兰坐在那儿，双手叠放在红木拐杖的龙头上，一边追忆着当年的场景，唇角就忍不住颤抖着扯动起来，面颊上那条红色的疮疤也随之颤颤地牵动着。

苏昔凝神听她讲述着，只觉得一种无形却又切实的疼痛袭中了她，她放在腿上的手下意识地摸了摸自己的腹部，只感觉自己的身体发软般虚脱，身体一歪差点从椅子上跌下去。

　　坐在旁边的迟羽俯身伸手扶住苏昔，问："苏昔，你没事吧？"虽然此时他内心的震惊一点都不亚于苏昔。

　　苏昔苍白着一张脸，跟迟羽摆一摆手，说："我没事。"

　　黄秋兰坐回身去，用袖子擦一擦眼睛，叹一口气，说："忆城真是一个傻姑娘，我记得，她到死也还在等她的未婚夫来救她出去。"

　　苏昔说："她的未婚夫宋先生，也一直在找她。找了她六十多年了。我今天就是替他来的。"

　　苏昔强撑着把这一番话说完，似乎总算给了苦等的忆城一个交代。

　　黄秋兰想起什么来似的，说："你们等等。"就转身进了里屋，过会儿出来，手里拿着一个小布袋装着的东西，是一个系着丝线的子弹壳。黄秋兰把它交到苏昔手里，说："这是忆城去之前留下的小物件，看她平时珍视得很。我后来出来时就带出来了。也算是留个念想。现在交给该给的人吧。忆城心里也会踏实些。"

　　两个人告别黄秋兰，出门来。这时正赶上黄秋兰的养女从外面买菜回来，看到两个人，脸上的神色就有些不对，转身冲黄秋兰嚷："妈，你今天又说什么了！"又转而对苏昔和迟羽冷冰冰地说道："以后请你们不要再来了。这些陈芝麻烂谷子的又不是什么光彩的事。我们也不想让别人知道，我跟我妈就想平平静静地过日子。"

　　苏昔一时有些气结，怔在那里。

迟羽正色道："我们会尊重您的意见。但我也想跟您说明白，黄奶奶所经历的事情，所受到的伤害，应该得到正视。您不应该把它视为奶奶的过错和不可示人的耻辱。"

说完一番话，迟羽揽起苏昔的肩膀，转身离去，走在静寂无人的百花深处胡同里，并行了很久，始终沉默无话。

良久，迟羽开口说："这后面的事情，我从来没想到这么可怕。你这段时间来，一个人承受的东西太多了。"

苏昔"哇"的一声哭出来，整个人终于支撑不住了。迟羽揽过苏昔，慢慢地轻抚着她的肩背，紧紧地攥起她冰凉的手。她几乎瘫倒在迟羽怀里，身体剧烈地发着抖，哭到五官都皱缩到一起，满脸都是鼻涕眼泪。几个月以来，这是她第一次这么坦露自己的情绪。

现在，终于有一个人，可以理解和分担她在探寻的事情。从这半年的陈年旧事、命运翻覆里，苏昔最深的体会也不过是，惜取眼前人。

她抬头问迟羽："忆城的结局，我要不要告诉天泽？"

迟羽沉吟了一下，说："还是暂时别告诉他了。"

苏昔泪痕未干的脸上都是为难的神色："他一辈子都在寻找这个答案。现在我知道了，却对他隐瞒。那面对他，我就是不诚实的，我心里过不去这个坎儿。"

迟羽说："有些事，不知道要比知道好受些。"他往日总是嬉笑的脸上此时显现出一些少见的深沉。

苏昔说："我想再去西苑看看。"

迟羽点点头。

晚上，迟羽开车带她去西苑。两个人在车里坐了好久，听着白杨树的叶子在头顶上刷啦啦地响着。迟羽说："古人说'白杨多悲风，萧萧愁杀人'，现在听来果然都是萧瑟的。"

有好长一段时间，两个人只是沉在车厢的黑暗里，沉默不语。车窗外寒冷荒僻的街道上，昏黄路灯下，偶或有一两个行人，在寒风中裹着厚厚的衣服匆匆走过。

苏昔想起相遇之初，宋天泽说的话。他说总以为苏昔与忆城之间有某种关联。苏昔开了口，自顾自地只管说着，像是说给迟羽听，又像是说给隔了一道围墙，隔了一个时空的忆城听："在那次画展上，宋爷爷也在恍惚间把我错认为年轻的忆城，才找到我的。也许冥冥中早就注定，该由我去寻找这个秘密，替被幽禁受尽屈辱的楚忆城发出声音。"

第十五章　黄昏的玛格丽特

他写着当黄昏降临到德国，
你的金色头发呀？玛格丽特。

——保罗·策兰《死亡赋格》

1

苏昔在一个冬夜见到楚忆城，那时候天将明未明。

苏昔站在一团湿冷的黑暗中，听到声音从自己的喉咙里溜出来，她问："你是楚忆城吗？"

对面床上的女孩往墙角缩了缩身体，点一点头。黑暗中，苏昔看不太清楚她的脸。只看到她穿的一件阴丹士林上衣上满是斑斑的黑紫色血痕。

苏昔的眼睛渐渐适应了室内的黑暗，她转身打量了一下周围。这是一个黑暗潮湿、弥漫着腥气的狭小房间。暗影中显现出一张床、一张书桌、一把椅子的轮廓。靠近床尾的地方放着一个木制马桶。

蜷缩在床上的楚忆城，原先光润的脸颊此时显得无比枯瘦，于是一双眼睛显得越发得大。她便是在这儿挨过无数个暗夜，无望地看着窗户的铁栅栏外面被切成一条一条的青蓝色天空。

苏昔挪动着步子，在床沿上坐下来，她看着忆城，向她伸出手去，说："别怕。"对面的少女犹疑了好一会儿，才伸出手来，把手递给她。苏昔握住楚忆城的手，她的手细细软软的，但是凉得像冰。

苏昔握着忆城的双手，揉搓着，帮她暖手。揉搓间，苏昔不经意撩开了忆城的袖管，她的肌肤在月光下散发出瓷白的色泽，然而上面爬满了一条条蜿蜒的蜈蚣。那是青紫的鞭痕与烟头烧烫的痕迹。

苏昔哆嗦了一下，她感觉自己手臂上的肌肤似乎也被滚烫的燃烧的烟头烧烫着。苏昔伸出手来小心翼翼地用指尖触摸着忆城的手腕，问："疼吗？"

忆城抬起头来看着苏昔，唇角弯出一个虚弱的笑容，点一点头，又摇摇头。这时候，她注意到忆城裸露在裤管外的小腿上，也散布着一块一块的淤青。

隔着薄薄的一层墙板，隔壁传来令人难堪的声音，女人低低的呜咽声，丧心病狂的兽类般的嘶叫和咒骂。苏昔和忆城呆呆地怔在那儿，侧耳听着隔壁的每一丝细微的声响。

她们讲话的声音本来就很小，因怕被人听到。现在又更把声音低低地压下来。

忆城低下头去，在想着什么，两鬓的发丝垂下来，遮住了她的脸颊。过了一会儿，她猛地抬起头来，眼睛看着苏昔，说："你从外边来，你有没有听到过有关宋天泽的消息？"

苏昔点点头。

忆城像是心头一块石头终于落了地似的，长长地松了一口气，说："我一直担心，他在战场上回不来。但我就是知道，天泽福气大，会没事的。"她顿了顿，又说："我得好好等着天泽来找我。天泽早晚总会来的，我不能让他找不到我。"

忆城说完这些话，想了想，解开自己上衣最顶端的纽扣，显露出雪白脖颈上的一圈红丝线。她伸手从内衣的里侧拿出一个小小的、被这条红丝线所系着的东西。

苏昔借着由小窗透进来的一点月光打量着，忆城脖子上系的子弹壳，在月光下泛出金属的古铜色光泽。

忆城说："这是天泽打磨好，送给我的护身符。"

苏昔伸手托起那个小小的弹壳，顶端那个细细的"忆"字，已因为忆城一次次的抚摸而近乎看不清。

忆城接着说下去："天泽跟我说，不管在什么时候，只要我拿出这个子弹壳来，念一声他的名字，他就会'刷'一声来到我面前。神奇吧？"

忆城说到这儿，便弯一弯干裂的唇角笑一下。她的嘴唇干起了皮，稍微笑得开一点，便有星星点点的血丝渗出来。

苏昔安静地听着忆城讲话，只是觉得想哭，她低着头，什么东西冲到她的眼睛里去，冲得她双眼发涩。

忆城对苏昔因陌生而造成的那一点阻隔，像冰一般慢慢地在苏昔的揉搓间化开来。女孩子间，总是不用费多少劲儿就可以变得熟络起来。

忆城似乎变得健谈起来，靠在苏昔的肩膀上，把她当成一个最好的姐妹，不住嘴地说着自己的心思。这就像夜晚时，寝室里熄了灯，舍监巡视过了，两个要好的小姐妹窝在蚊帐里叽叽喳喳地说悄悄话没什么两样。

苏昔问："你在这儿是不是受了很多折磨？"说出来才意识到自己问了一个多么蠢的问题。

忆城笑一下，说："我试着逃跑过一次，又被抓回来了。这集中营四周都是通了电的铁丝网。"

她说着往下拉了拉自己的衣领。她的脖颈下面，雪白的肌肤上，也都是一大片烟头烧烫的痕迹，灼疼了苏昔的眼睛。

忆城随即把纽扣扣好，苦笑一下："他们这是要杀一儆百。"

苏昔抱住忆城，忆城瘦得骨头都突出来，硌得人生疼，硌得苏昔的心也疼。苏昔抚着忆城蝴蝶骨突出的背部，想要说什么，却只是哽着声音说不出来。

忆城拍拍苏昔的肩背，反而安慰起苏昔来，说："我皮实着呢。每天看到从窗户缝隙里洒进来的阳光，一点一点地在墙壁上移动着。我就觉得，活着真是一件美好的事。"

苏昔抬起头来，看着忆城的眼睛。

忆城的眼睛弯弯的，对苏昔俏皮地笑一下，抿一抿嘴唇继续说下去："我还想做好多事情呢。还想和美琪去东安市场逛街，去北海划船，校园里的荷花也该开了。"

苏昔在一边安静地听着，不经意间看到忆城右手手掌靠近腕部的地方有什么东西，她挽起忆城右手的袖子来。一道赤红色的疤痕赫然在目，触目惊心。

忆城抽回手来，用袖子掩住疤痕，有点不好意思的样子，说："是不是像蜈蚣一样丑？"她顿了顿，又说："我试过自杀，觉得这样的生活再也忍受不住了，就把吃饭的碟子打碎，拿碎片割手腕上的动脉血管。"

忆城歪一歪唇角，继续说下去："可到底是没死成。流了一被窝的血，被第二天早上到房间里来巡视的日本士兵发现了。我活着还有作用，他们不想我死。"

忆城皱了皱小鼻子，又继续说下去："其实我一点都不想死。人生才刚刚开始呢，我还想好好看看这个世界。这个世界上还有那么多美好的东西，我还没见过。多遗憾。"

苏昔的身体微微地颤了一下，问："那段时间是不是很难熬？"

忆城点点头，声音细细软软的像个梦娃娃："我躺在这里，觉得魂魄一点点地从我的身体里流走了。我要在这腥甜的温暖里浮起来了。我看到了天泽的脸，看到他冲我笑，我伸伸手，却又够不到他。"

苏昔转头看到床边略微发黑的墙壁上，有一道道白色的划痕，密密地排了一大排。她靠过去，借着小窗透进来的月光，用指尖轻轻地触摸着，一边嘴里问着："这是？"

忆城也凑上去，两个人的脑袋便碰在了一起。忆城捂住自己的额头，跟苏昔相视笑一下，小鼻头都笑得皱了起来，她一边数着，一边说："我天天数日子，每过一天就用指甲在墙壁上划一道痕迹。今天我一共划了有 301 道了。"

忆城皱一皱眉头，继续担忧地说下去："大学二年级的课程现在大概都快上完了。我在这里耽误了这么长时间，以后不知道要费多少劲儿才能补上呢。"

2

苏昔问："这里就你一个人吗？有没有人陪你说话？"

忆城又点点头："隔壁的姐姐叫黄秋兰，是被俘的女兵，对我很好。夜里没人的时候，我们两个就敲着墙壁悄悄说话。她比我大三岁，是战地护士。"

苏昔看了一眼两个房间之间薄薄的墙壁，说："刚才我听到隔壁有声音。"

忆城皱一皱眉头，神情变得痛苦起来，说："那群野兽夜里也要往死里折腾人。"接着就是一阵沉默。

苏昔找了另一个话头，从这个话题上转开去。她开口问忆城："你那天早上为什么会一个人跑到福海去？"

忆城皱皱眉头想一下，说："那天西苑这边扔下了炸弹，轰轰地响了有几十声。我躺在寝室的床上揪了一夜的心，一夜也都没睡着，好不容易等到天亮，我就穿衣出门，到旁边圆明园里我和天泽常去的福海旁边。那是我们约定的老地方。我想，没准，天泽从前线撤下来，就会到那里去。"

接着又说："我在那儿待了好一会儿。后来美琪过来了，远远地喊我。我刚想应声，便看到了这些日本兵。"忆城顿了顿，说："不知道美琪有没有事。"

"她没事。"苏昔帮忆城把发丝捋到耳后去，无意识地叹了一口气。

忆城转过头来，看着苏昔的侧脸，说："你不要为我难过。"顿了顿，又说："我也不想天泽为我难过。"

苏昔转头好好地打量着忆城，跟她看到的照片里相比，现在忆城清减不少，两颊的婴儿肥已经褪去，露出尖尖的下巴来。嘴唇和脸颊都是苍苍的，没有血色。

苏昔说："我给你画一画嘴唇吧。"

忆城乖乖地点点头，闭上眼睛，她长长的眼睫毛颤颤地动着，像纤细蝴蝶的触角。好像你一不小心弄出大一点的声响来，都会把这只纤敏的蝴蝶给惊动了。

苏昔从口袋里掏出一支随身带的唇膏来，一点点地描画着忆城的嘴唇。干涸的花朵一点点地变得饱满莹润起来。

苏昔看着忆城的脸，便有些看呆了。忆城的神色间，是一种处子般的安宁，又有一种不为世俗所沾染的纯净气息。自然而然的，会让你觉得，哪怕对她生出任何一点不好的想法，都是玷污和亵渎呢。

苏昔真怕惊动了她，又怕一不小心打碎了这个瓷娃娃样的女孩子。

忆城闭着眼睛说："刚被关到这儿来的时候，我晚上总是怕黑。怕得睡不着。我总觉得黑影里会有怪物藏着。后来我就闭着眼睛，想象着天泽就在我身边看着我。慢慢地就睡着了。"

桌子上有几朵干花，苏昔拿起来看了看，放在鼻子下嗅了嗅，有一点清淡的香气。忆城抿一抿涂了粉色唇膏的嘴唇，说："白天去院子里放风的时候，我在墙角的草丛里看到了几朵紫色小花，就偷偷地摘了来。"

她眯一眯眼睛，好像想起了什么好玩的事情似的，眼睛亮起来，说："天泽虽然是一个大男孩儿，但就喜欢摆弄这些花花草草的。他还说，等以后他要给我种一大院子花呢。嘿，他就真该去做个园丁。"

忆城的眼睛晶晶亮地闪动起来，说到兴奋处，就会像一只叽叽喳喳的小麻雀一样，变得话多起来："我再咬咬牙忍着，每天都把墙上划得道道再从头数一遍。我跟自己打赌，大概画到五百道的时候，我就能出去了。就能见到天泽，和天泽结婚。我还想给他生几个小孩，天天在花园里玩耍。天泽白天去上班，我就在家里给他洗白衬衣、煮饭、擦地板、照料花花草草，闲下来的时候就给他写诗。"

苏昔坐在一边安静地听着。忆城说完这段话后，沉默了下来，低下去头像是在想着什么心事。良久，她缓缓地开了口。

"我就后悔，自己最宝贵的，没有给天泽。都被——"她说到这个词，停顿了下来，这似乎于她是难于出口的，她犹疑了一瞬，从齿缝里蹦出那几个词来，"——糟蹋了。"

　　忆城低下头去，好像要掩饰着什么。借着月光，苏昔看到她眼底闪过一丝泪光。

　　"我现在总有很多事情想不明白，经历的这些事情都让我觉得困惑。我不明白这些日本兵，本来是和我们一样的人，为什么会变得跟野兽一样。

　　"他们拿人的命根本不当命，拿人做活靶子。

　　"这些都让我又恐惧又困惑。

　　"我想不明白这世界上为什么有这么多黑暗和肮脏的东西。这世界并不是如我所想的那样，只有花朵和月色。

　　"他们给人灌凉水和煤油，又杀人不眨眼，拿着活人做电刑、火烫、细菌实验，甚至直接活埋。每天半夜里，一声一声的惨叫声都在扯着我的神经。

　　"以前我总相信这个世界的美好，相信不管怎么样，人心的底子，都是善良柔软的。但人怎么可以变成这个样子，残忍得连魔鬼都不如。这一年，我是一点点地失去了对这个世界的信任。我感觉自己像已经老了五十岁一样。"

　　忆城一边说着，一边抱着自己的肩膀剧烈地颤抖起来。泪水从眼睛里涌出来。她抓住苏昔的手，声音哽咽着，断断续续地说着："那天我从墙壁的缝隙里偷看到，他们活生生地把秋兰姐姐踢流产了。他们用刺刀挑着娃娃，摔到这边墙壁上来。满床满地都是血。血都溅到这边墙壁上来了。"

忆城抱住自己的膝盖，把脸伏在膝盖上，几个音节哽在喉咙里，吐不出来，又咽不下去："我不知道自己还能不能坚持下去。"

她要哭出来，却又害怕发出声音，便把手塞到嘴边用牙齿紧紧地咬住手背。

苏昔转过脸去，用双手捂住了自己的脸。

苏昔说："你要好好的。"

忆城笑一笑，说："我死不了的，我还要留着命等天泽来找我呢。"

苏昔说："忆城，我要走了。"

在苏昔快走出门去的时候，忆城叫住了她。苏昔回过头去。忆城正安静地看着苏昔，她弯起唇角来对苏昔笑一下，说："如果你哪天见到天泽，请你告诉他，我一直在这里等他。"

3

苏昔在黑暗的房间中猛地睁开眼睛，从梦中惊醒过来。心脏还兀自在扑通扑通地惊悸跳动着。室内家具的暗影，在她蒙眬的睡眼中显出模糊的轮廓。

忆城的脸如一缕青烟渐渐消失于无形。苏昔徒劳地伸手想去拉她，然而一切皆泯灭于虚无中。

然而苏昔仍清晰地记得忆城的笑，如一朵灿然的向日葵花盘，在暗沉沉的背景里非常明亮。

第十六章
曲终人不见

曲终人不见，
江上数峰青。
——钱起《省试湘灵鼓瑟》

1

他看着自己走过夜晚时的街道，她在街边小楼的二楼，两只瘦骨嶙峋的手紧紧抓住生锈的窗户栏杆，眼睁睁地看着他走近，又走远，她绝望无助地张开嘴喊他的名字，但什么声音都发不出来，环绕在周围的空气是巨大的旋涡，吸收掉了周围的一切声音。

他听不到她的声音，虽然他们之间只有一步之遥。

宋天泽蓦然地从梦中惊醒，在黑暗中伸手摸一摸自己的眼睛，两手都是黏湿的泪水。

楚忆城在他心里，冲着他欢笑痛哭。楚忆城是他心头的一滴泪、一滴血。

她永远是他最后一次看到她时的样子，他为她一件一件穿上衣服，盖好被子，抚摸着她散开的发丝，亲了一下她光洁的额头。他走到旅馆的门口是七步，他走到门口，关门的时候回过头来看她，她的脸还是红红的，冲着他笑。

她说："我以后就是你的妻子了。"

这一幕，他反复摩挲打磨了六十年，夜夜梦回都是如此。他无数次地回忆起楚忆城的脸，在少女的娇羞里，他回味出了一点小妇人的沧桑况味。裹在被子里的楚忆城红脸冲着他笑，然后这甜蜜温馨的一切戛然而止，有时是面目狰狞的厉鬼猛地扑上来开始撕扯她，有时是瓢泼大雨积成的洪水从窗子里涌进来，把楚忆城笑笑的脸淹没得不见影踪。

而他眼睁睁地看着这一切，自门边渐渐地退远，手脚如被绑缚，身体完全动弹不得，想喊她，嘴巴一张一合，却全都是哑然，一句都喊不出来。

他总会急得醒过来，满头都是淋漓的汗水，伸手去抚一抚梦中失声的喉结，沙哑的嗓子喃喃地，终于说出一句"忆城"。

他最后看到的楚忆城当时 17 岁，差一个月 18 岁。他年岁空长，渐渐白头，住在他心室里的楚忆城却永远是 17 岁的样貌。17 岁的少女楚忆城住在他的心里，永不再成长，永不苍老。

他有时候在梦里遇见她，便有些嗔怪地说："你怎么能不变老呢？"简直就是要无赖。

到他 50 岁的时候，住在他心里的 17 岁的楚忆城像他的女儿，他像疼一个从未出生的女儿那样疼她。

他 70 岁的时候，笑脸如一朵向日葵花盘般灿烂的楚忆城便像他的孙女。他如同疼爱一个从来就没有过的孙女那样疼她。

她是他的所有。年岁越大，年轻时的一些细节便记得越清楚。楚忆城发丝的纹路，每一次见面时她穿不同衣服所显现出的曼妙，都在他脑海中格外清晰地浮现出来。

他伸出枯瘦的手指摩挲着自己的嘴唇。他们亲吻时，忆城留在那上面的牙齿印子，他的手指似乎还能感觉到皮肤上面印痕的形状，一小粒一小粒的，像排列整齐的玉米粒儿。

他的爱与创痛，这些年随着这些印痕，一直长进了他的血肉骨髓里，长成了他身体的一部分。

他老时和他一起老，他死时便和他一起死。

2

这一天是周末，夜里下了一夜的雪。

晨起拉开窗帘，天上正纷纷扬扬地飘起漫天的雪花。外面下起了北京初春少见的大雪。房屋与街道上都是茫茫的一片白。

加湿器开了一夜，房间里雾蒙蒙的，窗玻璃上也氤氲了一层水汽，苏昔伸出手指，在玻璃上写了个"忆"字，呆呆地想了想。又把窗户开了一小道缝隙，被雪洗过的清冽的空气拂在她脸上，她闭上眼睛深深地吸了一口气。

快到中午的时候，雪停了。

苏昔收拾出门，她穿了羽绒服、雪地靴，又戴了帽子和手套、口罩，把自己裹得严严实实的。她要去宋天泽那里，把看完的红色笔记本还给他。

她也想把那张在潘家园发现的照片带给他。

苏昔本来已经收拾好，走到门口了，犹疑了一下，却又折回来，从抽屉里小心地捧出相册来，把那张摄于西苑的老照片，从旧相册里抽出来，仔细包好，放在挎包里。她想找个合适的机会，把它拿给天泽。

苏昔过来的时候，天泽正坐在屋檐下看雪。看到苏昔过来，天泽也是高兴的，拄着拐杖站起来招呼她，说："这丫头，下这么大雪还跑来了？"

苏昔应一声，踩着院子里尚未踏开的积雪走进屋子里来。走到檐前停下来，跺去雪地靴上沾的雪，再回过头来看，院子里薄薄的积雪上印了她的一串蜿蜒的脚印。

"我昨天梦到忆城了，"苏昔说，"她让我向你问好。"

天泽犹豫了许久，问："你们昨天去见的那个幸存者，情况怎么样？"

她告诉天泽，幸存的人叫黄秋兰，不是楚忆城。

天泽笑笑，说，我不会真的以为忆城还活着。

但苏昔还是从他眼里捕捉到那千分之一的微茫希望破灭的样子。

她告诉天泽，忆城生前最后的时光，是在西苑集中营度过的，于 1938 年离世。

但是关于忆城之死的一些具体的细节，她并没有再详细地说。

她只说，忆城走的时候很安详。

她跺一跺冻得僵冷的脚，摘下棉线手套来，把双手放到嘴边，哈一口气暖一暖，然后把手伸进口袋里，取出那个子弹壳来，底部的环上拴了一根红丝线。

苏昔把弹壳递给天泽，说："这是忆城留下的遗物，黄奶奶托我转交给您。我想忆城也希望您能把这个结子解开吧。"

天泽颤着手接过弹壳来，紧紧地攥在自己的掌心里。

屋子里，唱针正在唱片上沙沙地划过。苏昔侧耳听了一下，唱的是昆曲《牡丹亭》，正唱到"惊梦"那一节：

则为你如花美眷，似水流年。

天泽手中攥着那个子弹壳，闭上眼睛，沉浸在戏曲世界里，偶尔随着某句戏词的尾音哼唱几句。一切繁华煊赫、锣鼓铿锵，到最后，都会拖着一个极苍凉的尾音。这似乎是世间一切事、物与人，都逃脱不了的宿命。

隔了这么多年，他未有一日忘记过忆城。他在一种迷离的幻觉里，以为自己重遇她，那种感觉，正像弘一法师李叔同所说的那种况味，悲欣交集。

像是欢喜又像是悲哀的感觉。

苏昔此时想起《牡丹亭》开首的那一句："情不知所起，一往而深，生者可以死，死者可以生。"心里不由得有些触动。

窗外积雪压断了树枝，喀啦一声纷纷扬扬地落下来，雪粉被大风刮过来，拂到她的脸上，接触到肌肤的那一刻就化成了水珠，凉沁沁的。

深情与孤意，都是他一个人的，别人是插不上嘴的。

屋子中靠窗的案上，一只形制朴拙的陶瓶中，供了几枝腊梅，满室幽幽的冷香。苏昔抽动鼻子用力嗅闻一下。

天泽看到苏昔抽动着被冻得红红的鼻头，如一只小犬，就打起精神来取笑她，问她："是梅花香好闻，还是骨头香好闻？"

苏昔含笑未答，只是站在雪天从窗户透进的微茫天光里，隔着一室的静谧看着天泽，这中间隔着的，遥遥阔阔，是半个多世纪的时光。

她心里有些哀哀地想，你为什么要跟我说这些呢？你跟我说的这些，让我 22 岁的这一年都变得不一样。以后的人生也都会不一样。

那张摄于西苑集中营的照片，放在她外套的口袋里，像是揣着一片滚烫的铁片，苏昔几次伸手到口袋里去，想找机会拿出来给天泽看，但也都作罢了。

下午，苏昔熬了稀粥，炒了几个家常菜，两个人简单地吃了午饭。

饭后苏昔去厨房洗碗，天泽拄着拐杖走到她身后，扶着门框站在那儿，站了有好一会儿。

隔着哗啦啦的水声，她听到天泽开口说："我想去圆明园走走。"
苏昔愣了一下，随即点点头。

3

苏昔推着宋天泽去圆明园。

冬天的圆明园，落的雪还没有化。布满了积雪的疏林便显得荒漠而悠远。园子里行人亦非常寥落，走了一路也并未见到别的人。

苏昔陪天泽沿着岸边缓缓地走了一段路，又走过两座石桥，走累了，便在福海边一张长椅上坐下。

天泽说起 1937 年春，他参军前，四个人最后一次去圆明园。

清治在远处的三脚架前对着他们喊："笑一下，笑一下。"一边喊着，整个人脑袋钻到黑色幕布底下去，"咔嚓"一下速影成像。闪光灯如烟火般亮烈绚烂。

脚下园子里满地都是碎石，满目萧条里是一树开得疏淡的桃树。

天泽、忆城、美琪三个人坐在梅树下的断壁上，忆城在中间，左手拉着天泽的手，右手挽着美琪的胳膊，三个人脸上都是年轻而亮烈的笑容。

背景里，天空是早春那种疏淡、迷蒙的灰。

荒烟蔓草间，只那一树桃花，开满疏淡的、细碎的粉色花朵，突兀、极不真实。

这一世的镜花水月，背后惘惘然的百年废墟，为他们的情垫着底。却不过是，在进行中就注定了颓败的末路。斜阳和废墟是一个世纪的倾圮荒落。

园子里的野草和芒花，有着千年万年的那种洪荒味道。

他们面前是结了一层薄冰的阔大福海。四围是树叶落尽的苍茫树梢，安静的鸟群飞下来栖落在冰面上。冬天的太阳安静地印在灰茫茫的天空上，日光在冰面上留下长长的橙色的一道，带来一些清淡的温暖。

苏昔转头看一眼，宋天泽倚在长椅的靠背上，偎在蓝绿色格子的羊毛围巾中，在冬日的暖阳里睡着了。

他布满皱纹的唇角微微地弯起来，大概是梦到了久远年月里欢乐的事情。

宋天泽和苏昔眼前似乎出现了这样一幅画面。

一个穿一袭月白旗袍的女子站在福海边，面对着眼前福海碧波荡漾的湖水，久久地欣赏着湖中心植物葳蕤的小岛和远处的西山。这时后面有人喊"忆城"，女子清脆地答应着，转过身来。他们看清那正是楚忆城，她看起来已经有四十多岁，额上有了隐约的细纹，但眉梢眼角，都依旧是忆城式的率真。

她迈着轻快的步子，走到岸边的菖蒲丛中，跟面前的人打着招呼："美琪，好久不见！"

身材削薄的萧美琪看起来也已经有四十多岁，说："好像一块儿念书还是昨天的事儿，转眼就老了。"

忆城向自己少女时最好的伙伴伸出手去，美琪也伸出手来，脸上露出一个灿然的笑容，眉宇舒展，紧紧抿着的唇角松开了。

萧美琪和楚忆城二人牵着手，走在福海畔，她们脚步轻快地走在生满野花、起伏如海的芒草丛中，就如两个寻常的妇人，谈论着关于家庭、孩子的生活琐事，茸茸的草尖拂拂扰扰地触碰着她们的小腿和裙裾。

阳光干净，洒在她们清澈明亮的笑脸上。如同炮火与倾覆从没有来临，如同所有的伤害都未发生。就像楚忆城的生命没有永远停留在 17 岁，就像阴影从来没有覆盖萧美琪的整个余生。

世间安然，九州清晏。

春天过半的时候，苏昔帮忙整理的宋天泽的回忆录终于定稿。在这本书里，她记述了宋天泽的一生，也写到了忆城在西苑集中营度过的岁月，还有美琪在香港的日日夜夜。

书名定为《隐之一生》。吕桥帮忙联系了出版社。这是春天里的一些事。

最后的宋天泽终于可以坦然地面对这一切。

夏天开始的时候，苏昔和迟羽举行了婚礼，也邀请了宋天泽和吕桥。

宋天泽曾私下里跟苏昔说："你上次带来见我的小伙子不错。踏实，人也有主见，你拿不了主意时，他能替你拿主意。"正是天泽说的这番话，让苏昔吃了定心丸。

在音乐声中，一对新人挽着手款款地走进礼堂里来。

宋天泽看着他们，落满尘埃的双眼里，此时漾起柔软的笑意。

后记

深情与孤意

从 2010 年，或者更早的时候，到 2016 年，这个故事陪着我度过了人生中很重要的一段时光。记得 2010 年读研究生之前的那个暑假，刚来北京，租住在南城的小公寓，在逼仄的房间里敲下了这个故事的雏形。

忘了是因什么机缘，大概是我看到的某一本书里面的资料，或者是 2008 年读大学时看到的严歌苓的短篇小说《金陵十三钗》，我开始了对慰安妇这个人群的关注。在战争那种极端状态下的人性，也是我一直在关注的部分。刚开始，我写的大概是另一个故事，叫《普渡》。后来那个故事最终没有写完，却脱胎成这一个故事。

2012 年写成之后，说实话，我对自己并没有足够的自信。这个故事一直放在那里，而我也开始去做了一份与写作并没有太大关系的工作。这个故事也一直沉睡在那里。偶尔会拿出来翻看，它的笔调有着没有太多人生经历的年轻人那种惯有的文艺腔。我想，也许我并没有全然地把这个故事讲好。

2016 年的夏天，我开始着手修改这个故事。我无数次地走在这个故事发生的地方，我坐在西苑龙湖星悦荟的星巴克里，看着窗外这条街上来来往往的人，这里有老人，也有年轻人，还有在这里生活的保安、交警、巡逻员、小商贩，他们一天一天地巡逻、工作、买菜、吃饭、恋爱、逛街、散步、偶尔喝茶……他们的日常生活，跟你在北京其他地方看到的老百姓没什么两样。

我无数次地想跟这里的随便哪个人，比如倚在马路边阴凉里穿制服的中年巡逻员，去聊聊埋在现今已若无其事的人间烟火之地下的往事，去聊聊埋在西苑这块看似无比寻常的地方下的秘密——如果这称得上是秘密的话。但是我怕他们会奇怪地看我一眼，可是，这跟我又有什么相干？

痛楚之地。在一重历史叠现着另一重历史的古城北京，也许有太多这样的创痛之地。它们被覆盖在这一重重的人间烟火、日常生息之下，跟其他任何一个现已寸土寸金的繁华商区，并没有什么两样。

而我对西苑这个地方的执念，不知道会不会显得荒谬可笑。

此刻我坐在这里，有一种很安宁的气场包围着我。我想那些逝去的都是无辜而良善的灵魂。我带着这个秘密，此刻与他们无比亲近。我知道，至少在他们眼里，这执念不是可笑的。

有时候，我也会一个人去离西苑不远的圆明园，在园子里一遍一遍地走。有一次我在黄昏时绕迷了路，我走过了好几座桥和一棵又一棵的桑树，围着福海的那一圈像是永远走不到尽头。对面走来一个穿红裙子的姑娘，衣裙在风里翻飞。后来在桑树下，我又遇到了她一次。才知道，我围着福海绕过了头，已经走了两圈。跟这个姑娘的相遇，就像是一个奇妙的际遇，也许她就是这个小说里的楚忆城呢。

在暮色降临的时候，我想象故事里的人物，楚忆城和萧美琪，曾经如何在这个荒凉的园子里欢笑歌哭，想象爱、罪恶、秘密和救赎，如何在她们的生命中发生。

22 岁时写下的这个故事最初的版本里，我想写的，全都是天泽对忆城一生未变的深情。而 28 岁时修改的最终版本中，我增加了美琪的部分，也写了天泽对她的复杂情感。2016 年的圣诞节，我身在香港，特地去了九龙的旺角和油麻地，还有美琪日日烧香祈求赎罪的天后庙。也许美琪是一个更复杂的人，她内心的幽深曲折，和她一生所受的折磨，并不比死更容易承受。在某种程度上，她可能才是这个小说真正的主角。

我想，还是年岁教会了我些什么。

谢谢写这个故事时陪伴我的人，你们在寒夜里、在某一个下午，听我絮絮叨叨地说这个故事的种种可能性与走向，说这里面每一个人物的性格，说他们没法逃脱的命运。有些人经过了我的生活，停留了一段，然后我们在各自的生活轨道上渐行渐远。但是故事依旧在这里。你们对这个故事的认可和建议，是我没有撕毁稿纸、坚持写下去的动力。

如果你偶然间翻开了这个故事，希望你能原谅我文字的稚拙，去关注这个故事背后那些经历创痛的人们。这样就够了。

初稿于 2012 年 12 月 30 日

终稿于 2017 年 1 月 20 日